STRONG POISON

強力毒藥

DOROTHY L. SAYERS

桃樂西・榭爾絲

桃樂西・榭爾絲作品集 1

強力毒藥

STRONG POISON

作者	桃樂西・榭爾絲（DOROTHY L. SAYERS）
譯者	易萃雯
封面設計	蕭旭芳
行銷企畫	陳彩玉、楊凱雯
業務	陳紫晴、林佩瑜、葉晉源
出版	臉譜出版
發行人	凃玉雲
總經理	陳逸瑛
編輯總監	劉麗真
	城邦文化事業股份有限公司 台北市中山區民生東路二段141號5樓 電話：886-2-25007696　傳真：886-2-25001952
發行	英屬蓋曼群島商家庭傳媒股份有限公司城邦分公司 台北市中山區民生東路二段141號11樓 客服專線：02-25007718；25007719 24小時傳真專線：02-25001990；25001991 服務時間：週一至週五上午09:30-12:00；下午13:30-17:00 劃撥帳號：19863813　戶名：書虫股份有限公司 讀者服務信箱：service@readingclub.com.tw 城邦網址：http://www.cite.com.tw
香港發行所	城邦（香港）出版集團有限公司 香港灣仔駱克道193號東超商業中心1樓 電話：852-25086231　傳真：852-25789337
馬新發行所	城邦（馬新）出版集團 Cite（M）Sdn. Bhd. 41-3, Jalan Radin Anum, Bandar Baru Sri Petaling, 57000 Kuala Lumpur, Malaysia. 電話：603-90563833　傳真：603-90576622 電子信箱：services@cite.my
二版一刷	2022年4月
ISBN	978-626-315-067-6

城邦讀書花園
www.cite.com.tw

定價：380元

（本書如有缺頁、破損、倒裝，請寄回更換）

國家圖書館出版品預行編目資料

強力毒藥／桃樂西・榭爾絲（Dorothy L. Sayers）著；易萃雯譯. -- 二版. -- 臺北市：臉譜出版：英屬蓋曼群島商家庭傳媒股份有限公司城邦分公司發行, 2022.04

面；　公分. --（桃樂西・榭爾絲作品集；1）

譯自：Strong poison

ISBN 978-626-315-067-6（平裝）

873.57　　110020670

導讀

她愛上自己創造的人——榭爾絲和她的彼德・溫西爵爺

唐諾

「彼德・溫西爵爺，三十二歲，未婚；無業；住址：一樓；嗜好：管別人閒事。」

這個氣死人的耍帥簡介，說的當然不是桃樂西・榭爾絲，但如假包換是她親筆寫的，講的是她所創造的最重要神探彼德・溫西。

我們看，這個簡介裡清清楚楚交代了年紀，三十二歲，這是很有意思的。仔細回想一下，福爾摩斯幾歲？赫丘里・白羅幾歲？艾勒里・昆恩幾歲？還有〇〇七情報員詹姆斯・龐德幾歲？我們都不記得有說過對不對？只曉得老的一直很老，年輕的一直很年輕，中年的一直很中年，而帥的一直很帥，當然，這裡不排除也許在他們哪部小說的一角不意透露過（比方說《俄羅斯情書》一開始，有KGB調閱詹姆斯・龐德個人檔案這一幕），偶爾，書寫者自己也會意識到甚至利用到時光流逝人會衰老這事來構成情節增添風情，但大體上，這些類型小說中的天神人物是逃逸出時間大神統治的特權者，尤其是最成功從書籍跨進電影圈的龐德，他足足拯救了我們所有人達半世紀之久，其報酬便是永不衰老加上永不消褪的旺盛性能力。

之所以能夠這樣，答案不在於書寫側，倒是應該問問我們閱讀側這邊，或至少是兩廂情願的事。是我們不要他們衰老，不要他們變得陌生形容難識，畢竟，現實人生之中，我們迎來送往日升日沒，這是我們永恒的哀傷之一，而且很可能還是其中最嚴重最宿命的那個之一，因此，「你真美好，請你駐留」，我們事實上一直在尋求這非時間的珍稀之物，不管它究竟是否幻覺，不管它的代價總昂貴到我們難以支付，像整容、注射胎盤素、談戀愛、買鑽石到請那幾個聚斂的法師開示大智慧云云。《浮士德》書裡，歌德告訴我們，當浮士德忍不住如此呼喚時間中止，這一剎那就是魔鬼梅非斯特現身的時刻了，也是他依約來帶走浮士德靈魂的時刻了。

所以讓福爾摩斯、白羅、昆恩和龐德永遠是那樣子的福爾摩斯、白羅、昆恩和龐德，這是我們最安全最便宜的補償。

然而，桃樂西·榭爾絲卻把她的迷人神探給重新擲入時間大河之中沉浮——三十二歲的彼德·溫西，這只是他在《老鼠洞》一案時的年紀，之前他曾更年輕血氣過，日後他也會蒼老收斂下來，意思是，他隨時間改變的不僅僅是年紀外貌，他的生活景況也會跟著變，心思情性也會跟著變，以至於到了四十不惑之後的彼德·溫西爵爺時，榭爾絲本人會收到某位迷戀昔日奶油小生的憤怒婦人來信抗議，說彼德·溫西怎麼可以再沒以前那種鬼靈精的、小淘氣鬼的魅力，榭爾絲只淡淡的回答，「如果有誰年到四十五，還保持著所謂的那種鬼靈精的、小淘氣鬼的魅力，那該把他給送入毒氣室裡。」

榭爾絲這段話，我們送給那些以為自己永遠不到三十歲的可怕人們。

榭爾絲不是對她的彼德．溫西有何過不去之處或仇恨情結，如柯南道爾痛恨並一度謀殺了福爾摩斯一般，事實上正正好相反——如果我們說，雷蒙．錢德勒之於他筆下的硬漢私探菲力普．馬羅，是如雕塑家般一斧一鑿的認真打造成他心目中的真正英雄，打造一個罪惡末世中最高貴的人，那榭爾絲是柔婉的、絕望的在打造一個她自己的末世完美情人。這個打造不是純幻想，得保有其真實性和可實踐性，也才能保有夢想成真的質感和萬一可能，因此不可以憑空用所有不存在的、絕對完美的細節來組合而成（這成了造神而不是呼喚情人）；相反的，現實世界中情感頗滄桑的榭爾絲，取用的基本上全是現實既有材料，彼德．溫西，從物理性的長相軀體，到看得見的行為語言，乃至於內在的心思情性都有現實出處，都是榭爾絲一點一滴從她見過、相處過、甚至戀愛過的男子身上搜集過濾而來，再添加上幻想把這些材料琢磨完美如同雕塑者細緻溫柔處理每一部分細節，最終，她用幻想把這些細節給結合成人，這就是溫西（Wimsey）這個名字的另一個拼法Whimsy，意思是幻想，一個絕對的純淨的幻想。

彼德．溫西爵爺，顯現了榭爾絲堅強理性鎧甲上的情感隙縫，她的阿契里斯腳跟。她絕望的愛上自己創造的人，如此宛如神話故事的現實情節，我們很容易嗅出其中的危險，甚或呼之欲出的悲劇。這裡，讓我們先停在此處，我們得先隨榭爾絲進入她當時的現實世界，進入她不可能再伸腳兩次的時間河流之中，我們得多少先知道些比較生硬無趣的事。

用自己獨特方式踢球的推理天才

我們先看一樁幾近已成永恒的事實——評論者總喜歡分類，犧牲一部分特殊性來成就共相或通則；相對的，創作者則一般痛惡被這樣和誰誰歸為一堆，共同代表某一個時代、某一塊地理空間、或某一種技藝流派云云，以為正是那些不能歸類的、不該刪除的，才是他的簽名，才是他獨特的印記。由於這個矛盾不僅僅是事後才跑出來的私人意氣和恩怨，而是根本性的源自於內在思考方式的歧異，以及因之衍生的職業性討論問題方式的不同，因此矛盾只好一直延續下去直到哪天世界末日，毫無和解的希望，亦不會有終結的一天。

巴西的一代足球王比利，當然隸屬於創作者這一側的，一生得不斷應付誰是下一個他的煩人問題，有回又被問到荷蘭的不世名將告魯夫是否可稱為「白色比利」時，比利的回答是：「他是告魯夫，一個以他自己方式踢球的天才。」

好回答，我們記得這句話來讀桃樂西·榭爾絲的小說。一般推理小說的評論者總把她的名字和阿嘉莎·克莉絲蒂緊緊黏在一起扒不開來（誰願意試著幫我們找到一篇談論榭爾絲而沒提到克莉絲蒂的文章？），一個第一名一個第二名共同代表推理小說那個夢一樣的、永遠不會再來的黃金時代，這種說法我們局外人當然知道這是榮耀是無上推崇，但克莉絲蒂不見得領情，榭爾絲更不會高興，所以我們借用比利這句話放前頭，在我們也不得不提起克莉絲蒂的情況下——桃樂西·榭爾絲，在那個失樂園似的黃金年代一個黃金一樣的名字，一個以她自己獨特方式寫推理小說的天才。

最多。

古典推理的正統傳人

桃樂西．榭爾絲，比克莉絲蒂小三歲，在文學史時間鑑定的誤差範圍之內，成名時間也差不多同時，皆在一九二〇年代中，唯榭爾絲只活了六十幾歲，這上頭她輸長壽的克莉絲蒂最多。

創作者不高興人家分類簡併，但有趣的是，有時候他們倒不反對自己來，自己拉黨結派呼群保義，甚至發表共同聲明或宣言什麼的，以對抗某種共同的危機，標示或確認某種創作形式、意圖或身分，乃至於遂行奪權云云——一九二〇年代的所謂推理小說第二黃金期正是走到了這樣一種年代，一個推理小說得自我反思、整理並確認自己是誰想幹什麼的關鍵年代。從創作的外表形式來看，這是確立以長篇小說做為書寫主體形式的年代，但由短篇而長篇，這可不僅僅是字寫得多的物理性變動而已，其更根本的意思是，這代表著推理小說經歷著半世紀以上的自發性書寫，由過往那樣半謎題半文學的短篇，正式匯入小說主流以取得一席之地，書寫者亦由過往那種半遊戲半志業的曖昧身分，尋求正式登錄為小說作家。因此，彼時的推理作家遂變得比較忙，除了關起門來陰謀設計怎麼殺人，還要熱情充滿的公開談論，身兼創作者和評論者二職，外帶客串傳教士。我們最熟悉的實例便是同時代美國的首席推理大師S. S.范達因和他的〈推理小說二十守則〉，這方面，有巾幗氣又有正式高等教育學歷的榭爾絲亦復如此，她寫小說、寫評論還編輯，有趣但不全然巧合的是，范達因小說中的大偵探菲洛．凡斯，和榭爾絲筆下的彼德．溫西爵爺的原初模樣亦驚人的相似，一樣的優雅，一樣的充滿貴族氣息而且裝腔作勢，一樣的愛講話沒個完，尤其碰到和案情並沒關係的文學藝術話題時，我們這些心懸凶案的讀者總得耐著性子等他好幾頁，也因此，著名的推理小說史家朱利安・西蒙斯說這兩人是「表兄弟」——只除了美國表哥菲洛・凡斯是一座理性雕像，永遠那副模樣而已。

反而是克莉絲蒂安靜多了，這位沒正式學歷又羞怯的女作家，儘管和榭爾絲同樣躋身彼時的推理俱樂部（第一任主席是卻斯特頓，推理身分是布朗神父的作者，正統文學身分則是彼時英國文壇的祭酒），基本上，克莉絲蒂只寫自己的小說，過著頗隔絕到帶點神祕的人生。而她筆下的鄉居老太太珍・瑪波亦是個傾聽者，一個不太讓周遭之人感到她存在、幾近透明溶入背景因此讓別人暢所欲言的傾聽者；大鬍子白羅比較多話，但他會先跟大家道歉，「你們真好，我是一個囉嗦的小老頭。」

而且，瑪波和白羅俱是外來者闖入者，對彼時上流階級統治的推理偵探而言。白羅是比利時人，瑪波則來自下階層的另一個世界。

從這裡，我們就被引入了一個「榭爾絲／克莉絲蒂」的小小爭議公案裡了。在廣大世俗的推理享樂閱讀世界中，一般總簡單把克莉絲蒂這個巨大名字和她那個黃金年代等同起來，但也有相當一批人並不簡單震懾於克莉絲蒂的威名和各種駭人數據（包括近百部小說本數和總數好幾億、號稱僅次於聖經的行銷量），他們講點學問、講點道理，實際進入小說內容中就事論事，堅信榭爾絲的小說無疑更準確傳達了那個時代的真正形貌和訊息，包括從維多利亞時期一路貫穿下來那種守禮的、典雅的、有點硬充派頭的、不好好講話總披披掛掛一堆詩句掌故再夾個冷笑話的老英國氣味，還有對推理小說本身無疑更該計較的，某種英式古典推理的真正典型。

我個人以為，這個分辨基本上是公允的，也有一定程度的提醒意義——我們看，在同樣用一堆文字、用女性更能掌握的生活細節布置起來的殺人大迷宮中，榭爾絲的凶手詭計和破案推理過程無疑是比較「硬」的，甚至是科學的，如並沒那麼擁護她的朱利安．西蒙斯指出的，她的詭計比較原創，而且事先通過知識性的研究錘打（抱歉這裡我們無法像西蒙斯那樣舉實例說明），承接著原來古典推理那種發明的、拓荒的、發現新世界新事物新性質的特質；相對的，克莉絲蒂很少物理性，她最好的詭計總是情境的，躲藏在人習慣的、生活的、常識的盲點隙縫之中，這一方面令她的小說呈現了不同以往的智慧風貌，把原先那種由知識雲端貴族所獨佔的睿智，往下拉到平民的廣大生活洞視和世故層面，另一方面她的小說亦因此由外轉內，有著某種心理劇的舞台況味。一如瑪波小姐可以用她村子裡那寥寥幾個鄰居函數般一一對應外面世界數以億計但說穿了就那麼幾個類型的所有人，克莉絲蒂自己在小說書寫中亦服膺相同的認知創造出一個她獨有的封閉人性模式來，這個模式或彰或隱的幾乎貫穿她的全部小說，但更多時候他們只是換了名字和服裝的原班人馬一再上場，比方說帶點叛逆的、有點野馬感覺的聰明女郎、充滿魅力的浪子型帥哥、老實無趣的特殊職業前中年男子（律師、藥劑師、會計師、農夫等）、中性化但帶著某種母愛或性欲的婦人，滿臉雀斑或一頭稻草亂髮老是受騙的饞嘴笨女孩云云，每一種類型皆可善可惡，輪流出任凶手。這個模式讓克莉絲蒂可套公式般大量快速的生產，但若只把它看成職業作家的書寫技倆可就太小看也太委屈克莉絲蒂了，這是她獨特的世界觀，她獨特的人種分類學，之前的推理傳統不這樣，往後也沒人真正繼承。

純粹就古典推理書寫傳統而言，榭爾絲的確比克莉絲蒂「守規矩」，甚至理性上或說帶點自我警示意味的，她還強調過推理小說中不該置放愛情這個元素，唯她和她那位Fair and Mayfair的彼德・溫西爵爺例外，這是她小說情節之外隱藏的「犯罪」，最終還讓溫西提前離開了我們。

偷偷引進一整個世界

彼德・溫西爵爺，真實時間，誕生於一九二三年，那是榭爾絲的第一部小說《誰的屍體？》（Whose Body?），唯當時愛情並未發生，溫西也還不是該案的主角。意思是，除了是一名高雅、聰明、不愁吃穿的公爵幼子之外，他還得靜靜等待現實中榭爾絲的種種情感挫折和漂流，用這些刻骨銘心的痛苦一點一點轉換成他的美好內容。

彼德・溫西誕生時三十三歲，榭爾絲自己則是三十歲，這對奇特的情侶就一路保持三歲差距攜手偕行，到一九四三年溫西五十三歲榭爾絲邁向五十歲為止。

Lord不是正式爵位，而是社會尊稱，尤其習慣用來稱呼貴族家不繼承也未另外封爵的子弟，爵家少爺之類的。榭爾絲巧妙的用這個特殊時代、特殊國度的曖昧身分賦予溫西推理小說中偵探所需要或所能想像的全部自由——經濟上，他什麼也不用做；地位上，他人人得敬重買帳，隨時進出一般人立入禁止之處，尤其是命案現場和各級司法機構；時間上，他一天二十四小時只嫌多；知識上，他受過大英帝國彼時所能提供最完整高尚的教育；而且，有這些貴族身分的全部優勢，最終卻沒有他父親和長兄相應而來的貴族義務和拘束。彼德．溫西爵爺正是人類推理史上最自由的神探，流體一般，或甚至說空氣一般，無處不可在。

溫西也有他的華生醫生，但遠比華生有用多了，只除了沒幫他記錄偵探犯罪的豐功偉業——這是他的管家邦特，一個恭謹、忠誠、各式僕傭專業技藝已臻完美之境的僕人，他隨時可銜命出發，任何家庭都抗拒不了這麼棒的僕人，因此，溫西想探知哪家的祕密，邦特便像我們所熟知的特工人員般打入臥底，只是比較特別的是，他的致命武器沒任何高科技成分，而是咖啡、洗澡水、領帶襪子還有廚房裡的刀叉杯盤云云，像武俠小說裡的絕頂高手，化腐朽為神奇。

溫西的特工其實還不只邦特一個，他另外出錢（錢不是問題）建造一處祕密基地，由老小姐凱瑟琳．柯林森主持，表面上是一家打字間，真正打的卻是各式罪犯。柯林森小姐麾下的女性大軍工作幅度比邦特還大，從家庭到公司，舉凡打字員、雇員、秘書、幫傭等任何職位無孔不入，溫西稱之為「我的愛貓園」；如果這仍不敷所需，溫西還有一堆朋友可調用，五湖四海引車賣漿雞鳴狗盜的各種奇怪技藝朋友，擔當一次性使用的特殊任務。

溫西是仗劍獨立的古代一人遊俠，可也是一個現代網絡，一個地下幫會頭子。

中國大陸有小說家講得很好，說動詞是文字語言的「骨頭」，帶給文字語言勁道力量，讓文字語言站起來甚至生龍活虎動起來。溫西手下這支奇怪大軍正是她小說中的動詞，他們彌補了古典推理崇尚思考、四體不勤以至於往往流於靜物畫的缺憾，賦予小說必要的具象行動和速度感，並一併引入驚悚小說特有的時間差驚險效果，以及人的機敏和隨機應對。

但更好的是他們所帶進來的一整個完整世界，過往統治古典推理的雲梯上大人物很難伸手觸碰的整個下階層世界，一個由瑣事雜物構成、充滿經驗細節的小說豐饒世界。我們常聽也常跟著如此說，在僕人眼中是沒有偉人這東西的，因為他們由下往上看，看過偉人的鼻孔，看過偉人下班不當偉人的模樣。的確，不管是在虛構的小說中或在如假包換的人生現實裡，僕人和小孩都是接近透明的，因此是最好的觀看者，唯小孩的眼睛不仁不帶特殊意見，其意接近上帝；僕人則由下由左，帶著顛覆性、批判性和除魅性。

有一部很好的電影應該看，那就是美國世故老導演阿特曼的《謎霧莊園》，阿特曼用兩個世界看一樁上流社會的謀殺案，一半是貴族的餐室起居室，另一半則是宛如對照組的廚房和傭人房。你猜對了，更好看的是後者，真正的事都在這裡發生，驅散謎霧的關鍵也全在這裡。

推理黃金時代的這兩位可敬女士，克莉絲蒂創造了瑪波，榭爾絲則偷渡了一整排男女老少高矮胖瘦的瑪波們，就嚴謹的古典推理傳統而言，這是破壞行為，但怎麼可以不審慎的、合理的破壞呢？正因為有這些異質東西加進來，才有彼時陡然拔起的黃金時代，否則一九二〇年代將只是所謂的黃鐵礦時代而已不是嗎？黃鐵礦之於黃金，一如鋯石之於鑽石，很像但是贗品，它另一個罵人的名字叫「傻瓜的黃金」。

愛情的盡頭

話說榭爾絲究竟什麼時候正式愛上她的偵探？這很難準準講出個確切的數學點時間，大致上，我們可以把一九三〇年的《強力毒藥》當一個較正式的轉捩點，理由是她自己魔法般的跳入小說世界來了，這部傑作她讓自己直接上到謀殺被告席，也就是書中被控以砒霜毒殺昔日同居男友的推理女作家哈莉葉．范恩。榭爾絲置自己死地的因此和溫西會了面，瘋瘋顛顛的溫西決定找出真凶為她洗刷嫌疑，並第一次見面就向她求婚（感情的事，別問為什麼），只是榭爾絲自己仍滿心創傷未及平復，某種負疚心理也尚未去除，當然，也可能她還不確定溫西想幹什麼，於是她「暫時」婉拒了他。

但無論如何事情開始了，有某些東西自己暗中在生長，這無可避免的改變了血氣未定的彼德．溫西，也改變了榭爾絲自己。

我們先直接跳到第二個轉捩點的《俗麗之夜》（Gaudy Night），一九三五年。推理史上，這是榭爾絲爭議最大、反應最兩極的一部書，原因是它不像一本推理小說，或正確的說，它挾泥砂俱下的不僅僅只是一本推理小說——在這本書裡，哈莉葉．范恩回到榭爾絲的母校牛津大學，案件就在這裡展開，但對哈莉葉．范恩而言，更重要的毋甯是牛津這趟生命之旅本身，表面上是再造，讓她相信在心智上乃至於某種意義的身分氣息上可以和溫西比肩而立，但對榭爾絲本人而言，這卻是回歸，是反省和洗滌，以及，重來。通過小說的奇異魔術。讓自己站回這一趟戀愛苦旅的起點之前，一切一切事情發生之前，彷彿自己仍是那個用熱切乾淨眼睛看外面廣大世界的女孩，不可逆轉的逆轉了，奧瑪・開儼《飲酒歌》裡所言：「任世間全部淚水也洗不去一行」的生命歷歷白紙黑字如今重又擦拭如新。《俗麗之夜》冗長雜沓、讓不容情推理迷憤怒不耐的外表之下，有著榭爾絲如此異想天開到接近痴呆、但真的很勇敢的戀愛之心，理性上，她完全曉得自己在冒險，在拿自己彼時的輝煌聲名和已鋪好的未來好日子開玩笑，但這位年輕時就為愛甘犯彼時社會和自己宗教家庭不韙的可敬女士說：「這是我想寫的，我也就寫出來了……」

這樣的勇氣當然得有一個培養過程，一個像為汽球打氣的時間加壓過程，這正是《強力毒藥》到《俗麗之夜》中間這六年她所做的事。這段日子她果然首次嘗試寫自傳，並交出三本溫西的書，其中最好的毫無爭議是《九曲喪鐘》，不僅被譽為榭爾絲的畢生巔峰一書，甚至是代表整個第二黃金期、不讀此書不足以窺見推理黃金年代真正美麗奧祕的傑作。而比較特別的是，這也是四書中哈莉葉・范恩唯一沒出場的一部，因此它又像是溫西這一側的巡遊和整理，在哈莉葉・范恩（或說榭爾絲）的愛情力場作用下，書中的溫西呈現了前所未有的深度和成熟感，看來他已緩緩做好準備了；更有人眼尖看出來，書裡寫得更出色的西爾多・范亞伯斯夫婦，正是榭爾絲自己的父母親──「你若不回轉小孩的樣式，斷不得進入天國。」面對愛情的震顫的效應之一，便是讓人回憶童年講童年。種種蛛絲馬跡都同一指向告訴我們，榭爾絲這場最奇怪的戀愛是玩真的（她甚至因此毀損了自己現實的夫妻生活），唯這場終究不會有現實形體的愛情只能全面開向形而上的世界，它成了人自身全面的懺悟、淨化和救贖，並不得不演化成某種完美天國式的動人旅程，但不是〈啟示錄〉那種的，而是〈雅歌〉那樣的篇章，未知、畏怯、心碎但甜蜜，又很難告訴世間裡任何人的孤寂。

絕大部分人認定這是以私害公，榭爾絲的古怪愛情執念會妨礙了她的理性推理書寫，但這裡我們真正要說的是，這最終反而救了榭爾絲的書寫，讓她不僅僅是推理書寫接力賽跑中盡職而理所當然的其中一棒而已——我們講過，榭爾絲遠比克莉絲蒂正統，也比較守規矩，這使她給了自己較多的書寫限制，犧牲了特殊性，因此不免會流於平庸（波赫士曾指出，榭爾絲做為一個評論者和推理史家比做為一個創作者出色）。即便在這種約定好的、書寫者和閱讀者只有限交心的類型文學裡，真要寫出某種高度、某種令人難忘乃至於日後被承認為新里程碑的作品，書寫者仍得拿出自己相信為真、並用自己生命長期相處的特別東西，不怕顯露如此鋒芒，這勢必逼他走到既成規矩之外的曖昧不明地帶，因此先得到的總是危險。而且危險有兩種，一是失敗，拋開規矩的安全護網，失敗的機率如海明威所說總遠高於成功，因此甚至需要運氣；一是暫時沒被看出成功，因為習慣活在約定俗成世界裡昏昏欲睡的讀者大爺們沒那麼敏銳，也沒那麼勇敢，他們需要或長或短一段時間習慣並學習，還需要有足夠的人先行並且壯膽。書寫和閱讀兩造都得等。

波赫士曾在一篇談經典的文章中有趣的指出，奇怪日後被某個國族視為代表性經典的作品和書寫人，反而總不太符合這一國族的普遍性格、氣質或說印象。像德國這麼沉鬱到有些無趣的國族，他們的民族詩人卻是天真爛漫到往往失控的歌德；而英國如此拘謹守禮的國族，他們的代表詩人則是火雜雜的、辛辣如狐狸的莎士比亞。

其實普希金之於俄羅斯亦復如是。

事未易明，理未易察，某種程度上，創作者遂得相信人性的普遍和完整（即便歷史的偶然使某個國族、某一特定時空的人強調了某一面向，壓制了其他面向），並信任時間的善意和公義，就算他沒宗教信仰形式，也得勉強用諸如某種生命終極信念來保衛這個可疑的樂觀，好敢於冒犯當下的那個社會。

沒有這樣的冒犯，彼德・溫西將只是永遠鬼頭鬼腦的紈袴樣子，只是另一個不動雕像般的菲洛・凡斯，我們將永遠看不到《九曲喪鐘》這部終究被承認代表黃金年代的秀異之作，我們更無緣目睹這長達二十年的驚心動魄愛情。

一九三七年，榭爾絲把她那齣成功的劇作《巴士司機的蜜月》（Busman's Honeymoon）回頭寫成小說並出版，這是她和彼德・溫西爵爺的甜美盡頭，Happy Ending。

四十歲以後的溫西，仍有兩次靜極思動的復出，但都是短篇而已，因此不那麼正式。第一次就在他和范恩的長子誕生之際；第二次則是婚後七年發癢之時，小孩已增加到三個了。

我們有理由相信，是榭爾絲把他藏起來的，她已雕塑完他並擁有了他，不再樂意讓他和世人分享。

登場人物表

哈莉葉・范恩	推理作家，命案嫌犯
西維亞・瑪里奧	哈莉葉・范恩的好友
艾露德・普萊絲	哈莉葉・范恩的好友
飛立普・波耶斯	作家，命案被害者
亞瑟・波耶斯	牧師，飛立普・波耶斯的父親
克里蒙娜・嘉登	女演員，飛立普・波耶斯的姨婆
瑞藍・沃漢	飛立普・波耶斯的好友
諾曼・烏庫哈特	律師，飛立普・波耶斯的表兄
漢娜・衛絲洛	諾曼・烏庫哈特家的女僕
派娣根太太	諾曼・烏庫哈特家的廚娘

彭德先生	飛立普・波耶斯辦公室的首席助理
羅珊娜・蕊彭	諾曼・烏庫哈特的客戶
凱洛琳・布思	羅珊娜・蕊彭太太的看護
彼德・溫西爵爺	偵探，愛貓園的幕後出資者
傑瑞德・溫西公爵	彼德・溫西的哥哥
瑪莉・溫西	彼德・溫西的姊姊
老丹佛公爵	彼德・溫西的父親
老丹佛公爵夫人	彼德・溫西的母親
邦特	彼德・溫西的貼心家僕
弗瑞迪・阿布納特	彼德・溫西的好友
瑪嬌麗・費浦斯	彼德・溫西的好友
凱瑟琳・柯林森	愛貓園的管理者
瓊安・莫金森	愛貓園的成員
比爾・蘭姆	彼德・溫西的朋友，金盆洗手的前竊賊
查爾斯・派克	蘇格蘭場探長，彼德・溫西的好友
應皮・畢格斯爵士	辯方律師

克羅富先生　克羅富與古柏律師事務所律師
詹姆斯・盧巴克爵士　檢察官
撒孔・哈帝　記者
華福斯・紐頓　記者
葛藍傑　醫生
魏邇　醫生
威廉絲小姐　護士

你是在何處吃的晚餐，藍道大人，我的兒？
你是在何處吃的晚餐，我俊俏的少年郎？
——噢我是跟愛人共進晚餐，母親，請快快為我鋪床，
因我滿心憂傷，亟需躺下。
噢那是劇毒，藍道大人，我的兒，
噢那是劇毒，我俊俏的少年郎。
——噢是的，我已給人下了毒，母親；請快快為我鋪床，
因我滿心憂傷，亟需躺下。

老歌謠

第一章

法官席散置著鮮紅的玫瑰，看起來好像一灘灘血。

法官是個老者，好老好老，像是已經活過了時間、變化以及死亡。他的鸚鵡臉和鸚鵡聲音都乾癟癟的，就像他蒼老、布滿靜脈的手一樣。深紅色的袍子撞上玫瑰的鮮紅，看來刺眼。他在這窒悶的法庭已經坐了三天，但並沒有露出絲毫疲態。

他把筆記收整成一疊，轉身面對陪審團發話時，沒有看向被告；然而被告卻看著他。她的眼睛在濃密方整的眉毛下有如兩抹暗色煙痕，眼裡既無恐懼也無希望。它們等著。

「各位陪審員——」

耐心的老眼彷彿把他們總結起來，評量著他們聯合起來的智慧。三名值得尊敬的商人——一位是高個子，喜好辯論，另一個矮胖害臊，留了萎垂的八字鬍，再來一個則不太快樂，得了重感冒；一名大公司老闆，焦心他在浪費寶貴的時間；一名酒館老闆，興高采烈的神情頗顯突兀；兩名藝匠階級的年輕男子；一名其貌不揚的年長男子，看來受過教育，什麼職業都有可能；一名藝術家，留了把紅鬍子遮蓋他軟弱的下巴；三名女子——一是老小姐，一位是壯碩能幹、開了家糖果鋪的女人，還有一位飽受煩擾的妻子兼母親，她的心思好像老是溜向她無人照管的家。

「各位陪審員——這件令人傷透腦筋的案子，你們已經很有耐性並且專心地聽過相關證據，現在，本庭則有責任將睿智的檢察官以及睿智的被告律師告知大家的所有事實以及論點做一總結，並且理清頭緒盡可能陳述清楚，以便協助各位做成決定。

「不過，首先本庭或許應該針對這個決定本身說幾句話。想當然耳，各位都明白，英國法律向來都秉持著一項大原則：任何被告，除非已經證明有罪，否則一律要以清白視之。他，或者她，無須證明自己清白；要證明有罪，以現今的口語來說，『就得看』大英法庭了，除非諸位相信大英法庭已經排除所有合理的懷疑做到這點，你們就得交出『無罪』的判決才行。然而這並不表示被告已經提出證據確定她的清白，這僅表示大英法庭無法讓你們打從心裡相信她犯下罪行。」

撒孔・哈帝深邃的紫蘿蘭眼從記者筆記本抬起了一會兒，他往一張紙片草草寫下幾個字推給華福斯・紐頓。「法官有敵意。」華福斯點點頭。他們是在這條血徑上狩獵多時的獵犬。

法官緩慢地說下去。

「各位或許希望能從本庭口中得知，所謂『合理的懷疑』到底意義何在。它的意思其實就是你們在日常生活中，對某件尋常事物有可能產生的懷疑。這是謀殺案，所以諸位很可能覺得，在這種情況下，意思應該不只如此。這就錯了。抱持『合理的懷疑』並非意味你們必須絞盡腦汁，想出匪夷所思的方法來解決你們覺得簡單明瞭的問題。這也不是那種偶爾會在失眠的夜晚，於凌晨四點跑來折磨我們的惡夢那樣的懷疑。合理的懷疑指的是：在進行一般物品買賣或者諸如此類的日常交易時，你們都得倚仗某些可資信靠的憑證才能夠安心行事。當然，你們絕不能為了偏袒被告而勉強自己相信什麼，同理，你們也不可以不慎加考量，就全盤接受她有罪的證詞。

「以上簡短的說明，是希望各位不至過於惶恐，覺得難以承擔國家賦予你們的重責大任。現在，本庭便要從頭說起，把我們聽過的故事盡可能清楚地呈現在各位面前。

「大英法庭接下的案子是：犯人哈莉葉．范恩以砒霜下毒，謀害了飛立普．波耶斯。本庭無須耽擱各位的時間重新講述詹姆斯．盧巴克爵士以及其他醫師所提供的有關死因的證據。大英法庭宣布他死於砒霜中毒，而辯方亦未提出抗辯。因此，死亡是由砒霜造成已經證據確鑿，這點你們必須認定為事實。如今你們要考慮的唯一問題便是，砒霜是否為犯人刻意施用、立意謀害。

「死者飛立普．波耶斯，正如諸位先前聽到的，是個作家。他得年三十六，出版過五本小說以及為數眾多的隨筆和文章。這些作品皆屬於大家時或稱之為『前衛』的類型。它們鼓吹了某些人或許覺得不道德或者具煽動性的理論，比如無神論、無政府主義，以及所謂的自由戀愛。他的私生活看來一直——至少有一段時間——都在實踐這些理論。

「總之，他於一九二七年結識了哈莉葉．范恩。他們約在某些討論『前衛』話題的藝文圈碰面，不久之後，兩人變得非常友好。犯人的職業也是小說家，而且各位務必記得她是所謂的『神祕』或者『推理』小說家，善於處理巧妙的謀殺以及其他犯罪手法。

「各位聽過犯人在被告席的發言，也聽了許多人上庭舉證她的品格。你們都曉得她是才華出眾的年輕女性，從小接受嚴格的宗教教育長大，並且從二十三歲起就被迫在茫茫人海中自力謀生——雖然錯不在她。從那時起——她現年二十九——便辛勤工作養活自己，難能可貴的是，她靠著自己的努力以合法的方式獨立生活，並沒有仰仗他人也未接受任何幫助。

「她直言不諱，親口告訴我們她是如何開始對飛立普・波耶斯產生至深的感情，而她又是如何在很長一段時間裡，嚴辭拒絕他的勸說，不肯和他以有違常態的方式同居。其實波耶斯並沒有理由不和她光明正大的結婚，然而他卻自稱是在理性的引導下反對任何婚姻形式。各位都聽過西維亞・瑪里奧和艾露德・普萊絲的證詞，指稱被告因為他採取這種態度而陷入情緒低潮，各位也都曉得此人長得英俊瀟灑極具魅力，任何女子都有可能難以抗拒。

「總之，依照被告所說，一九二八年三月時，她因為他無止境的強求覺得心神耗竭，於是便放棄堅持，答應不受婚姻束縛和他以親密的關係同住。

「諸位或許覺得——而且理當覺得——這麼做委實失當。或許你們雖然盡可能體諒這名年輕女子孤立無援的處境，但還是覺得她的品格堪議。你們理當不至於被某些作家竭力賦予『自由戀愛』的虛假光環蒙蔽，誤以為此等行徑並不表示她的品格低劣生活不檢。應皮・畢格斯爵士很盡責地運用了他便給的口才為其客戶抗辯，他為哈莉葉・范恩的行徑塗上美麗的玫瑰色彩；他提到無私的犧牲以及奉獻，也提醒你們說，在這種情況下，女人總是要比男人付出更沉痛的代價。本庭相信，各位不會輕信這種說法。諸位都很清楚這種事情對錯的分際，並且有可能認為，哈莉葉．范恩如果沒有在某種程度裡被其周遭惡質的影響腐化的話，她會展現出更大的魄力，斷然把飛立普．波耶斯趕出她的生活。

「然而，話說回來，你們卻也必須警覺到不能因此就認為她的道德缺失情有可原，因為無論男女，生活不檢是一回事，犯下凶案又是另一回事。諸位也許會顧念到，一旦踏上歧途，很容易越陷越深，但是你們不可以過度強調這點。你們有權把這點納入考量，但是不能抱持太大偏見。」

法官停頓了一下；弗瑞迪．阿布納特頂起手肘，往彼德．溫西爵爺（譯註：本書將lord譯為爵爺。在英國，凡是公爵與侯爵的非長子都尊稱為lord）的肋骨猛戳過去。爵爺看來神情黯淡。

「老天保佑咱們沒有偏見吧。笑死人了嘛——如果每個小遊戲都引向謀殺的話，咱們有一半的人就要因為宰了另一半而上絞架哪。」

「請問你又會是哪一半的人呢？」爵爺詢問道，冷眼定看了他一會兒之後，又把目光轉回被告席。

「受害者，」弗瑞迪大人（譯註：Hon.為Honorable的簡寫，此處譯為大人。在英國，子爵及男爵的子女一律都在名字前加上這個稱號）說，「受害者。我會是圖書館的那具屍體。」

「飛立普．波耶斯和被告以這種方式同住，」法官繼續說，「時間將近一年。多位友人作證說，他們的同居生活看來非常恩愛。普萊絲小姐表示，哈莉葉．范恩對自己不幸的處境感觸很深，因為她必須斷絕和故舊世交的關係，而且為了避免自己的邊緣角色帶來尷尬，也不得不避開某些圈子。然而她對情人還是忠心不貳，以身為他的伴侶為榮為樂。

「但是在一九二九年二月時，這對情侶發生爭執並且分手了。爭吵確實發生過，這點不容懷疑。戴爾夫婦住在飛立普・波耶斯樓上的公寓，他們表示聽見兩人大聲吵鬧，男人咒罵女人哭泣，然後第二天哈莉葉・范恩便把所有東西打包，一去不回。案情之所以奇怪——這點你們也必須審慎思考——是怪在這次爭吵的原因。關於這點，我們唯有來自被告本人的證詞。瑪里奧小姐——兩人分手後，哈莉葉・范恩投靠的人——宣稱，被告一直不肯透露事情的來龍去脈，只表示波耶斯騙她騙得很慘，她不想再聽人提起他的名字。

「諸位或許會因此推測，波耶斯之所以讓被告痛心，是因為他不忠，或者對她不好，或者只是因為他仍然拒絕在世人面前將兩人的狀況合法化。不過被告堅決否認。依照她的說法——而就這一點來說，飛立普・波耶斯寫給他父親的一封信也證實了她的供詞——波耶斯最終的確表明了要依法娶她，這卻是兩人起衝突的緣由。諸位或許覺得這種說法有違常理，不過這的確是被告宣誓下的供詞。

「各位想必認為，他既然求了婚，自然可以排除所有疑慮，無須假定被告對他會有任何理由覺得不滿。人人都會假設，在這種情況下她高興都來不及了，根本不可能興起謀害這名年輕男子的念頭。不過，爭執確實發生過，而且被告本人也表示，男方雖然遲來但合乎榮譽的求婚她無法接受。她並沒有說——雖然她大可義正詞嚴地說出來，而這點她的律師則句句鏗鏘、雄辯滔滔地幫她說了——正因為對方求婚，就沒有人能夠控訴她對飛立普・波耶斯還存有任何敵意。應皮・畢格斯爵士如此聲明，然而被告的說法卻不一樣。她表示——你們必須設身處地、試圖了解她的觀點——她生波耶斯的氣是因為先前他無視於她的意願，勉強她採取他的行事標準，之後卻又背棄自己的原則反悔了，所以照她的說法，便是『愚弄了她』。

「因此，各位要考量的是這一點：當初確曾有過的求婚，是否可以合理地歸結為謀殺動機。本庭必須向諸位強調：沒有任何證詞可被提出其他動機。」

就在這時候，陪審團裡的老小姐做起筆記來——瞧她的鉛筆劃在紙上的動作，筆力確實勇猛強勁。彼德．溫西爵爺緩緩搖了兩三下頭，然後低聲嘟囔了什麼。

「之後，」法官說道，「大約三個月左右，兩人之間似乎平靜無事。哈莉葉．范恩離開了瑪里奧的房子，在竇堤街租了一間小公寓；不過飛立普．波耶斯就不同了，他因為無法忍受獨居生活，便接受表兄諾曼．烏庫哈特的邀請，住在後者位於渥本廣場的房子。雖然住在倫敦同一區，但波耶斯和被告分居之後，似乎並未經常和她碰面。有過一兩次，兩人曾在友人的住處不期而遇，但由於只是非正式的宴會場合，所以無法確定日期，不過有證據指出，三月末兩人會過面，另一次是四月的第二個星期，第三次則是在五月。這些時間點值得注意，不過，因為無法肯定正確日期，你們也無須太過重視。

「但是，現在我們就要討論到一個最為重要的日期了。四月十日，有位年輕女子——經人指認為哈莉葉．范恩——走進布朗先生開在南漢普頓路的藥局，購買了兩盎司的商用砒霜，她表示是要用來毒老鼠的。她在毒藥簿簽下瑪莉．史萊德的名字，但筆跡卻被指認為屬於被告所寫。被告本人也承認買的人就是她，而且另有用途。因此，以下這點相對來說也就沒那麼重要了——不過你們也許會覺得值得注意：哈莉葉．范恩所租公寓的樓房管理員曾經作證表示，該處並無老鼠，而且在她賃屋居住的期間，也一直不曾有過。

「五月五日，被告再度購買砒霜。依被告本人所說，這次買的是一罐砒霜除草劑，牌子和齊衛利毒殺案所提到的一樣，這回她簽的是伊迪絲·華特士的名字。不過她所住的樓房並無附設花園，該處也沒有任何可以想見的原因需要使用除草劑。

「此外，從三月中到五月初這段期間，被告還先後買過其他幾種不同毒藥，包括氫氰酸（表面上看來是照相要用的）以及番木鼈鹼。她也曾試圖要買烏頭鹼，只是沒有成功。每一次她都換家店子，並且登記不同的名字。雖然砒霜是唯一和本案直接相關的毒藥，不過其他幾次購買也不可忽視，因為它們可以幫助各位了解被告當時的活動狀況。

「有關購買毒藥的事，不管被告所提的解釋是否屬實，你們都有必要加以考量。她說當時她正著手在寫一本關於毒殺的小說，採購毒藥是想藉由實驗證明，一般人若想取得致命毒藥其實並不困難。為了證實這點，她的出版商真福先生已經呈上此書手稿。你們也在法庭上傳閱過，如果有需要的話，做完總結後我會再次交給各位，讓你們在陪審室裡過目。手稿的片段曾經朗讀給各位聽，證實此書的主題確是砒霜下毒，裡頭有一段講到一名年輕女子前往藥局大量採購這種毒物。不過此處我必須重申先前想必提過的一點：從布朗先生處購得的砒霜為普用商業砒霜，業已依法以煤炭或藍靛上了色，為的是避免毒藥被誤認為白糖或者其他無害物品。」

撒孔·哈帝呻吟起來。「還要多久？噢，老天，這堆有的沒的商用砒霜廢話我們還得聽多久啊？凶手可說是從小就在親娘腳邊學會了啊。」

「本庭特別要你們記住上述日期——在此重申一遍——四月十日以及五月五日。」（陪審團寫了下來。彼德．溫西爵爺咕噥道：「他們全往寫字板上寫下：『她不認為這裡頭有一絲絲意義。』」弗瑞迪大人說：「什麼？什麼？」然後法官翻到他下一頁的筆記〔譯註：溫西所說的話是引述自《愛麗絲夢遊仙境》中荒謬的法庭審判〕。）

「約莫就在這時候，飛立普．波耶斯從前偶發的胃炎又開始發作了。你們看過葛林先生的證詞，應該知道波耶斯念大學期間他曾為類似的症狀醫治過他，但那已是多年前的事了。其後還有魏邇先生，他於一九二五年時也曾因類似病症開過處方給他，當時的情況並不嚴重，但卻是痛苦的折磨，病人出現嘔吐等等症狀，四肢疼痛不已——許多人偶爾都會碰到這種困擾。不過，這裡的日期卻有巧合之處，也許別具意義。這幾次發作——魏邇醫生的病歷本註明了——一次是在三月三十一日，一次是四月十五日，一次在五月十二日。各位也許會覺得這是三組巧合：哈莉葉．范恩和飛立普．波耶斯於『三月下旬』碰面，然後他在三月三十一日胃炎發作；四月十日哈莉葉．范恩購買兩盎司砒霜，接著他們於『四月的第二個星期』碰面，四月十五日他便再次發作；五月五日他們又碰一次面，而五月十二日他則第三次發病。諸位也許認為這其中的確有些蹊蹺，不過大家不要忘記，大英法庭其實無法證明，兩人於三月會面之前被告曾經買過砒霜。各位斟酌考量時，這一點必須謹記在心。

「第三次發作以後——也就是五月——醫生建議波耶斯旅遊散心，於是他就選擇了威爾斯西北角，遠行到該地的海列科古堡村。他玩得頗為盡興，健康也大有改善。當時有位叫做瑞藍．沃漢的朋友陪行，此人你們已經見過。這位友人表示：『飛立普並不快樂。』事實上，沃漢先生還得出結論說，他是為了哈莉葉·范恩才會心緒焦躁。他的身體健康雖然有進步，心情卻是日益沮喪，因此六月十六日那天，他便寫了封信給范恩小姐。由於此信事關重大，本庭再唸一次給各位聽：

親愛的哈莉葉：人生簡直就是一團糟。我無法在這兒撐下去了。我已經決定要斬斷羈絆，遠遊西方。不過走前我想再見妳一面，希望能夠挽回我們的關係。當然，妳不用勉強自己，只是我實在無法理解妳的態度。如果這回還是不能讓妳理性看待那件事的話，我就要永遠退出了。我預計二十日回到城裡。請告訴我什麼時候可以到妳的住處一談。

妳誠摯的飛

「這正如你們所想的，的確是封措詞極為含糊的信。應皮·畢格斯爵士以滔滔的辯才表達，寫信人所謂的『斬斷羈絆，遠遊西方』，『我無法在這兒撐下去了』，以及『永遠退出』，是要表明如果無法和被告重歸舊好的話，他就要一了百了。他指出，『遠遊西方』是眾人皆知的『死亡』隱喻。當然，這樣的解釋諸位或許覺得頗有道理，不過檢察官就此事提出盤問時，烏庫哈特先生表示，他認為這封信講的是他本人對死者提議過的一項計畫，亦即穿越大西洋到巴貝多（譯註：巴貝多是加勒比海的島國，前英國殖民地）度假散心。此外，睿智的檢察官也提出另外一點說，寫信人表示：『我無法在這兒撐下去了。』『這兒』指的是英國，或者海列科，因為如果他有自殺意圖的話，應該只是寫下：『我無法撐下去了。』

「各位無疑已就這一點有了自己的看法。值得注意的是，死者要求於二十日碰面，而這封信的回函則在我們手中，內容如下：

親愛的飛立普：方便的話，請於二十日晚上九點半左右過來，不過你不可能改變我的決定。

「上面只是簡單的簽了個『莉』。很冷漠的一封信，你們或許會認為——語氣幾乎帶有敵意。不過約會還是定在九點半。

「本庭不會再佔用各位太多寶貴的時間。各位一直都很有耐性地努力聆聽，目前還是要請你們全神貫注集中注意力，我們這就要講到死亡本身的確切日期了。」

老人兩手一上一下放在那疊筆記上頭猛力一拍，然後稍微前傾。內容他全部記在腦子裡了，雖然直到三天前他還一無所知。他尚未抵達囈語著青青草原以及童年往事的年齡。他仍然緊緊掌握著現實；他起皺指頭上灰色粉塊狀的指甲把筆記緊緊扣在下方。

「飛立普．波耶斯和沃漢先生於十九日晚間一起回到城裡，而且毋庸置疑，波耶斯當時的確是處於最佳的健康狀態。波耶斯和沃漢先生共度當晚，並且和往常一樣，隔日共進的早餐是培根炒蛋、桔子醬以及咖啡。十一點時，波耶斯喝了杯健力士啤酒並且表示，有個廣告說此酒『有益健康』。一點鐘時，他在他的俱樂部享用了一頓美味大餐，下午則和沃漢先生以及其他友人打了幾盤網球。球賽進行時，一名球員表示，海列科這地方對波耶斯大有助益，而他則回答說，幾個月來他都沒有這麼神清氣爽過。

「七點半時，他前往表兄諾曼・烏庫哈特先生的住處，和他共進晚餐。烏庫哈特先生以及侍候上菜的女僕，都沒有注意到他的神態或者外表有任何異狀。晚餐於八點整開始——本庭認為，你們應該寫下時間（如果各位尚未記下）並列出他們吃喝的清單。

「兩個表兄弟單獨用餐。首先是一人一杯雪莉酒來開胃。酒是一八四七年上好的奧莉若索，兩人坐在書房時，女僕將酒從剛開封的瓶子倒出來，注入玻璃杯中。烏庫哈特先生還保留了老式風雅的習慣，用餐全程都要女僕陪侍，因此當晚的這段時間我們才得以有兩名證人。你們已在證人席上見過女僕漢娜・衛絲洛了，想必各位都認為她是頭腦清楚、觀察細微的證人。

「總之，先是雪莉酒，接著則是冷肉湯，由漢娜・衛絲洛從餐具櫥上的蓋碗舀出來端上。這是道濃郁的好湯，搭配透明的肉凍食用。兩人都用了一些，肉湯並於餐後由廚子以及衛絲洛小姐在廚房喝完。

「湯之後是一塊搭配醬料的比目魚。各人的份在餐具櫥上切好，醬料碗則輪流遞給兩人取用，之後這道菜便被送進廚房吃完。

「之後上的是poulet en casserole，這道菜是將切塊雞肉和蔬菜一起放在耐火的炊具裡慢慢燉煮而成的。兩人都吃了一些，最後由女僕食用完畢。

「最後一道是甜蛋捲，由飛立普・波耶斯本人用煎鍋在桌上做的。烏庫哈特和他的表弟都非常講究蛋捲要在剷出鍋子時立即食用——此項規定非常明智，我建議各位蛋捲都要這樣處理，切記不可久置，以免硬掉。四顆尚未敲開殼的蛋一起送上桌，烏庫哈特先生將蛋一一打入碗裡，並拿糖罐撒糖調味，然後他便將碗遞給波耶斯先生說：『煎蛋捲你最內行，飛立普——交給你了。』飛立普．波耶斯把蛋與糖打勻之後放進煎鍋煎，並包入漢娜．衛絲洛從廚房拿來的熱果醬，之後便親自將它分成兩份，一份遞給烏庫哈特先生，剩下的自己食用。

「本庭刻意提醒各位這些細節，為的是要說明我們有充分證據顯示，晚餐的每道菜至少都有兩人食用，而且大部分是四個人。蛋捲——唯一沒有送入廚房的菜餚——是由飛立普．波耶斯本人調理，並和他的表兄一起享用。無論烏庫哈特先生、衛絲洛小姐，或者廚娘派娣根太太，都沒有因為吃下這餐而感覺不適。

「本庭也需提及，的確有一樣餐點是飛立普．波耶斯單獨食用的，亦即一瓶勃艮地紅酒。那是科頓的陳年佳釀，原瓶上桌。烏庫哈特先生拔出軟木塞，將這完好未動的酒交給飛立普．波耶斯，他表示自己無法飲用，因為醫生囑咐他不能以酒配餐。飛立普．波耶斯喝下兩杯，剩下的酒很幸運地還保留著。一如你們先前聽到的，這酒其後經過化驗，對人體完全無害。

「晚餐進行到九點，之後便要上咖啡了，但波耶斯婉拒不喝，理由是他不愛土耳其咖啡，何況哈莉葉．范恩其後有可能會招待他喝。九點十五分時，波耶斯離開烏庫哈特先生位於渥本廣場的房子，搭上計程車前往范恩小姐租住的公寓竇堤街一百號。兩處相隔約莫半哩。我們已有哈莉葉．范恩本人的證詞，一樓公寓房客布萊特小姐，以及路過該處、編號D1234的警員的說法，三人都指稱他在台階上按了被告家的門鈴，時間是九點二十五分。當時她正等著他來，於是馬上請他進門。

「不過當然，兩人的會談純屬隱私，所以除了犯人的說法以外，我們無從得知其他版本。她告訴我們，他一進門，她便端上『等在瓦斯口上的一杯咖啡』。睿智的檢察官一聽，立刻追問咖啡是等在什麼裡頭。被告顯然不太了解問題的意涵，便回答說：『在爐圍裡，以便保溫。』問題更加清晰地重問之後，她解釋說，咖啡是以湯鍋煮沸，並擱置於爐圍裡的瓦斯口上。檢察官於是請被告回想她所做的筆錄，其中有句話是：『他抵達時我準備了一杯咖啡等他。』你們應該可以聽出其中的玄機。如果咖啡是在死者抵達前準備好，並分別倒入杯中的話，她就可以堂而皇之地先往其中一杯加入毒藥並將那杯遞給波耶斯；如果咖啡是當著死者的面由湯鍋倒出來的話，下毒機會就小很多——不過當然還是可以趁著波耶斯分神時輕易做到。被告解釋說，當初筆錄中她說『一杯咖啡』，只是要表達『某種容量的咖啡』。這點你們應可判定是否為通行的表達方式。據她說，死者並未在咖啡加入牛奶或糖，而你們也聽過烏庫哈特以及沃漢先生作證說，他餐後習慣飲用不加糖的黑咖啡。

「根據被告筆錄所言，兩人的會談不歡而散。雙方互相指責起了爭執，十點左右時死者表示有意離開該處。她說波耶斯當時看來不太對勁，他表示自己身體不適，並認為她的態度嚴重影響到他的心情。

「十點十分時——本庭希望各位仔細記下這些時間——計程車司機柏克站在濟爾福街的路邊。飛立普・波耶斯走向司機，請他開往渥本廣場。他說波耶斯的語氣急促唐突，似乎是身體或心理受到重創。計程車停在烏庫哈特先生的屋前時，波耶斯沒有下車，於是柏克打開車門探看究竟。他發現死者一手壓住胃部縮進角落，滿臉蒼白全是汗水。他問他是否病了，死者答道：『噯，糟透了。』柏克攙著他下車，幫忙按了門鈴，撐著他的身體站在台階上。漢娜·衛絲洛打開門時，飛立普·波耶斯好像連路都沒法走，身體幾乎折成兩半，呻吟著陷進前廳座椅表示想喝白蘭地。女僕從餐廳捧來一杯濃烈的白蘭地蘇打，波耶斯喝過之後體力稍有恢復，便從口袋掏出錢付計程車資。

「由於他看來仍然相當虛弱，漢娜·衛絲洛便把烏庫哈特先生從書房請出來。他對波耶斯說：『哈囉，老弟——你怎麼啦？』波耶斯回答說：『天知道！我好難過。不過不可能是雞肉。』烏庫哈特先生說他希望不是，他沒注意到肉出了問題，波耶斯答說，不，想來是他慣常的那種病痛，不過以前從沒這麼嚴重。他被攙扶到樓上躺下，並且他們也打電話請來了葛藍傑醫生——因為他的診所離該處最近，而他當時也正好有空。

「醫生抵達前，病人吐得很厲害，之後還是持續地吐，一直沒有止住。葛藍傑醫生診斷他是得了急性胃炎。發高燒，脈搏跳得很快，而且肚子一壓便感到劇痛，不過醫生找不到任何可能指向盲腸炎或者腹膜炎的徵兆。因此他回到診所，調配了紓解劑控制嘔吐——裡頭混合了碳酸鉀、安非他命以及氯仿——但是沒有開其他藥物。

「第二天嘔吐持續，所以魏邇醫生就被請去進行會診，因為他對病人的體質瞭若指掌。」

此時法官停頓一下子，瞥瞥鐘。

「時間不早了，由於稍後還有醫學證據需要討論，本庭在此宣布休庭吃午餐。」

「是喲，」弗瑞迪大人說，「就在大夥兒的胃口全給倒盡的狗屁時間哩。走吧，溫西，咱們塞個豬排祭祭五臟廟去，好吧？——喂，我說啊！」

溫西沒理他，逕自匆匆擠身而過，邁向律師席去找正在和助理交換意見的應皮．畢格斯爵士。

「好像有點焦心哪，」阿布納特先生沉吟道，「看來是打算提個不同的理論吧。搞不懂我幹嘛跑來看這場渾爛秀。瑣碎無聊，真是的，而且那個女孩連漂亮都談不上。填飽肚子以後我看就不必回來了。」

他擠在人潮中緩步慢行，然後就面對面撞上了丹佛（譯註：丹佛位在英格蘭東部的諾福克郡）公爵夫人。

「一起吃午飯去吧，公爵夫人。」弗瑞迪滿懷希望地說。他喜歡公爵夫人。

「謝謝，弗瑞迪，我在等彼德哪。好有趣的案子，好有趣的人啊，你說是吧？不過陪審團會怎麼想，我就不知道了，他們一個個都拉長著臭臉，除了那個藝術家——不過少了恐怖的領帶跟鬍子的話，就一點特色也沒有了，看起來像基督，但不是真的基督，只是穿了粉紅袍子罩藍衣的義大利基督像喔。陪審團那兒可不是彼德的柯林森小姐嗎，她怎麼會跑去湊一腳的啊，我說？」

「他把她安置在這附近一棟房子哪，」弗瑞迪說，「有個打字間給她管，店面樓上給她住，讓她幫忙搞他那些個好笑的慈善把戲玩呢。挺有趣的老傢伙可不是？九〇年代雜誌跑出來的人物。不過她幫他打理得好像還挺不錯。」

「是啊——人又這麼好，得回應那些雜七雜八好生可疑的廣告，然後把罪犯一個個揭發出來哩，實在勇敢。有些人全身油膩可怕透頂啊，連殺人犯都有哩，準定每只口袋裡都擺了自動手槍還有救生圈什麼的，瓦斯烤箱裡肯定全是人骨，就跟藍道魯一樣，好聰明啊這個人，你說是吧？說來還真有那種女人呢——有人說她生來就要給害死的——長得豬頭豬臉但也不該因此送命吧，也許只是不上相而已，好可憐。」

公爵夫人講話又比往常更沒邊際了，弗瑞迪想著，她一邊講話眼睛還溜向她兒子，焦慮的模樣頗為反常。

「老溫西回國來了可真棒，對吧！」他說，是單純的友善。「這種事他熱中的程度無人能比呢。回到家才把行李擺下來，就像老戰馬要聞出TNT一樣衝出門哩。看來又要不眠不休搞上好一陣了。」

「嗯，因為這是帕克探長的案子啊。他們感情好得緊，你知道，就跟大衛王跟別是巴一樣——或者我想說的是但以理哪（譯註：別是巴Beersheba是以色列一座城市，發音近似大衛王愛戀並迎娶的大臣妻子拔式巴Bathsheba；但以理為舊約裡的先知）？」

溫西就在這個錯綜複雜的時刻加入他們，熱情洋溢地挽起他母親的手臂。

「姆媽，讓妳久等真是抱歉，剛才我得跟畢格斯說句話。他備受煎熬，而且那個傑弗瑞什麼的法官老頭還真是一副才要訂做學士帽的樣子哩。我要回家把書都燒掉。毒藥的事知道太多很危險，妳說是吧？縱然妳如同冰一般貞潔，如雪一般純淨，仍然逃不掉老貝利（譯註：這句話是出自莎劇《哈姆雷特》，為哈姆雷特對劇中發瘋的奧菲莉亞所說的話，但句尾的蜚短流長被溫西改成老貝利；老貝利Old Baily為倫敦中央刑事法庭的別稱，因其位在老貝利街而得名）。」

「那位小妞可沒自個兒把配方服下肚吧？」弗瑞迪道。

「你該加入陪審團的，」溫西回道，語氣反常的尖酸，「我看他們現在準定都在說同樣的話呢。我敢說那個陪審團主席是酒鬼——我瞧見薑汁啤酒給送進陪審室哩——這會兒我只希望那酒砰個爆掉，把他的內臟全從腦門頂上射出去才好。」

「好啦，好啦，」阿布納特先生安撫道，「你是需要喝杯酒。」

第二章

匆匆入座的聲音逐漸平息下來；陪審員回來了；被告突然又出現在被告席，彷彿盒子裡的傑克（譯註：Jack-in-the-box 為藏有玩具小丑頭顱的盒子，可按鈕讓頭彈跳出來）；法官再次入座。有些玫瑰花瓣剝落了開來。蒼老的聲音拾起故事中斷的線頭接下去。

「諸位陪審員，想來本庭應該無須鉅細靡遺地重述飛立普・波耶斯發病的過程。六月二十一日他們找來護士，當天醫生也曾三次為他看診。他的情況持續惡化，一再嘔吐下痢，食物和藥物都完全無法吸收。隔天，二十二日，他的情況又更糟了——身體劇痛，脈搏逐漸微弱，嘴邊的皮膚乾裂脫皮。醫生竭力照護，但還是回天乏術。他的父親被請去了。他抵達時，發現兒子還有意識，但無法起身。不過他還能講話，並當著他父親以及威廉絲小姐的面開口說：『永別了，老爸，我很高興可以脫離苦海。這樣一來哈莉葉就能擺脫我了——我不知道她有那麼恨我。』這段話委實非比尋常，而且我們已經聽過兩種不同的詮釋，如何決定則端看各位。到底他的意思是：『她成功地擺脫我了，我不知道她會恨到想要毒死我。』或者他的意思是：『我體認到她的確恨我的時候，決定不要活下去了。』——又或者這兩個意思都不是。人病重時，時而會胡思亂想，時而則腦袋昏糊；也許諸位認為，把某些話看得太過認真並無好處。不過他的話是證詞的一部分，你們有權加以考量。

「到了晚上，他逐漸耗弱並且失去意識，凌晨三點他嚥下最後一口氣，意識一直沒有恢復過來。當時是六月二十三日。

「直到那時為止，一直沒有人起過疑心。葛藍傑醫生和魏邇醫生一致認為死因是急性胃炎，我們也無須責怪他們得出這個結論，因為病人的症狀以及長久的病史都符合這種說法。死亡證明書於是比照一般做法發下來，葬禮於二十八日舉行。

「咳，之後便發生了這類案子經常碰到的狀況，亦即有人開始講話。本案中講話的人，正是威廉絲護士。雖然各位或許覺得，身為護士卻有這種表現委實不妥而且太不謹慎，不過依據後續發展來看，她這麼做確實是好事一件。當然，她應該在第一時間就把疑慮告訴魏邇或者葛藍傑醫生的，不過她沒有。然而這點無須追究，因為醫生表示，當初即使她講出來而他們也發現病痛是源於砒霜中毒，還是無法挽回這名不幸男子的性命。總之，事情之所以發生，是因為威廉絲護士於六月的最後一個星期被派去照護魏邇醫生另一名病人，他正好就是飛立普・波耶斯以及哈莉葉・范恩所屬的布魯姆斯伯里（譯註：Bloomsbury 為倫敦市中心一區，一九〇五年到二次大戰之間，某些藝文人士常在此處聚會，其中也包括知名作家維吉妮亞・吳爾芙）團體的成員。她在那位人士家中聊天時提到飛立普・波耶斯，並說依她想來，他的病其實和中毒症狀很像，還講出砒霜兩個字。各位想必都很清楚這種事情散播的速度。

一個人告訴另一個，然後就在茶會或者所謂雞尾酒會的地方討論起來，之後不久，故事便傳開了，大家講起名字也選了邊站。這件事瑪里奧小姐以及普萊絲小姐都聽到了，沃漢先生也有耳聞。沃漢先生原本就因為飛立普．波耶斯過世感到情緒低落與震驚，尤其他又陪他去過威爾斯，知道那次度假之後他的身體有起色。此外，哈莉葉．范恩對兩人的戀情態度惡劣，他更是極端反感。沃漢先生覺得，這件事他一定要採取恰當的對策，於是就登門拜訪烏庫哈特先生，對他說明事情的始末。由於烏庫哈特先生是個律師，對謠言以及疑慮傾向採取謹慎的態度，他警告沃漢先生說，四處中傷別人並非明智之舉，因為有可能招致對方控告誹謗。然而在這同時，他也感到相當不安，因為死在他家裡的親戚如今引發出這種流言，於是他便採取了行動——相當明智的行動。他找魏邇醫師商量並提議，如果醫師有把握病痛是導自胃炎而非其他的話，就應該出面反駁威廉絲護士的說法，以免謠言繼續擴延。魏邇醫生聽了這番話以後大感訝異也很憤怒，不過仔細斟酌之後，他表示如果純就症狀本身而言，其實也無法完全否認這種可能。原因是，正如你們先前聽過的醫學分析所言，砒霜中毒的症狀和急性胃炎其實難以分辨。

「沃漢先生輾轉得知此事以後，疑慮得到證實，於是他便寫信給老波耶斯先生，建議他申請調查。波耶斯先生自然非常震驚，馬上表示他會處理。他很清楚兒子和哈莉葉．范恩的關係，並注意到她未曾關切飛立普．波耶斯的病情，也沒有參加葬禮，這種種表現都讓人覺得她無情無義。於是他聯絡上警方，並申請到驗屍同意書。

「詹姆斯．盧巴克爵士以及史帝芬．福代斯先生所做的醫學分析，你們先前已經聽過。

關於化驗的方式以及砒霜在人體作用的情形等等，曾經有過許多討論，不過，我想我們無須為這些枝微末節操心太多。醫學證據顯示的重點依我看來如下，如果各位願意的話請記下來。

「分析師將某些器官，比如胃、小腸、腎臟、肝臟等取出來，並截取各器官的某一部分做化驗之後，發現裡面都含有砒霜。他們算出這些不同部分所含砒霜的總量，並據此計算出整具屍體所含的砒霜量。當然，他們也必須考量到嘔吐、下痢以及經由腎臟排出的砒霜——排除這種毒物，腎臟扮演了非常重要的角色。把這些狀況都納入考量後，他們認為，死者於死前三天曾經服下致命的高劑量砒霜，也許有四或五喱（譯註：一喱等於0.065克）。

「我不知道各位是否聽懂了本案涉及的所有專業性論點，不過我會嘗試說明我所了解的重點。砒霜的特性是可以快速穿行人體——尤其如果又是搭配食物一起吃或在用餐後馬上服用的話，這是因為砒霜會刺激內臟的壁膜，加速自身排出的過程。此外，液態砒霜又比粉狀砒霜更容易排除。如果與食物同時吃下，或者緊跟著餐食服用，砒霜可以在病發後的二十四小時之內幾乎排盡。所以，雖然屍體裡發現的砒霜含量對你我來說似乎很小，然而經過三天不斷的嘔吐下痢等等，還能在體內發現砒霜，這就表示死者曾在某個時間服食了相當高的劑量。

「此外，症狀初次出現的時間也引發了諸多討論。被告律師表示，飛立普·波耶斯也許是自己服下砒霜，時間則在他離開哈莉葉·范恩的公寓到濟爾福街叫車之前。他們也將相關書籍帶來了法庭，指出在許多案例中，症狀於服用砒霜後沒多久便出現了。最快的，照書上所說我想是一刻鐘，服的是液態砒霜。根據囚犯口供——這點我們別無佐證——飛立普．波耶斯於十點鐘離開，十點十分到濟爾福街。當時他已出現病容。時間那麼晚了，因此開車到渥本廣場其實花不了幾分鐘，但他抵達目的地時，就已經疼痛難耐幾乎無法站立。濟爾福街離竇提街很近，走路也許三分鐘就到，所以你們必須考慮到，如果被告的口供無誤，那十分鐘內他到底做了什麼？他是否逕自找了一個安靜的地方服下砒霜呢？這也就意味了他是因為不看好和被告的談話，才會攜帶毒物。此處我必須提醒各位，辯方並沒有提出證據顯示，飛立普．波耶斯買過砒霜或者有機會拿到砒霜。但這並不表示他無法取得砒霜。哈莉葉．范恩曾經購買多次，這就意味了毒物販售法的執行並非如我們所願的那麼嚴謹，不過，各位不要忘記，辯方其實也未能證明死者曾經擁有砒霜。此外我也要補充一點：奇怪的是，化驗師並未找到理當摻入商用砒霜的煤炭或者藍靛。照理說，不管購買人是被告抑或死者，毒物應該都含有染劑才對。不過各位也許可以推斷說，所有痕跡都已藉由嘔吐的排毒過程清出體外了。

「自殺的說法若要成立，你們就得考量那十分鐘了。波耶斯是趁那個空檔服下砒霜嗎？或者——這也頗有可能——他是因為身體不適走到某個地方恢復元氣，又或者只是四處走走而已，因為一般人沮喪時都有這個習慣。另外，你們也可能會認為是被告搞錯了他離開公寓的時間，甚或沒講實話。

「不過，你們先前已聽過被告的口供，說是波耶斯離開她住處前曾提到自己感覺不適。如果各位認為那是砒霜造成的，當然就可以排除他離開公寓後服毒的可能。

「如果認真思考的話，你們會發現，症狀出現的遲早問題其實並未釐清。不同的醫師曾經出庭告訴各位他們自身的經驗，以及相關書籍中醫學權威引用的案例。你們應該注意到了，症狀出現的時間其實沒有定論。短則一刻鐘或半個鐘頭，有的是兩個鐘頭，久的甚至拖到五六個鐘頭，而且據我所知，有個案例甚至是服毒後七小時才出現症狀。」

此時，檢察官畢恭畢敬地站起來說：「在那個案例裡，庭上，我想毒藥應該是空腹服用的。」

「謝謝，非常感謝你點明這點。在那個案例裡，毒藥的確是空腹服下的。不過，我舉出許多例子為的只是要說明，我們處理的現象其實沒有定論，我之所以特別提醒你們注意飛立普・波耶斯於六月二十日當天進食的所有場所，是因為你們很有可能必須將其一一納入考慮。」

「好個禽獸，不過是個公正的禽獸。」彼德・溫西爵爺喃喃道。

「化驗的結果，有一點我是刻意保留到現在才向各位說明的——亦即，頭髮裡發現了砒霜。死者留鬈髮，而且留很長，前方的頭髮拉直後，某些髮長約莫六七吋，砒霜是在這些頭髮靠近頭皮的地方發現的。砒霜並沒有滲入最長那些頭髮的尾端，而是在貼近髮根處找到的，據詹姆斯・盧巴克爵士所說，其中的含量要比砒霜以自然方式進入人體的量大很多。一般人的髮膚等處偶爾出現微量砒霜的痕跡其實並非毫無可能，不過不至於多到如本案所見。這是詹姆斯・盧巴克爵士的說法。

「各位已經得知，醫學證人也一致同意：人若服下砒霜，會有一定的比例積存在皮膚、指甲以及頭髮裡。砒霜先是沉澱在髮根內，其後頭髮變長時，砒霜則會跟著長出的頭髮往外推，因此，根據髮內砒霜的位置，你們便可以大致推算出施用砒霜的時間。有關這點的討論非常多，不過我想一般都有個共識：如果服下一劑砒霜，約莫十個星期之後，很可能會在頭髮靠近頭皮處找到痕跡。頭髮一年約莫長出六吋，砒霜也會跟著往外走，直到移至髮尖處被剪掉。我確信陪審團中的女士們對這點都很清楚，因為一般所謂的『燙髮』也是經過同樣的歷程。頭髮的某些部位燙捲了，之後一段時間鬈髮往外延伸，靠近頭皮處新生的頭髮則是直的，於是又得去燙。你們可以藉由鬈髮的位置，判斷出頭髮是什麼時候燙的。同理，如果哪片指甲淤血，變色的部分也會逐漸往外長，直到最後你可以拿剪刀剪掉。

「先前我們已經得知，由於飛立普．波耶斯的髮根及其周遭留有砒霜，因此他至少死前三個月便已服下砒霜。你們在斟酌這點有多重要的同時，必須記得被告曾於四、五月間購買砒霜，而且死者曾在三、四以及五月發病。死者與被告鬧分手是在二月，他三月生病，死於六月。分手與死亡之間相隔五個月，首次發病到死亡那天則隔了四個月。各位或許會認為，這些日期不無意義。

「現在，我們則要談到警方所做的努力。案情經人指出可疑後，探員開始調查哈莉葉．范恩的作息活動，並前往她的公寓做筆錄。他們告訴她波耶斯其實是死於砒霜中毒時，她看來非常訝異，並說：『砒霜嗎？真是不可思議！』然後便笑起來說：『怎麼，我目前就在寫一本關於砒霜中毒的小說呢。』他們問及她當初購買砒霜及其他毒藥的事時，她很快就承認了，並且馬上提供其後她在法庭所提的解釋。他們問她是怎麼處理毒藥的，她答稱已經銷毀，因為家中置放毒物很危險。警察搜過公寓，但是沒有找到毒藥，只除了阿斯匹靈以及類似的幾種普通藥物。她堅決否認曾對飛立普・波耶斯施加砒霜或者他種毒藥，被問及砒霜是否會在無意間放進咖啡時，她答稱絕無可能，因為她早在五月底之前就銷毀了所有毒藥。」

此時應皮・畢格斯爵士插話了，謙和有禮地建議庭上提醒陪審團回想先前夏龍芮先生所說的證詞。

「當然，應皮爵士，非常感謝你。各位應該還記得，夏龍芮先生是哈莉葉・范恩的經紀人。他曾經出庭告訴我們，早在去年十二月他們便討論過她即將出版的書，當時她告訴他主題會是毒藥，而且很可能是砒霜。你們或許認為這點有利於被告，因為早在她和飛立普・波耶斯爭吵以前，她就有意研究砒霜的購買以及施用等相關問題。她顯然花了不少心血研讀這項主題，因為她的書架擺滿了討論法醫學和毒物學的書，以及幾次著名毒殺案的相關報導，包括馬德琳・史密斯案、塞頓案、以及阿姆斯壯案——都是砒霜毒殺。

「總之，本案的前因後果大致便是如上所說。這名女子被控施用砒霜毒害前任戀人，而他也確實服下了砒霜。如果各位認為是她施加毒藥於他，意在傷害或者謀害對方，並且他也是因此死亡的話，你們就有責任宣判她犯下殺人罪行。

「應皮・畢格斯爵士口才便給雄辯滔滔，他告訴大家她其實沒有犯案動機，但是我必須告訴各位，常人犯下凶案通常都是為了看來相當不合理的原因——其實又有哪個原因是言之成理，足以讓人犯下這種罪行呢？尤其如果當事的兩造是夫妻或者以夫妻之名同居，道德標準不夠高而又心緒不穩的話，便很可能因為情緒失控而暴力相向。

「被告握有砒霜這項工具，並且具備專門知識，同時她也有過機會可以施用毒物。辯方表示這些都還不足以構成罪證，他們認為大英法庭必須進一步證明，毒藥不可能是經由其他方式服下的才能讓人心服：比如意外，或者意圖自殺。這點就要由你們來判斷了。有關被告刻意施毒於飛立普．波耶斯的說法，你們倘若心存合理的懷疑，那就必須宣判她並未犯下殺人重罪。如果不是她下的毒，你們則無須決定毒藥是如何施用於死者身上。本案的各種情況你們必須整體考量，並於庭上宣告最後決議。」

第三章

「搞不了多久的，我看，」華福斯・紐頓說，「媽的怎麼判實在太明顯了嘛。好啦，老哥，我這就交稿去了。結果怎麼樣電話上告訴我喲。」

「沒問題，」撒孔・哈帝說，「如果你不介意拐到我們報社幫忙交稿的話。你沒法兒用電話線送酒過來，對吧？我的嘴又臭又乾就跟鸚鵡籠的底一樣。」他看看錶。「只怕趕不上六點半出的報了，除非他們快一點。老頭子講話挺小心，不過真是天殺的慢哪。」

「他們總得做做表面功夫，假裝討論一下才行。」紐頓說。「我看頂多二十分鐘吧。他們八成會想抽菸。我也是。萬一拖太久的話，我差十分整點的時候會回來。」

他擠身出去了。卡特柏・羅根——一家早報的記者——神態則較為悠閒。他定下心神，開始為審判寫下一篇文情並茂的報導。這人冷靜沉穩，在法庭就跟在別處一樣都能自在地寫作。他喜歡處於事件發生的現場，記下眼神、聲調，以及各種色彩組合出來的效果。他的文章娛樂性向來很高，有時甚至頗為出色。

弗瑞迪．阿布納特午餐後終究還是沒有回家，不過這會兒他覺得的確是該走了，便開始坐立不安，搞得溫西猛皺眉頭。老公爵夫人夾在板凳之間一路走來，擠到彼德爵爺身邊。應皮．畢格斯爵士從頭到尾照顧了客戶的權益，此時他已經離開座位，滿面春風地在和檢察官聊天，一群法界小嘍囉則緊緊尾隨於後。被告席空無一人。法官席上，紅玫瑰形單影隻，花瓣落了下來。

帕克探長掙脫了一群友人，緩緩穿梭於人群當中，走到老公爵夫人面前向她打招呼。

「這案子你覺得怎麼樣，彼德？」他扭頭對溫西說，「處理得還算乾淨俐落，是吧？」

「查爾斯，」溫西說，「沒有我在身邊，你還是不要到處亂跑。你犯了個大錯囉，老兄。」

「犯錯？」

「她沒殺人。」

「啐，胡說！」

「她沒殺人。法官很有說服力，而且說詞毫無瑕疵，不過全搞錯了。」

「你不是說真的吧。」

「正是。」

帕克看來沮喪。他對溫西的判斷有信心，而且原本他雖然確定自己的看法沒有錯，這會兒還是動搖了。

「親愛的老兄啊，漏洞在哪裡？」

「沒有漏洞。天殺的刀槍不入，完全找不出毛病，只除了女孩是清白的。」

「請講白話文好嗎？」帕克不自在地笑了起來。「您也附議吧，公爵夫人？」

「真希望我認識那個女孩兒。」老公爵夫人答道，還是她一貫迂迴的講話方式。「好有趣，真是一張特別的臉，雖然嚴格說來不算好看，不過有趣就在這裡了，因為好看的人多半是母牛。我讀過她一本書，寫得真好而且構思巧妙，我讀到兩百頁才猜出凶手，說來我通常都是讀了十五頁就有譜了。寫犯罪的書，可自己又被控犯罪，這可真是奇怪，有些人或許覺得是報應。我在想哪，如果她沒幹的話，她可看出凶手是誰了嗎？依我說，推理作家在現實生活裡好像都推不出什麼理來，對吧？只除了艾德格・華萊士（譯註：Edgar Wallace，英國推理作家，本書所設背景為一九二〇年代，他的作品銷售量在當時號稱僅次於聖經，目前中譯著作有《十三號房》，他亦是三〇年代知名電影《金剛》編劇），他好像無所不在，還有親愛的柯南・道爾跟那個叫什麼名字的黑人，另外當然就是那個史萊德什麼的囉，醜聞一樁啊，雖然這會兒我一想，蘇格蘭的確就是有那麼些奇怪的法律規定所有的東西都得結婚才行哪（譯註：福爾摩斯探案的作者柯南・道爾是蘇格蘭人，而此處提到的史萊德則是為了一樁他並未涉案的謀殺罪在蘇格蘭的監獄服了十八年的刑；而講到了蘇格蘭的醜聞，老夫人難免就要抱怨一下蘇格蘭人的法律很寬容的讓十六歲以上的孩子可以不經父母同意就結婚——英格蘭的規定是二十一歲——所以英格蘭的小情侶往往會私奔到蘇格蘭邊境的小鎮完成終身大事）。總之，依我說啊，我們馬上就會知道，不是真相啦，這倒不一定，而是陪審團怎麼想。」

「對啊。他們搞得比我原先想的還要久哪。可是，我說啊，溫西，希望你能告訴我——」

「遲了，遲了，你無法進來。我已將我的心鎖進銀匣，並且拿起金針扣上（譯註：這句話是出自蘇格蘭古歌謠，述及一名未婚懷孕被戀人拋棄的傷心女子；喜好引經據典的溫西將原句中金與銀的位置對調）。除了陪審團以外，任何人的意見都不重要了。依我看，柯林森小姐八成正在大放厥辭。她的話匣子只要一打開，可是一兩個小時都闔不上。」

「噯，已經過了半小時呢。」帕克說。

「還在等嗎？」撒孔．哈帝說，回到記者桌。

「對——你還說二十分鐘呢。依我看，已經耗了三刻鐘。」

「他們去了一個半小時耶。」有個女孩對她的未婚夫說，就在溫西後面。「到底會在討論什麼呢？」

「也許搞半天他們覺得不是她幹的。」

「胡說八道！當然是她。光看臉就知道。硬繃繃的，我就這麼說，而且她連哭個一下什麼的都沒有。」

「噯，不知道哪。」年輕人說。

「你該不會是仰慕她吧，法蘭克？」

「噯，呃，不知道哩。不過我看她不像女凶手。」

「你又怎麼知道女凶手長什麼樣子了？你碰見過嗎？」

「噯，我在杜莎夫人的蠟像館看過。」

「哼，蠟像館。蠟像館隨便哪個人看起來都像凶手。」

「呃，也許吧。來顆巧克力糖如何？」

「兩小時又十五分，」華福斯・紐頓說，很不耐煩，「他們八成是睡著了。得出特刊才行。要是搞整晚的話怎麼辦？」

「大不了我們就在這兒坐整晚啊。」

「呃，輪到我喝酒去了。一定要告訴我結果，好吧？」

「沒問題！」

「我跟一名庭丁談過，」萬事通先生神氣活現地告訴一位朋友，「法官才派了人進陪審室，問說他幫不幫得上忙。」

「是嗎？他們怎麼說？」

「不知道。」

「搞了三個半小時，」溫西後面的女孩說，「我快餓昏啦。」

「是嗎，達令？想走嗎？」

「不行，我要聽判決。都等這麼久了，還是再等下去吧。」

「噢，那我去買三明治給妳吃。」

「嗯，你真好。不過別去太久，因為聽判決的時候，我知道我一定會歇斯底里的。」

「我會盡快回來。好在妳不是陪審員哪，他們什麼都沒得下肚。」

「什麼，沒得吃沒得喝嗎？」

「什麼也沒有。我看連點燈跟生火都不行。」

「好可憐！不過大樓有中央暖氣，不是嗎？」

「其實這兒已經夠熱了，我倒是很高興可以到外頭呼吸新鮮空氣。」五個鐘頭。

「街上擠得滿滿的。」萬事通先生說，他才探勘回來。「有的人開始噓嫌犯，一隊人馬立刻攻上去，有個傢伙還被抬上救護車哩。」

「真的嗎？好好玩！瞧！是烏庫哈特先生呢，他回來了。真叫人替他難過，是吧？有人死在自己家裡實在好慘。」

「他在跟檢察官講話呢，看來他們全都好好吃過一頓了。」

「檢察官沒有應皮．畢格斯先生英俊。聽說他養金絲雀，是真的嗎？」

「檢察官嗎？」

「不，我是說應皮爵士。」

「嗯，的確沒錯。他養鳥是要得獎的。」

「多奇怪的想法！」

「忍著點，弗瑞迪，」彼德．溫西爵爺說，「有動靜了。他們來了，屬於我的，我的愛，願這腳步聲永不如此輕杳（譯註：這段話是改動自十九世紀英國詩人旦尼生爵士的情詩〈茉德〉，詩中提及人死後的精魂）。」

法庭裡眾人起立。法官入座。被告再度出現於被告席上，她的臉色在燈光下看來非常蒼白。通往陪審室的門打開來。

「瞧他們的臉，」未婚妻說道，「聽說啊，如果判決有罪的話，他們根本就不會瞧被告一眼。噢，阿契，快握住我的手！」

書記官對陪審團發話，語氣中的禮貌在和責怪爭戰。

「各位陪審員，你們達成判決協議了嗎？」

陪審團主席起立，一副受傷的懊惱表情。

「很抱歉，我們無法達成共識。」

驚呼與喃喃聲在法庭上蔓延開來，久久不止。法官探身向前，彬彬有禮毫無疲態。

「如果再多給一點時間的話，諸位是否有可能達成協議？」

「恐怕沒辦法，大人。」陪審團主席惡狠狠地瞥向陪審席的一角。該處的老小姐低垂著頭，兩手緊緊交握。「我看不出我們有達成協定的可能。」

「我能幫上什麼忙嗎？」

「不能，謝謝你，大人。證據我們都很清楚，但是無法達成共識。」

「真是不幸。我想各位也許最好再試一次，如果還是無法做出決定的話，請再回座告訴我吧。在此同時，如果我對法律的了解能夠有所幫助，也希望各位能夠善加利用。」

陪審員苦著臉拖著腳離開了。法官猩紅色的袍子拖過法官席後方。喃喃的對話聲逐漸揚起，膨脹成轟轟巨響。

「老天爺，」弗瑞迪・阿布納特說道，「我看一定是你的柯林森小姐在主打這場重頭戲，溫西。你瞧見陪審團主席火著眼睛瞪她看了吧？」

「她是不折不扣的大好人，」溫西說，「心地善良！良心銅打鐵鑄堅固得很，有可能會硬撐到底。」

「我看是你在腐化陪審團，溫西。你跟她打了信號什麼的對吧？」

「沒有。」溫西說。「不管你們信不信，我是忍著連眉毛也沒抬一下。」

「這就叫不打自招，」弗瑞迪咕噥道，「拖了這麼久，功勞算你的。不過對想吃晚餐的人來說，也未免太殘忍了。」

六個鐘頭。六個半鐘頭。

「終於！」

陪審團再度魚貫出場時，一個個看起來像是殘兵敗將。飽受煩擾的女人剛才哭過，捂了條手帕還哽咽著。得重感冒的男人快要不支倒地。藝術家的頭髮揪成了一簇蓬亂的樹叢。公司老闆和陪審團主席像是想要掐死人，而老小姐則閉緊了眼睛，蠕動著嘴唇彷彿在禱告。

「各位陪審員，你們達成判決協議了嗎？」

「沒有。我們很肯定，絕對不可能達成共識。」

「百分之百確定嗎？」法官說。「我不希望催促各位。如果需要的話，我一定全力配合，等多久都可以。」

公司老闆那聲咆吼連頂層樓座都聽得到。陪審團主席耐住性子，回答的聲音交雜了怒氣與疲憊。

「我們是不可能達成協議的，庭上，就算在這裡待到末日審判也沒有用。」

「實在不幸，」法官說，「不過既然如此，本庭自然只能解散各位，宣告重新開庭審理了。我相信各位業已克盡全力，很有耐性且全神貫注地將這件案子從頭聆聽到尾，並且貢獻了各自才智與良心的極限。本庭在此宣布解散各位，未來十二年內，你們有權不再擔任陪審工作。」

法庭程序尚未進行完畢，法官的袍子也還閃現在陰暗的小門口之時，溫西已經奔往律師席了。他一把拉住律師的袍子。

「老畢，幹得好！這一來你又有機會了。讓我加入吧，我們可以反敗為勝。」

「你真的這麼想嗎，溫西？不過我倒是得承認，結果比我預期的要好呢。」

「下回絕對會更好。這樣吧，老畢，不如就安排一個助理之類的位置給我吧。我想跟她約談。」

「跟誰？我的客戶嗎？」

「對，我對這件案子有個預感。我們得幫她脫罪，我相信一定行得通。」

「也好，那就明天來找我吧。現在我得找她談一談。明早十點我會在辦公室等你。晚安了。」

溫西快步離去，趕往邊門。陪審員魚貫從門裡走出來，最後一個出現的是老小姐，帽子歪向一邊，雨衣搭在肩上糾成古怪的一團。溫西衝過去抓住她的手。

「柯林森小姐！」

「彼德爵爺！噢，天老爺！今天真是慘啊。你知道嗎？搞出麻煩的是我，主要是我，幸好還有兩個人仗義執言給了我支持。真希望我沒做錯，彼德爵爺，不過我就是沒辦法昧著良心硬說是她幹的，因為我相信她沒有。老天明鑒，我能違背良心嗎？」

「妳做得再對也不過了。她沒幹，而且感謝老天妳願意跟他們對抗，這一來她就有機會洗刷罪名了。我會證明她不是凶手。而且我這就要請妳去吃晚餐，而且——我說啊，柯林森小姐！」

「嗯？」

「希望妳不介意我今天一直到現在都還沒有刮鬍子，因為我打算把妳帶到一個安靜的角落吻妳呢。」

第四章

隔天是星期天，不過應皮・畢格斯爵士取消了他的高爾夫球之約（恰巧雨勢滂沱，因此他還不至於太過遺憾），改而主持起一場緊急協商會議。

「哈囉，溫西，」律師說，「這個案子你有什麼想法嗎？容我為你介紹克羅富與古柏律師事務所的克羅富先生——辯方的初級律師（譯註：初級律師只能處理法律事務兼及調查，無法出庭公開辯護）。」

「我的想法是，范恩小姐沒有犯案。」溫西說。「我敢說這個想法也曾閃過兩位的腦際，不過由於得到我偉大頭腦的鼎力支持，想必可以激發出更多強力的火花吧。」

克羅富先生不太確定他到底是在耍寶，或是自我膨脹，只能謙恭地展露笑容。

「的確，」應皮爵士說，「不過我倒滿想知道，到底有幾個陪審員也這麼認為。」

「噢，答案我知道，因為我認識其中一員。總共是一個女人和半個女人外加約莫四分之三個男人。」

「這話怎麼說？」

「我認識的這個女人堅持到底，認為范恩小姐不是那種人。不過他們還是軟硬兼施想要逼她就範，畢竟面對那一長串證據，她其實無法明確指出漏洞在哪裡啊，不過她說被告的言行舉止也該算做證據，所以她有權把這點納入考量。值得慶幸的是，這位瘦削剛強的老小姐消化力特別強，聖公會訓練出來的好鬥良心亦頗經得起重大考驗，而且耐受力十足。她任由他們縱馬疾馳講到快要倒地，然後才說她還是不信，也不打算說她信。」

「好個鬥士。」應皮爵士說。「凡是篤信基督教所有基本教義的人，都不會屈服於區區的不利證據。不過，我們可沒辦法仰仗將來會有一整團的基督徒敢死隊來當後盾吧。另外那個女人跟男人又是怎麼回事呢？」

「噯，女人倒挺出人意表。她就是把一家糖果店開得生意興隆的胖女士。她說她覺得本案並無定論，認為波耶斯也許是自行服毒，但也不排除他表兄下毒的可能。怪的是，她有這種想法是因為參加過一兩次砒霜毒殺的審判，而且又對其他幾件類似案子的判決不滿意——塞頓案尤其。整體來說她對男人沒有好感（她才埋掉她的第三個），同時也秉持原則不相信專家的意見。她說，她私心以為范恩小姐有可能是凶手，不過她不會單憑醫學證據就隨便把人送上絞架。雖然她原先有意照著大多數人的意見投票，不過因為陪審團主席想拿男性的權威壓服她，一怒之下她便改而支持我的朋友柯林森小姐啦。」

應皮爵士笑起來。

「有趣啊有趣，希望我們每次都能聽到這種有關陪審團的內幕消息。我們做牛做馬準備證據，但卻有個陪審員打定主意，要根據根本算不上證據的證據來投票；另外一個人支持嫌犯所持的理由，則是不能採信證據。請問男人又是怎麼說的呢？」

「男人是藝術家，也只有他才真能了解藝術家的個性和生活。他相信你的客戶所講的爭執版本，還說女孩對男人的表現如果真的覺得不恥，那就根本不會殺他。她只會冷冷站在一旁看著他受苦——當他是那首搞笑歌裡的缺牙男子一樣。她購買毒藥的說法他完全相信，雖然其他陪審員都覺得根本站不住腳。他還表示，聽說波耶斯是個自大的假道學，所以除掉他算是功德一件。他不幸讀過他幾本書，覺得這人是國家的包袱兼社會公害。事實上，他覺得他很有可能是自殺，如果有誰打算採信這個觀點的話，他會馬上附議。他還嚇了陪審團一跳，說他習慣晚睡而且不在乎悶熱的空氣，若要熬到天亮他也不反對。柯林森小姐則說，為了正義和理念，些許個人的不適何足掛齒哉。就在這時候，第三個女人歇斯底里發作，另一個男人大發雷霆——他隔天有筆重要的交易得結案。為了避免眾人拳腳相向，陪審團主席便說，他覺得大家最好達成無法取得共識的共識。哪，事情經過便是這樣了。」

「嗯，總之他們給了我們一個機會，」克羅富先生說，「只有百利而無一害。案子要等下次開庭時才能再審，所以我們約莫有一個月的時間準備，何況下次主審的法官也許會是班克勞福，他不像傑弗瑞那麼嚴苛。不過問題是，我們想得出辦法扭轉案情嗎？」

「我會下苦功努力的，」溫西說，「我相信證據一定藏身在某處。我曉得你們做牛做馬很辛苦，不過我打算付出百倍心力，而且我還有個兩位都沒有的絕佳優勢呢。」

「腦筋更靈光？」應皮爵士咧嘴笑道。

「不——這點我委實不想點明，老畢。不過我的確相信范恩小姐是無辜的。」

「老天明鑒，溫西，我那些滔滔雄辯的演講還沒有說服你，我是全心全意擁戴她的嗎？」

「當然有啦，說服力大到我差點就要掉眼淚哪。我心裡在想，我們的老畢眼看就要從法界退休，但是如果這次的判決不合意的話他準定就要刎頸自盡了，因為這一來他就沒法兒再相信大英帝國的司法正義囉。嗐，老傢伙，我是因為你知道結果的時候洋洋得意才恍然大悟的。比你預期的要好，這話可是你說的。對了，如果不嫌我問得無禮的話，請問是誰付錢給你的？」

「克羅富與古柏事務所。」應皮爵士說，一臉促狹。

「他們不會是為了身體健康才付費的吧，我想？」

「不，彼德爵爺。事實上，本案花費是由范恩小姐的出版社承擔，另外，呃，還有一家報社，他們正在連載她的新書，寄望可以藉由這場秀大撈一筆呢。不過重新審理的花費他們會怎麼說，我就不知道了。今天早上應該會有消息吧。」

「一窩子禿鷹。」溫西說。「哼，最好是贊助下去。我看你就跟他們說錢的事不用擔心吧，只是不能透露我的名字。」

「你委實慷慨——」

「哪裡哪裡，這種案子正合我胃口，打死我也不會錯過如此好玩的事。不過你們也要給我回報才行。我想見范恩小姐一面，你們得編派一個名目讓我可以自由進出監獄，私下聽聽她的版本。懂我的意思嗎？」

「應該沒問題。」應皮爵士道。「那麼目前你就沒什麼提議了嗎？」

「還沒時間想，不過別擔心，總會摸出頭緒來的。我已然摧毀警方的信心，帕克探長現在已經回家去為他自個兒的墓碑在編柳條圈（譯註：維多利亞時代的植物花語中，垂柳象徵哀悼，而在墓碑纏繞活樹枝條則是象徵復活與生命）哩。」

「還是小心為妙。」應皮爵士說。「我們找出來的資訊如果檢方事先不知情的話，到時候會好用很多。」

「我會誠惶誠恐如履蛋殼。不過要是找到真凶（如果真有的話），你不會反對我把他或她逮捕歸案吧？」

「不會，這點我不反對。警方倒是可能反對。好啦兩位，如果沒別的事的話，就宣告休會了。你會協助彼德爵爺弄到他需要的輔助工具吧，克羅富先生？」

*

克羅富先生竭盡所能安排，於是第二天早上，彼德爵爺便帶著必備證件出現在好樂威大牢的正門。

「噢，是的，爵爺。您和犯人的律師一樣，享有同等待遇。是的，警方也另外通知過我們，這點沒問題，爵爺。獄卒會帶您進去，並向您解釋規定。」

溫西被領著穿過幾條光禿禿的通道，來到一間裝了玻璃門的小房間。房裡有張松木長桌，桌子兩端各擺了張醜怪的椅子。

「到了，爵爺。您坐一頭，被告坐另一頭，得注意不能離開座位，也不能在桌上傳遞物品。我會在外面透過玻璃觀察，爵爺，不過我聽不到聲音。現在就請您入座吧，爵爺，他們會把被告帶過來。」

溫西坐下來等著，百感交集。沒多久便傳來腳步聲，被告由女獄卒領進來，坐上溫西對面的椅子，女獄卒退出時把門關上，此時溫西已經起身。他清清喉嚨。

「午安，范恩小姐。」他的語調平板。

被告看著他。

「請坐，」她說，嗓音奇特而且深沉，當初在法庭時便吸引住他了。「你是彼德．溫西爵爺吧，克羅富先生請來的人。」

「對。」溫西說。她直逼而來的眼神叫他忐忑不安。「對。我——呃——聽說了這個案子，而且——呃——覺得也許我可以盡點力，妳知道。」

「你真是好心腸。」被告說。

「哪裡，哪裡，嗐！我是說，追根究柢原本就是我的嗜好，如果妳懂我意思的話。」

「我懂。我是推理作家，你的事業我很有興趣也做過研究。」

她突然對他一笑，他的心溶成了水。

「嗯，也好，這一來妳就曉得，這副混蛋模樣其實不是真正的我。」

這話惹得她笑起來。

「你看來不像混蛋，至少不會比處在這個環境裡的哪個紳士看來更像。這兒的背景和你的風格完全不合，不過有你在，牢裡倒是多了點生氣。很感激你，真的，不過我的情況恐怕是沒救了。」

「別這麼說。不可能沒救的，除非妳真的犯了案。我知道妳沒有。」

「嗯，的確，我是沒有。不過，案情倒是很像我寫的一本書，書裡設計了一件滴水不漏的凶殺案，由於手法完美，連我都想不出方法讓偵探破案，所以只好仰賴凶手俯首認罪來解套。」

「如果有必要的話，我們可以如法炮製。喔，對了，妳該不會剛巧知道凶手是誰吧？」

「我不覺得真有個凶手在。我認為飛立普是服毒自殺。他是個失敗主義者。」

「想來你們分手的事他受傷很重囉？」

「嗯，那應該是部分原因吧，不過主要是因為他覺得沒有人真正懂得賞識他。他老認為，大家都串通好了要破壞他的好運道。」

「果真如此麼？」

「不，我不覺得。不過他的確得罪過不少人。他老是覺得別人理當資助他，所以很容易惹人反感，你知道。」

「嗯，我懂。他跟他的表兄處得還好嗎？」

「噢，很好，但他總是強調，烏庫哈特先生本來就有責任照顧他。雖然烏庫哈特先生家境優渥，生意往來的人脈分布很廣，不過他的錢不是家族給的，所以飛立普其實沒有權利予取予求。飛立普一向認為，凡夫俗子生來就有義務提供偉大的藝術家免費吃住。」

溫西熟知這種類型的藝術家脾性，不過她回答的語氣叫他吃了一驚，他覺得聽來頗為尖酸，甚至有些輕蔑之意。提出下一個問題時，他稍帶遲疑。

「抱歉這麼問，不過——妳以前很喜歡飛立普吧？」

「照目前的情況來看應該是吧，對不對？」

「倒也不一定，」溫西說，膽大了起來，「妳有可能是為他難過，或者被他迷住了，甚至被他煩得要死。」

「全說對了。」

溫西沉吟一會兒。

「你們是朋友嗎？」

「不是。」這個回答像是壓抑後的野蠻解放一樣奪口而出，嚇了他一跳。「飛立普不是那種把女人當朋友的人。他要的是奉獻。這個我給了他。我給了，不過我受不了被他當成傻瓜要。我受不了他把我當成辦公室小妹給試用期，看我表現是否稱職，是否能贏得他的賞識。他說他不相信婚姻制度的時候，我以為他講的是心裡話，結果發現那只是他給我的考驗，要知道我的奉獻夠不夠卑賤。啐，不夠。我不喜歡因為品行不良得個丈夫當獎賞。」

「這我不怪妳。」溫西說。

「是嗎？」

「嗯。依我聽來，這傢伙真是假清高——更別提有點下流了。就像那個假裝是風景畫家的臭男人，搞得那位不幸的年輕女子好尷尬，非給硬生生地套上她無法消受的頭銜。不用說，結果他還真是把自己搞得一身腥，祖傳橡木家具和鐵甲冑都出籠了，外加打躬作揖的佃農還有家僕園丁跟廚娘什麼的（譯註：語出旦尼生的詩〈柏雷爵士〉，述及農家女嫁給風景畫家之後才發現他是貴族，並因失去原本深愛的畫家感到哀傷而早逝）。」

哈莉葉・范恩又笑了起來。

「對，是很可笑，不過也很羞辱人。嗯，就是這麼回事，我覺得飛立普把他自己跟我都搞成小丑了，一旦認清這點，我們的關係就結束了，噗一聲沒了！」

她劃了個終結的手勢。

「這我很了解。」溫西說。「號稱思想前衛的男人，表現卻是這麼維多利亞式的保守作風。他只為上帝而活，她只為他裡頭的上帝而活云云。嗳，我很高興妳的想法不一樣。」

「哦？不過這對我眼前的危機好像沒有幫助吧？」

「沒錯。不過我的眼光放得更遠。我是說，等這一切結束以後，我想娶妳——如果妳受得了我的話。」

哈莉葉・范恩原本還對著他笑，這會兒她皺起眉頭，眼裡浮現出一抹深惡痛絕的神色。

「哦，難道你也是那種人嗎？那麼加起來就是四十七個了。」

「四十七個什麼？」溫西大驚失色。

「求婚者。信一封封寄過來，沒完沒了。我想大概有很多白癡都想娶個沾得上一點點醜聞的不管阿貓還是阿狗吧。」

「噢，」溫西說，「天老爺，這下可真尷尬了。妳知道，其實我這人根本不需要醜聞。我單憑自己的本事就可以上報，對我來說一點也不稀奇。總之這事我最好還是別再提了吧。」

他的聲音聽起來很受傷，女孩頗為後悔地看著他。

「抱歉——不過像我目前這種處境，實在很容易被傷到。太多混帳了。」

「我懂，」彼德爵爺說，「是我太笨了——」

「不，笨的是我。不過你為什麼——？」

「為什麼？噢，嗳——我覺得妳很有魅力，是結婚的好對象。也沒別的。我是說，我好像滿喜歡妳的，原因我說不出來，這種事沒有什麼規則可循。」

「是這樣麼。嗳，謝謝你這麼說。」

「希望妳別講得好像我很可笑。我知道我長得頗像呆頭鵝，不過這點不能怪我。事實上，我是想娶個可以談心的人，讓我的日子過得更好玩。而且我可以幫妳的作品提供很多情節跟點子，如果這也算得上誘因的話。」

「不過你總不會想娶個寫書的太太，對吧？」

「我是想啊，這會很有趣，比一般那種只對衣服跟人有興趣的要有意思多了。不過當然，如果懂得節制的話，對衣服跟人感興趣也沒問題。我並沒有反對衣服的意思。」

「那麼橡木家具跟鐵甲冑呢？」

「噢，這些東西妳絕對不用煩心，因為都由我哥哥包辦了。我喜歡收集珍本書和首版書，說起來是有點瑣碎無聊，不過除非妳喜歡，要不然其實也可以不用管。」

「我不是這個意思。我是說，你的家人會怎麼想？」

「噢，我家就只有我母親才算數，而且她看過妳以後真是滿意極了。」

「所以你已經找她幫我打過分數囉？」

「不，老天在上，我好像老是說錯話。是這樣的，頭一天在法庭裡，我像是遭到電擊一樣，當天就衝到我母親那裡，她是個可愛的老親親，而且什麼事都看得好清楚，於是我說：『聽我說！我碰到了今生唯一的真愛，而現在她給人折磨得好慘，看在老天份上跟我過去握著我的手吧！』妳簡直無法想樣我有多難過。」

「聽來的確很糟糕。抱歉，我剛才講話好傷人。噢，對了，當時你也想到我有過戀人吧？」

「噢，當然。我也有過啊——如果真要提的話。事實上，還有過幾個呢，這種事誰都會碰上，我還可以提供相當精采的謝函來證明呢。據說我示愛的本領相當高明——只不過目前的環境於我不利，坐在桌子這一頭又有個傢伙隔著玻璃往裡望，我確實難以展現實力。」

「我就姑且信了你吧。不過，這樣無拘無束地漫遊在仙境裡的光明影像之間，誘惑力實在太大，會不會搞得你暈頭轉向，忘了另一個同樣重要的話題呢？其實我很可能——」

「瞧，妳可以引述『凱朗小說』（譯註：「凱朗小說」的作者恩尼斯・布拉瑪〔Ernest Bramah, 1867-1942〕，在書中創造了一個完全出自想像的奇幻中國，主角名叫凱朗。布拉瑪也是個偵探小說作家，著有「盲偵探卡拉多斯」系列）呢，我們相處起來絕對沒問題。」

「我也許根本活不到可以跟你共同進行實驗的時候呢。」

「請別這麼掃興吧，」溫西說，「我不是已經仔細跟妳解釋了我要調查這個案子麼？任誰都會以為，妳是對我信心不足啊。」

「誤判的案例時有所聞。」

「的確，原因是我沒插手。」

「這點我的確沒有想到。」

「這點妳要牢牢記住。妳會覺得前途充滿了光明與希望，甚至有可能把我的臉跟其他四十六張區隔開來呢——如果妳會搞錯啊什麼的。噢，對了——我該不會叫妳覺得噁心想吐之類的吧？果真如此，我會馬上把我的名字從候補名單剔除。」

「不會。」哈莉葉．范恩說，和善的聲音略帶憂傷。「不會，你不會叫我噁心想吐。」

「我不會讓妳想到一身白肉的大懶蟲，或者讓妳全身鼓起鵝皮疙瘩？」

「當然不會。」

「這就好。如果需要我稍做改變，比如把我的髮鬃分個線，或者留一把鬍髭、摘掉眼鏡的話，我都很樂意配合，只要合妳的意就行。」

「別，」范恩小姐說，「一點改變都不需要。」

「妳這是說真的麼？」溫西有一點點臉紅。「希望意思不是說，不管怎麼改我都還是過不了關。這樣吧，每次來這兒，我都換上不同行頭好了，也好讓妳對目標物有個全面性了解。邦特——我的貼身助理——會全權處理。他對領帶、襪子之類的東西品味絕佳。噯，好吧，想來我也該走了。妳——呃——妳會仔細考慮是吧，如果抽得出空來的話？完全不用趕。只是如果妳覺得無論如何也沒辦法忍受的話，千萬不要忍著不講。我沒打算威脅妳嫁給我。我是說，不管妳怎麼決定，我都會進行調查，因為這實在很好玩。」

「謝謝你的好心。」

「不，不，不謝。我就有這嗜好。不是求婚，我沒這意思，我是說調查案子。好吧，這就珍重再見祝妳一切順利了。我會再次登門拜訪，如果妳不反對的話。」

「我會下令家僕請你進門，」被告一本正經地說，「我一定每次都會在家。」

*

溫西走下陰髒的街道，頗有種飄飄然的感覺。

「我有把握可以達到目的——她餘悸猶存，當然——這也難怪，給那個混帳傢伙害的——不過她對我沒有反感——有反感的話就沒戲唱了——她的皮膚像蜂蜜——穿深紅一定好看——古典服裝——戴很多戒指，老式的那種——我可以買棟房子，當然——可憐的孩子，再怎麼說也得好好補償她——而且她也挺有幽默感的——腦筋又好——日子一定不會枯燥——一早醒來以後，就是一整天的精采等著要發生——然後回到家來上床睡覺——這也挺好的——而她寫作的時候呢，我就出門晃蕩去，這一來兩個就都不會無聊了——不知道邦特今天要我穿的這套西裝合不合她意——稍嫌暗了點，我老覺得，不過剪裁還不錯——」

他停在一家店的櫥窗前，偷眼看著自己的反影。一張大幅的彩色廣告攫住他的視線——

精采大特價

限期一個月

「噢，老天！」他輕聲說，登時醒過來。「一個月——四個星期——三十一天。時間不多了，可我還不曉得該從哪兒開始呢。」

第五章

「說起來，」溫西道，「人是為什麼要殺人呢？」

此時他正坐在凱瑟琳·柯林森小姐的私人辦公室裡頭。此處顯而易見是個打字間，而且確實備有三名高效率的打字員，偶爾為作家以及科學人士打出乾淨漂亮的作品。這門生意顯然做得很興隆，因為客戶經常會吃閉門羹，口頭的原因不外是職員趕工太忙、壓力大。然而此棟建築的其他樓層其實是在進行不同種類的活動。所有員工皆為女性——大半頗有年紀，只有幾個仍然年輕美麗——如果參考過保險鋼櫃裡的私人名冊，即可得知眾位女子皆屬於外人評價甚低的所謂「累贅」階級。其中包括擁有小額固定進帳甚或毫無進帳的老小姐、沒有親人的寡婦、遭到經常出差的先生離棄而且贍養費極其有限的女人——受雇於柯林森小姐之前，除了橋牌會以及供膳宿舍流傳的八卦以外別無資源。另外則是退休的失意女老師和失業女演員、曾經開過帽店茶館但是敗陣下來的英勇女士，甚至還有幾名厭倦了雞尾酒會和夜總會的時髦小妞。這些女人大部分時間似乎都耗在回應廣告上。單身紳士，希望結識才藝淑女並有結婚的打算；老當益壯六十好幾的男士，意欲雇用管家到荒僻的鄉區幫他理家；頗具謀略的紳士，打算籌募資金一展鴻圖；藝文紳士，急於尋找女性合作寫書；能言善道的紳士，尋找明日之星，打算到外地製作舞台節目；善心紳士，能夠傳授大眾如何利用閒暇時間賺取外快——這類紳士都很有可能收到柯林森小姐旗下成員的應徵信。這些紳士往往很不幸地會於不久之後出現在法官大人面前，面臨詐欺、恐嚇或者意圖強迫賣淫的控訴——巧合吧也許。不過事實上，柯林森小姐的辦公室可是號稱備有私人連線接到蘇格蘭場的，她手下也有幾名女性並非如表面看來的那樣容易欺負。此外，如果熱切打聽的話就會得知，支付該建築房租以及維護費用的錢，也許可以追溯到彼德．溫西爵爺身上。爵爺對自己的這項事業通常都噤口不提，不過偶爾和帕克探長或者其他好友私下獨處時，倒是會把這個地方稱做「我的愛貓園」。

柯林森小姐回答前，先倒了杯咖啡。她那隻蕾絲覆蓋的細瘦手腕上套了好幾環小手鐲，每動一下，手鐲就匡啷啷撞得好不熱鬧。

「我真的不知道。」她說，顯然把這個問句當做心理問題來處理。「實在太危險了，而且又那麼邪惡，實在搞不懂有誰臉皮會厚到去殺人。何況好處其實又是那麼的小。」

「我就這意思。」溫西說。「他們到底是想得到什麼好處呢？當然，有些人似乎只是為了好玩，就像那個德國女人，叫什麼來的，純粹就是喜歡看人死。」

「好奇怪的品味。」柯林森小姐說。「不加糖，是吧？——你知道，親愛的彼德爵爺，我曾經多次很不幸地必須在臨終病人的榻前服侍，而且有幾回的場面真是很溫馨，宗教氣氛迷人極了——比方我親愛的父親臨走之前——不過我可不會用好玩來形容。當然，所謂的好玩個人看法不同，比方說，喬治．羅比（譯註：英國雜耍劇團的紅星）我就沒感覺，可是卓別林每次都能引我開懷大笑呢——總之，你也曉得嘛，臨終病榻通常都會出現不甚悅目的細節，我覺得再怎麼墮落的人應該都不愛看。」

「我舉雙手贊成。」溫西說。「不過，操控生死的感覺應該滿痛快的，是吧？」

「這可是侵犯到造物主獨有的特權哪。」柯林森小姐說。

「然而知道自己和神一樣，倒是滿過癮的。高高掛在天空上，如同茶盤一個樣（譯註：語出《愛麗絲夢遊仙境》的歌詞『一閃一閃小蝙蝠，真不知道你想幹嘛，高高飛在天空上，如同茶盤一個樣』；而在西方文化裡，蝙蝠則會讓人聯想到吸血鬼）。這點我承認吸引力滿大，不過這個說法有待商榷，因為倘若應用到現實生活的話，不是人人都有殺人動機了嗎？如果搞半天我要救的是個殺人狂的話，倒不如割喉自盡算了。」

「行行好別講了吧。」柯林森小姐懇求道。「就算是開玩笑也不成。私生活過得再不順遂，你做的善事好歹也幫了不少人，單憑這點就值得你活下去嘛。我可是聽過這類玩笑話一語成讖呢，而且過程離奇得嚇人。我曾經認識這麼個年輕人，老愛隨口亂講話，滿久以前的事了，爵爺當時應該還在吃奶吧。當時的年輕人很野。沒錯，就連那時候也一樣，雖然現在大家都說八〇年代保守得不得了。總之有一天，他跟我親愛的母親說：『柯林森太太，如果今天沒打個一整袋獵物回來，我就要一槍斃掉自己喔。』（因為他非常喜歡打獵）說完他便扛著槍離開，就在踏上台階要過矮樹籬的時候，扳機鉤住樹籬，獵槍走火把他的腦袋炸了開來。我那時候已經懂事了，事情發生我難過得要死，因為他是個非常俊俏的小夥子，兩腮的鬍鬚讓我們崇拜極了，雖然現在的人可能會覺得很好笑，而且他的鬍子還給轟出臉呢，腦袋瓜的一邊打出個窟窿好嚇人。不過這些我都是聽來的，因為大人不准我去看。」

「真可憐。」爵爺大人道。「這會兒我們暫且還是把殺人狂清出腦子吧。說來，殺人另外還有什麼理由呢？」

「嗯——激情使然吧，」柯林森小姐說，出口時有那麼一點猶疑，「我不想說是為了愛，因為愛是不會那麼野蠻的。」

「檢方提出的解釋就是這個，」溫西說，「我不同意。」

「當然。但——也可能是另外有個不幸的小姐喜歡波耶斯先生，要不到人就想殺掉他，對吧？」

「嗯，或者是哪個忌妒的男人。不過時間是個關鍵。給人砒霜服下，還得有機會才行啊。總不能逮著他站在門口的時候，隨口說一聲：『哪，這東西你喝下吧。』是不是？」

「不過是有那麼個十分鐘的空白啊。」柯林森小姐頗為精明。「他也可能是走進哪家酒館喝酒的時候，碰上仇人吧？」

「老天在上，的確有這可能，」溫西做了筆記，然後又懷疑地搖搖頭，「但是這也未免太巧了吧。除非先前約好要在那裡碰頭。不過呢，還是值得一查。總之，波耶斯當晚七點到十點十分之間進食的地方，其實並不限於烏庫哈特先生的家或者范恩小姐的公寓。嗯，好吧，在大標題『激情』下頭我們可以列出：一、范恩小姐（依我的推論，應該排除），二、忌妒的愛人，三、忌妒的情敵。地點：酒館（待查）。再來就是下一個動機：『錢。』為錢殺掉有錢人的確說得通，只是波耶斯兩手空空，這個動機很難成立。不過，我們還是列出『錢』吧。一、從他身上搶（很不可能），二、保險，三、遺產。」

「你的腦筋真清楚。」柯林森小姐說。

「我死的時候，妳可以在我的心臟看到『效率』兩個字。不知道波耶斯當時身上帶了多少錢——應該不多吧。烏庫哈特和沃漢也許知道。總之，這點不甚重要，因為想行搶的話，用砒霜絕非明智之舉。比起別種方法，這玩意兒耗時太久，而且受害者也不至於完全失去行動力。若說有人下藥搶了他，那就只有計程車司機了，因為任誰也沒辦法靠這種笨方法撈到錢。」

柯林森小姐點頭稱是，拿起第二片茶點抹上奶油。

「其次是保險。這下子我們就來到『可能』的範疇了。波耶斯保過險嗎？好像都沒有人想到要調查這點。也許他沒保過吧。文藝青年絕少具備先見之明，而且對保險金這類瑣碎小事根本不在意。不過還是得搞清楚。誰可以從他的保險獲利呢？他父親，他表兄（有可能），其他親戚（如果有的話），他小孩（如果有的話）以及——我想——范恩小姐，假設他是跟她同居的時候辦了保險的話。此外，也可能有人就是衝著這類保險借了錢給他也不一定。這一欄的可能性很多。我已經舒服些了，柯林森小姐，身心各方面都有改善。也許是因為我摸著了頭緒，要不就是妳的茶。這只茶壺看起來美麗堅實。裡頭還有剩嗎？」

「還有哪。」柯林森小姐熱切地說。「我親愛的父親以前常說，我泡茶的工夫是一等一呢。祕訣就在倒了茶後馬上添水，而且絕對不能一次把茶全倒光。」

「遺產，」彼德爵爺追索下去，「他有什麼財產可遺嗎？不多吧，我看。我最好趕緊找他的出版商問一問。又或許，他是最近接收了什麼吧？他父親或者他表兄應該知道。他父親是牧師——『夕陽工業嘛，這玩意兒。』狄恩．法樂某本書裡就有這麼個專門欺負新生的惡霸學生說過這種話。他看起來衣衫襤褸。我想他們家應該沒多少錢才對。不過這也難講。搞不好有人是因為他的 beaux yeux（譯註：法文，美麗的眼睛），或者崇拜他的書留給他一筆鉅款呢。果真如此的話，波耶斯又是把錢留給誰呢？他立過遺囑了嗎？嗯，有待調查。不過這些問題辯方律師當然應該都想過了吧。我又開始覺得很沮喪了。」

「來片三明治吧。」柯林森小姐說。

「謝謝，」溫西說，「或者幾把稻草。頭昏的時候，服用稻草效果最好，白國王確實這麼講過（譯註：這裡指的是《愛麗絲鏡中奇遇》一書中的白色國王棋。此書描寫愛麗絲進入棋盤的世界變成卒子後，碰到言行瘋狂的國王棋、皇后棋以及各種奇人怪事）。說來，錢的動機多少算是講完了。現在就剩『恐嚇』了。」

柯林森小姐因為在愛貓園工作之故，對恐嚇一事多少有點了解，便嘆了口氣表示同意。

「這個波耶斯傢伙到底是何許人也？」溫西發出修辭性問句。「他的事我一無所知。也許是個窮凶極惡的無賴。也許他知道他所有朋友不可告人的祕密。怎的不是？搞不好他原本打算寫書揭發某人，所以對方不計代價想要除掉他。這就對了！他的表兄是律師，他盜用了客戶的信託基金什麼的，波耶斯威脅要告發？他一直住在烏庫哈特的家裡，有太多機會可以發現真相嘛。烏庫哈特於是把砒霜倒進湯裡，然後——唉！有個麻煩。他把砒霜倒進湯裡然後自己吞下去。這就說不通了。漢娜・衛絲洛的證詞的確威力無比。看來就只有回頭倚仗那個酒館裡的神祕陌生人了。」

他沉吟一會兒，然後說：

「不過還有自殺啊，當然，其實我一直都是比較傾向這個看法。吃砒霜自殺的確非常愚蠢，不過還真有人做過。比方說，法國的帕思林公爵殺妻之後不就這麼做了嗎？——如果傳言屬實的話。問題是，瓶子在哪裡？」

「瓶子？」

「嗯，毒藥總得裝起來吧。或許包在紙裡也難說——如果他服下的是粉狀物。有誰認真找過瓶子或者紙嗎？」

「你要他們上哪兒找呢？」柯林森小姐問。

「麻煩就在這裡。如果不在他身上的話，竇堤街附近什麼地方都有可能，而且是六個月以前給扔掉的瓶子或紙，果真要找的話工程會很浩大。我實在痛惡自殺——太難證明了嘛。噯，沒錯，膽怯的人連張紙片都得不到（譯註：唐吉訶德曾經說過：膽怯的人，得不到淑女的心）。好吧，聽我說，柯林森小姐，我們還有約莫一個月時間可以解決這個難題。本次庭期於二十一日結束，今天是十五日，只剩不到一個星期，法院不可能在那之前開庭審理。下次庭期則於一月十二日開始，除非我們提出延期的理由，他們有可能會想早點了事，所以只有四個星期可以蒐集新證據了（譯註：英國郡法庭一年有四次開庭期，這裡講的兩次原文分別是聖米迦勒期Michaelmas Term與聖西樂蕊期Hilary Term，都是按聖徒節日命名）。妳和妳的員工可願意貢獻出妳們的最佳表現呢？雖然我還不曉得我要的是什麼，只怕我還是得搞出一點名堂才行哪。」

「樂意之至，彼德爵爺。你也知道，不管幫你辦什麼事，我都備感榮幸——就算這整間辦公室不是你的私有財產也一樣，但它的確就是。有需要的話，一天二十四小時請你隨時發號施令，我一定全力以赴。」

溫西謝過了她，並詢問一些辦公室的情形，然後離開。他招輛計程車，車子立即開往蘇格蘭場。

*

帕克探長和往常一樣，很高興看到彼德爵爺，不過他歡迎來訪嘉賓時，平凡愉悅的臉上卻現出擔憂的表情。

「怎麼，彼德？又是為了范恩案嗎？」

「沒錯。這案子可真是把你搞得灰頭土臉呢，老兄。」

「噢，是嗎？依我們看，案情其實直截了當很清楚了。」

「查爾斯老親親，不要相信直截了當的案情，以及直直看著你眼睛的男人，還有直接從馬嘴吐出來的消息（譯註：意思是第一手的消息）。就連光線走的都是曲線呢——聽說是這樣。總之老兄，請你看在老天份上，在下一次開庭前把事情擺平，如果辦不到的話，我和你誓不兩立。天殺的你總不至於打算絞錯人吧——尤其又是個女人？」

「抽根菸吧。」帕克說。「你的眼角怎麼垮垮的？你是怎麼折騰自己了？如果我們拉錯了豬耳抓錯豬公（譯註：出自英國俗諺——拉錯了豬尾抓錯豬公，拉錯了豬耳抓錯豬母），我是要道歉，不過有責任指出我們錯在哪裡的是辯方，只是他們一直沒什麼說服力。」

「的確，一群蠢豬。不過老畢的確盡了力，要怪就怪那個白癡禽獸克羅富，什麼資料也沒有拿給他。去他那兩隻豬眼睛！那個混帳根本認定了她是凶手。我咒他上刀山下油鍋，然後淋滿血紅的辣椒送上鐵燒盤。」

「真是口若懸河吶！」帕克說，不為所動。「任誰都會以為你是給那個女孩迷得昏渾糊呢。」

「這話還真像朋友講的哩。」溫西拉下臉來。「你以前為了我姊姊茶飯不思都快發瘋的時候，我也許沒有表示同情——應該是沒有——不過我發誓我可沒刻意踩上你的痛處跳起舞，還把你雄赳赳的愛慕說成『給個女孩迷得昏渾糊』。真不曉得你是從哪兒學來這種話——某本書裡的牧師娘不就是這麼斥責她養的鸚鵡麼？『昏渾糊』，什麼鬼話！一輩子沒聽過這麼粗俗的字眼！」

「天老爺，」帕克呼道，「你該不會是認真——」

「噢，當然不是！」溫西忿忿回嘴道。「誰都不把我的話當回事。當我是小丑，沒錯。現在我終於了解傑克．波音（譯註：Jack Point是舞台上的小丑，出現在十九世紀著名音樂搭檔Gilbert與Sullivan合作的輕歌劇中）的感覺了。以前我還覺得他唱的那首〈遭人踐踏〉

濫情到極點，現在我才知道真的好貼切。你是想看我穿上小丑的彩衣跳舞給你看，對吧？」

「抱歉。」帕克說，得著暗示是根據他講話的語氣而非內容。「你有這種感覺，我真他媽的好抱歉，老兄。不過我能幫上什麼忙呢？」

「這才像話嘛。聽我說——那個無理取鬧的混帳波耶斯最有可能是自殺。昏庸的辯方一直查不出他持有砒霜——說來他們恐怕連在亮花花的大白天，往雪地裡捧個顯微鏡找群黑色的牛都辦不到哩。我要你的人接手。」

「波耶斯——調查砒霜，」帕克說，往拍紙簿寫了筆記，「還有別的嗎？」

「有。查出六月二十日晚上，嗯，九點五十到十點十分之間，波耶斯有沒有去過竇提街附近哪家酒館——有沒有碰到誰，還有他喝了什麼。」

「沒問題。波耶斯——查詢酒館。」帕克又寫下筆記。「還有呢？」

「第三，該處是否有人撿到也許裝過砒霜的瓶子或紙張。」

「哦，查這個麼？那你是否也要我追查去年聖誕人潮裡，布朗太太於賽福吉百貨搞丟的那張公車票呢？沒有必要把事情弄得太簡單。」

「瓶子的可能性比紙大，」溫西沒理他，繼續說，「因為我覺得他應該是服下液態砒霜，藥性才會那麼快發作。」

帕克沒有再提出異議，只是寫下「波耶斯——竇提街——調查瓶子」，然後滿懷期待地等著。

「還有呢？」

「目前就這樣吧。對了，也可以試試梅林柏廣場的花園。那兒的樹叢底下有可能藏了瓶子久久都沒人發現。」

「沒問題，我會盡力而為。還有，如果你發現什麼可以確實證明我們的偵查方向有誤的話，也會通知一聲吧？我們可不想在公眾面前犯下顏面掃地的重大錯誤喔。」

「噯——我才真心誠意答應過辯方不會通知你們哩，不過如果找到罪犯的話，我會讓你逮捕他。」

「謝謝你的小恩小惠，同時也要祝你好運！說來，你我打起對台還真好笑是吧？」

「的確，」溫西說，「這點我很抱歉，不過錯是在你。」

「是你前陣子不該跑到國外。對了——」

「怎麼？」

「想必你也曉得，那空白的十分鐘裡，咱們的小夥子也許只是站在西柏茲路或者哪裡搜找流浪計程車對吧？」

「嗐，閉嘴！」溫西忿忿說道，然後舉腳離開。

第六章

隔天早上天氣晴朗陽光美麗，溫西的心情美得冒泡，一路哼著歌開向崔朵兒帕華。他的愛車「夢朵兒太太」——就像和她同名的那位知名女士（譯註：夢朵兒太太為英國十九世紀作家狄更斯作品《小朵莉》中的角色，是個非常自戀的女人）一樣不愛「大小聲」——窩在她的二門六汽缸上樂乎乎地發出閃光，空氣裡還有那麼一絲絲霜降的清涼感覺。眼前的一切在在叫人精神振奮。

溫西約莫於十點抵達目的地，經人指點後便開向牧師會館——是那種龐大、散延而且不必要的結構體，會在現任房客的有生之年吞食他的收入，並於他死後馬上為他仍存活著的妻兒留下一大筆的維修帳單。

亞瑟．波耶斯牧師在家，而且很樂意會見彼德．溫西。

牧師是位高個兒的黯淡男子，臉上深深刻下了憂傷的紋路。溫和的藍眼是因為世間種種叫人無奈的艱辛而現出些微的迷惑。他的黑色外套老舊，縐巴巴地從他窄瘦的駝肩垂掛下來。他朝溫西伸出一張枯瘦的手，懇請他坐下。

彼德爵士覺得要解釋來意有點困難。他的名字在這位不食人間煙火的溫和牧師心裡，顯然並未引發任何聯想。他決定還是不要提到他偵查犯罪的嗜好，只需要表明——這也並非虛言——他是被告的朋友。這麼說或許會讓對方痛苦，不過至少比較容易了解。於是他便支吾著開了口。

「登門打擾實在很抱歉，尤其你現在的心情想必非常低落，不過我還是想請你談談你兒子的事以及這次審判。請你千萬不要以為我是刻意找麻煩。我之所以好奇，是為了私人原因……你曉得，我認識范恩小姐——我——事實上我非常喜歡她，你曉得，而且覺得案子應該另有隱情而且——而且可能的話，我想找出問題。」

「噢——噢，是！」波耶斯先生說。他小心翼翼地擦亮了夾鼻眼鏡然後架到鼻子上，不過架歪了。他覷眼看著溫西，彷彿並不討厭他看到的，因為他接口說下去：

「可憐那誤入歧途的女孩啊！老實說，我並沒有心存報復——我是說，如果這件慘事與她無關的話，我會比世上任何人都感到欣慰。說句良心話，彼德爵爺，就算她有罪，眼睜睜看著她受罰我也會非常痛苦。人死不能復生，做什麼都挽回不了。我誠心認為，不如把所有的復仇都交給掌管此事的上帝來得好。何況，世上再也沒有比奪取無辜者性命更可怕的事了——只要想到有那麼一點誤判的可能，我就會一輩子良心不安的。記得當初在法庭上看到范恩小姐時，我的心情就好沉重，也很懷疑警方起訴她到底合不合理。」

「謝謝，」溫西說。「謝謝你這麼說。這一來我的任務就簡單多了。抱歉，你剛才說『在法庭上看到她時』，難道以前你沒見過她嗎？」

「沒見過。當然，我是曉得我那不快樂的兒子和某位年輕女子有不合法的同居關係，不過——我無法勉強自己見她，而她也頗知禮數，並沒有讓飛立普為她引見親戚。彼德爵爺，你年紀比我輕，是我兒子的同輩，也許可以了解——他其實人不壞，還不至於墮落，我從沒那麼想過——我們之間一直缺少父子間該有的互信基礎。不用說，責任大半在我。如果他母親還活著——」

「親愛的先生，」溫西囁嚅道，「我完全了解。這種事經常發生。事實上，還一直在發生呢。戰後這一代，很多人都有點我行我素反社會——倒也不是真有什麼大礙，只是沒辦法跟老一輩溝通，時間久了摩擦應該就會逐漸減少吧。也不能真怪誰。年輕人的確比較放浪而且只求自己的快樂。」

「我無法接受，」波耶斯先生憂傷地說，「太過抵觸宗教或者道德的觀念。也許是我講話太直接吧，當初如果能多站在他的立場——」

「只怕於事無補，」溫西說，「想不想得通端看自己。何況一旦開始寫書什麼的，又接觸到文藝圈那幫人，自我表達的方式通常就會很誇張——如果你懂我意思的話。」

「也許，也許吧，不過我還是很難原諒自己。噯，說了這麼多好像都沒幫上忙，真不好意思。如果是哪裡出了錯而陪審團顯然又有意見，我們自然應該全力以赴找出真相才好。我能怎麼幫呢？」

「頭一件要問的事恐怕不中聽，」溫西說，「不知道你的兒子有沒有說過什麼或者寫了信給你，讓你覺得他——厭倦生命之類的？問得這麼唐突，實在抱歉。」

「不會——真的沒關係。其實，警方和辯護律師當初也問過這個問題。我可以斬釘截鐵地告訴你，我從來沒有這種想法，因為從來就沒有跡象。」

「連他跟范恩小姐分手時也一樣？」

「沒錯。事實上，我覺得當時他是生氣，不是沮喪。當然，聽說她不肯結婚的時候，我很驚訝，因為他們在一起很久又經歷了那些事，我直到現在都還沒法理解呢。她回絕他，對他的打擊一定很大。在那之前他還很興奮地寫了封信給我……也許你記得吧？」他在一只亂糟糟的抽屜裡摸索著。「就在這裡，你也許想看一看。」

「麻煩你唸出來，先生。」溫西提議說。

「噯，當然，我瞧瞧……『老爸，抱持傳統道德觀的你一定很高興得知，我已經決定要把現狀正常化——正如一般好公民所說的一樣。』這孩子講話有時候實在不中聽，不過心地倒是好的。唉，真是……『我的小女人正直善良，是該給她一個名份了。我打算辦場喜事，希望一切名正言順之後，你能以大家長的身分接納她。我不會要求你主持儀式——你也知道，婚姻註冊處比較合我的胃口。雖然她跟我一樣，都是在宗教的異味裡長大，我想她應該不會堅持要請人來唱〈呼吸於伊甸園上的聲音〉。結婚前我會通知你，希望你能到場祝福我們（以父親的身分而非牧師）。』瞧，彼德爵爺，他是真心想把事情做對，而且他希望我到場我也很感動。」

「可不是嘛，」彼德爵爺說著，心中暗忖，「真希望這小夥子還活著，我實在很想狠狠踢他幾下屁股。」

「之後他又來了封信，告訴我婚禮辦不成了。信就在這裡。『親愛的老爸：抱歉，只怕你的賀函撲了空，目前婚禮已經取消，新娘跑了。這件事其實多說無益，總之哈莉葉搞得我倆灰頭土臉，我也無能為力。』之後我就聽說他身體不適——不過這你都曉得了。」

「他提過自己生病的原因嗎？」

「噢，沒有——理所當然，我們都認定是他的胃炎舊疾復發。這孩子小時候身體就不怎麼壯。不過他從海列科寫來的信充滿希望，說是感覺好很多，也提到他要去巴貝多旅行的計畫。」

「喔，是嗎？」

「沒錯。我覺得對他應該大有助益，可以讓他分心不想雜事。但這個計畫他只是約略講講，不像已經打定主意了。」

「他還提到范恩小姐什麼嗎？」

「除了臨終前，他一直沒有再提起她名字。」

「嗯——那麼他當時講的話你是怎麼解讀的？」

「我不知道需要解讀。那時候我們根本不曉得下毒的事，當然。我覺得他指的一定是造成兩人分手的那場爭執。」

「嗯。那麼，波耶斯先生，假定他不是自戕——」

「絕無可能。」

「那請問是不是有誰可以因為他的死而得利呢？」

「會有誰呢？」

「沒有——別的女人嗎，比方說？」

「沒聽說過。有的話我應該知道。這種事他不會瞞我的，彼德爵爺，他態度非常開放而且很直接。」

「是啊。」溫西爵爺暗自發表起評論：「洋洋自得講個不停吧，我看。只要能傷到人就好，天殺的混帳。」不過表面上他只是說：「還有其他可能吧。比方說，他立了遺囑嗎？」

「有的。倒也不是說他財產很多，可憐的孩子。他的書構思巧妙——腦子一等一，彼德爵爺——不過書並沒有帶給他多少財富。我偶爾會給他一些零錢花，他就是靠我的錢和登上雜誌的文章過活了。」

「不過他的版權應該留給誰了吧？」

「對。他本想留給我，不過我講明了我無法接受這份贈禮。你知道，他的觀念我不贊同，靠他的書獲利我於心難安。不，他把版權留給他的朋友沃漢先生。」

「噢！——請問遺囑是什麼時候寫的？」

「日期是他到威爾斯的那段時間。據我所知，在那之前他也立過遺囑把財產全部留給范恩小姐。」

「喔！」溫西說。「想來她應該知道。」他考量起好幾種相互矛盾的可能，然後補充道：

「不過加起來應該沒多少吧？」

「嗯，沒錯。我兒子一年如果可以靠書賺到五十鎊的話，總額最多就是這樣。雖然他們告訴我，」老紳士憂傷地微笑說，「經過這件事以後，他的新書會賣得更好。」

「大有可能。」溫西說。「只要上了報，不管原因是什麼，快樂的閱讀大眾就會一窩蜂地搶購呢。總之，暢銷書就是這麼回事。看來他是沒有家族的錢可以遺贈了？」

「完全沒有。我們家從來就沒什麼錢，彼德爵爺，我太太的娘家也是。我們還真是俗話說的教堂老鼠呢（譯註：英文有句俗話是，窮得跟教堂老鼠一樣）。」他淡淡地笑著提起這個有關神職人員的老笑話。「只除了克里蒙娜．嘉登吧，我想。」

「你是說只除了——？」

「我太太的姨媽，六〇年代惡名昭彰的克里蒙娜．嘉登。」

「老天爺，你說的是——那位女演員嗎？」

「對。不過當然，她的事我們是一個字也不提的。誰也沒去打聽過她的錢從哪裡來——想來也不會比別人更不堪吧。不過在那種年代裡，我們很容易大驚小怪。整整五十幾年都沒見過她或者聽過她的消息。我想她現在心智應該退化得很厲害了吧。」

「老天！我都不知道她還活著呢。」

「沒錯，我想她還在，不過應該已經九十好幾了。當然，飛立普是不可能從她那兒拿到錢的。」

「那麼錢的動機就排除了。不過，你的兒子也許保過壽險吧？」

「有的話我也不曉得。他的文件裡頭沒看到，而且就我所知，還沒有人說要領。」

「他沒留下債務嗎？」

「只有幾筆小額的——店家賒的帳之類。總數約莫就是五十鎊吧。」

「感激不盡，」溫西起身道，「你解除了我很多疑慮。」

「只怕沒幫上什麼忙。」

「總之，現在我知道不需要朝哪些方向找了，」溫西說，「這就省下了很多時間。你不介意我上門叨擾，實在很好心。」

「哪裡的話。想知道什麼就儘管問吧，再沒有誰會比我更希望那位不幸的小姐洗清罪名了。」

溫西再次謝謝他後便告辭了。他開了一哩路的車，心裡突然掠過一絲悔意。他把夢朵兒太太的車頭調回去，咻地駛向教堂，費力地往一個標示著「教堂經費」的箱子口塞進一把債券，然後才開上返城的路。

＊

他在城裡操車迂迴前行時，驟然起了個念頭，於是他便改了向，不再開往他住的皮卡迪里大道，轉而駛上史川大道南邊的一條街，並找到出版飛立普・波耶斯先生作品的葛林比與柯爾公司。經過小小的延擱之後，他被領到柯爾先生的辦公室。

柯爾先生是個快活壯實的男人，他得知惡名昭彰的彼德・溫西爵爺非常關切同樣惡名昭彰的波耶斯先生的事務時，頗感興趣。溫西表示，身為首版書的收藏家，他希望可以買到飛立普．波耶斯的所有作品。柯爾先生甚表遺憾地說他無法幫忙，並在一根昂貴的雪茄影響之下，開始講起心裡話。

「我不希望你覺得我這個人無情無義，親愛的彼德爵爺。」他說，碰地落坐在他的椅子上，一邊將他的三層下巴摺成六七疊。「這些話你知我知就好，波耶斯把自己弄得個給人殺掉，對他來說實在是好處無窮。開棺驗屍的結果發表以後，他的書一個星期不到就賣得精光，他最後一本書的兩種特大版也在開審前銷售一空——定價還是原先的七先令六便士，而且因為各家圖書館都搶著要收他早期的書，我們只好全部重印。不幸的是，原先排的版我們沒留下，排版工人還得日夜趕工呢。現在總算是大功告成了。目前我們正趕著裝訂三十六便士的版本，同時也在安排先令版的出書事宜。我可以鐵口直斷，在倫敦不管出多少錢走什麼門路都要不到他的首版書了。我們這兒也只有當初存檔的拷貝，不過我們準備要出一個特別紀念版，手工紙印刷附有肖像，限量供應還有編號，一本定價一基尼（譯註：等於一鎊一先令）。價值當然不比首版書，不過——」

溫西懇請將他的名字登記下來，一基尼一本的書他整套都要，然後說：

「可悲的是，作者本人無法從中獲利，你說對吧？」

「委實叫人黯然神傷。」柯爾先生同意道，鼻孔到嘴巴的兩條經線把他肥胖的臉頰擠壓開來。「更可悲的是，他沒辦法再出書了。才華洋溢的年輕人哪，彼德爵爺。早在有獲取金錢回報的可能以前，我們倆，葛林比先生和我，就發現到他的價值，這點我們永遠都會在哀傷中感到驕傲的。原先是個 succes d'estime（譯註：法文，不得志的英才），沒錯，直到這個慘案發生才把他發掘出來。不過作品寫得好的話，我們是不計較金錢回報的。」

「噯，沒錯。」溫西說。「往水面上撒糧食，有時候還真能得到好處哩（譯註：舊約傳道書十一章一節：當將你的糧食撒在水面，因為日久必能得著）。且讓在下引述一句發人深省的話吧：『切記多行善事，豐收之日或將來臨。』聖三主節那天（譯註：復活節之後的第八個禮拜天），都要在公禱會上朗誦這句禱文呢。」

「的確。」柯爾先生說，狀似不甚熱中，或許是因為祈禱書的內容他不甚熟悉，也或許是因為他在對方的語氣裡聽出一絲諷刺。「總之，和你聊天實在痛快。抱歉首版書的事我無能為力。」

溫西懇請他別太在意，並於熱情的道別之後匆匆跑下樓梯。

他的下一站是哈莉葉．范恩的經紀人夏龍芮先生的辦公室。夏龍芮是個不拘小節、鬥志昂揚的黝黑小個子，頭髮蓬亂，眼鏡厚重。

「大賣？」溫西自我介紹完畢並提及他對范恩小姐的興趣之後，他馬上接口道。「噢，當然，的確大賣。說來滿倒胃口的，不過也沒辦法。不管出了什麼狀況，我們都得為客戶的最高利益打算。范恩小姐的書一向賣得還算不錯——約莫就是三四千本我國一般書籍的銷售量——不過當然，這件案子的確刺激了不少買氣。上本書已經出了三個新版，最新這本出版前就給預約了七千本。」

「就利潤來看，只有好沒有壞嗎？」

「嗯，沒錯——不過老實講，我很懷疑這種人為拉抬的買氣，長期來說對作家的聲譽會有多大好處。你知道嘛，火箭一樣衝上去，竹竿一樣掉下來。范恩小姐出獄的時候——」

「我很高興你說『出獄』。」

「我不打算考慮其他可能。不過她出獄時，大眾的興趣很可能馬上退潮。目前我當然是盡可能幫她訂到最有利的合約，讓她可以撐過之後要寫的三四本書，不過其實我也只能掌控預付金的部分。實際收益要看銷路怎麼樣，而這點我其實是大大的不看好。不過，連載的版權還算賣得不錯，就即時金錢回報的角度來說是好事一樁。」

「那麼，以生意人的眼光整體評估，發生這種事你並不是很樂觀了？」

「長遠來講，沒錯。就我個人來說，我有多難過就不必提了，而且我很肯定，案情並沒有這麼簡單。」

「我就是這麼想。」溫西說。

「依據我對爵爺的了解，你有興趣接下此案輔助調查，對范恩小姐來說實在是天大的福氣。」

「噢，謝謝——實在謝謝你。請問——她那本寫砒霜的書，呃，方便讓我翻翻看嗎？」

「沒問題，如果對你有幫助的話。」他摁了下鈴。「華布敦小姐，《茶壺中的死亡》那本麻煩妳拿份校樣過來。我們公司目前是快馬加鞭趕著要出這本書。范恩小姐被捕的時候，小說還沒定稿，她是在獄中潤稿而且親自校對的，真是勇氣可嘉、精神可佩。當然，所有文稿都需要通過獄方相關單位的檢查，不過我們也沒什麼好隱瞞的，有關砒霜的各種細節她當然是一清二楚——可憐的女孩。校樣沒缺頁吧，華布敦小姐？哪，請拿去吧。另外還有別的事嗎？」

「只有一件。你覺得葛林比與柯爾公司怎麼樣？」

「我根本就當沒這家公司呢。」夏龍芮先生說。「你該不會有意跟他們打交道吧，彼德爵爺？」

「呃，我——還沒有認真考慮過。」

「如果有這個打算的話，請務必仔細閱讀合約。可能的話，拿給我們——」

「果真要找葛林比與柯爾公司出書的話，」彼德爵爺說，「我保證一定會透過你們進行。」

第七章

隔天早上，彼德．溫西爵爺幾乎是跳跳蹦蹦地進了好樂威監獄。哈莉葉．范恩面帶憂傷的微笑迎接他。

「你果真又來了麼？」

「天老爺，當然哪！妳早該知道的吧，我記得我講明了呢。聽我說——我想出了個偵探故事的好點子呢。」

「真的嗎？」

「頂級水準。妳知道，就是沒事兒大家都會提起的那種：『我老想著我也寫得出來，只要騰得出時間好好坐下來寫就行。』看來製造傑作唯一的前提就是坐下來吧。不過，等等，得先辦好正事才行。我瞧瞧——」他假裝在參考筆記本。「嗯……妳可巧知道飛立普．波耶斯立過遺囑嗎？」

「當初同居的時候，我想是有。」

「財產留給誰呢？」

「噢，我啊。倒也不是他有多少錢能給，可憐的飛立普。主要是因為他得找個作品執行人。」

「這麼說來，目前妳就是他的執行人了？」

「天老爺！這我倒沒想過。我當他是在我們分手的時候就改了，也沒多想。應該改了吧，要不他過世以後我怎麼都沒接到通知呢？」

她那雙暗色眼睛坦然看著他，溫西覺得有點不自在。

「那麼妳是不知道他改遺囑囉？我是說在他死前。」

「其實這件事我根本沒再多想。如果想過的話，當然我會假設他改了。怎麼回事？」

「沒什麼。」溫西說。「不過我倒是很慶幸，遺囑沒在那個勞什子的場合給提出來。」

「你是說審判嗎？沒必要避諱這個字眼吧。你的意思是，當初如果我以為可以接收他遺產的話，就有可能為財殺人嗎？他的錢其實加起來根本沒幾文啊。我賺的是他的四倍之多呢。」

「嗯，也對，看來我是被自己瞎編出來的三流情節攪昏頭了。這會兒再一想，確實是登不了大雅之堂。」

「告訴我吧。」

「呃，妳知道——」溫西一時語塞，然後又故做輕快地把他的點子滔滔說出來。

「噯——是講一個女孩（男人也可以，不過就當是女孩吧）。事實上，她寫小說——犯罪小說。她還有個——有個也會舞文弄墨的朋友。兩個人的作品都不暢銷，妳知道，只是普通作家。」

「哦？這種事有可能發生。」

「然後她的朋友就立了個遺囑，把錢全部留給女孩，包括稿費、版稅等等。」

「嗯。」

「然後女孩——她已經受夠了他，妳曉得——就想出了個絕佳妙計，可以讓兩人都變成暢銷作家。」

「噢，是嗎？」

「沒錯。她運用了她最新那本犯罪驚悚小說裡的手法，把他除掉了。」

「膽子真大。」范恩小姐說，真心表示讚許。

「沒錯。當然，他的書馬上狂賣，於是她便坐享漁利。」

「設計的確巧妙。史無前例的謀殺動機——我尋覓多年了。不過你不覺得有點危險嗎？她很可能變成嫌疑犯。」

「然後她的書也開始大賣。」

「是會有這種結果沒錯！不過她也許沒辦法活著享受好處。」

「這——當然，」溫西說，「就是問題所在。」

「除非她涉嫌謀殺而且遭人逮捕然後接受審判，這個計畫其實只能成功一半。」

「就這句話。」溫西說。「不過，身為經驗老到大量產銷的推理作家，妳難道想不出解決辦法嗎？」

「說的也是。嗯——比方說，她也許可以設計出完美的不在場證明吧；如果生性邪惡的話，乾脆就把罪名栽到別人頭上；或者誤導眾人以為她的朋友是自殺。」

「太籠統了。」溫西說。「她要怎麼做到呢？」

「一時間我也想不出來。我得仔細琢磨之後才能告訴你。要不——想到了！」

「怎麼樣？」

「她有偏執狂——不，不——不是殺人狂。這種情節太枯燥了，對讀者有失公平。我是說，她想要嘉惠某人，比方說她的父親、母親、姊妹、戀人，或是有個亟需金錢才能落實的目標。她為她或他或它立下遺囑，然後任由自己因為謀殺上絞架，因為知道心愛的人或者目標可以藉此得到大筆資助。這個點子怎麼樣？」

「棒極了！」溫西呼道，喜不自勝。「只是——等等。他們不會把她朋友的錢給她的，對吧？法律不可能讓妳因為犯罪得利吧？」

「噢，啐，沒錯。這一來就只能領到她自己的錢了。不過——她可以把朋友的錢以轉贈方式挪出去。對了，就是這樣！如果殺人之後她馬上辦的話——把她名下的一切都辦轉贈登記——這就囊括了她朋友遺贈給她的所有財產了。所有的錢就都可以直接轉讓給她心愛的對象，我想法律也奈何不得！」

她舞著眼睛看著他。

「妳瞧瞧，」溫西說，「妳可一點也不安全。聰明過頭了。不過依我說，這個點子實在好。」

「絕妙好主意！我們動手寫吧？」

「贊成，這就動筆！」

「不過你也曉得，只怕我們沒有機會呢。」

「別這麼說，我們當然要寫。皇天在上，我人在這兒倒是為哪樁？就算失去妳我還能忍，失去寫下暢銷書的機會我可絕對受不了！」

「不過截至目前為止，你的功勞也不過就是幫我找了個很有說服力的謀殺動機啊，這對我們的前途沒有多大幫助吧？」

「我的功勞是，」溫西說，「證明了那不是動機。」

「怎麼說？」

「怎麼樣？」

「如果是的話，妳不會告訴我。妳會小心翼翼移轉我的注意力。更何況——」

「我見過葛林比與柯爾公司的柯爾先生，所以我曉得誰會取得飛立普．波耶斯所得利潤的大半。依我看，他不會是妳心愛的目標。」

「不是嗎？」范恩小姐說。「怎的不是？難道你不曉得我私心真是愛死了他每一層下巴麼！」

「如果妳仰慕的是下巴，」溫西說，「我會養出幾疊來，不過得下苦功才行。總之，保持微笑——很適合妳。」

＊

「談得挺高興沒錯，」大門在他身後關上時，他暗自思量，「輕鬆有趣的機智問答固然有益病人身心健康，不過我們還是在原地踏步。這個烏庫哈特又是如何呢？法庭裡看到他像是沒問題，不過這種事情很難講。我想我還是登門造訪吧。」

於是他便現身在渥本廣場上，但卻大失所望。烏庫哈特先生因為某位親戚生病出門了。應門的不是漢娜・衛絲洛，而是一位豐肥的年長婦女，溫西覺得是廚娘。他的確很想好好盤問她，不過如果烏庫哈特發現他的僕人曾經在他背後被人逼供的話，以後跟他見面時只怕看不到好臉色。於是他便改而詢問烏庫哈特預定何時返家。

「我也說不出個準，先生。我想應該要看那位生病的夫人情況如何吧。如果她恢復健康，他就會馬上回來，因為他現在公務很忙。如果她歸天的話，他就會耽擱一陣子，好處理遺產。」

「原來如此。」溫西說。「這麼問還真有點冒昧，不過我有急事得找他談，不知道妳能給我他的地址嗎？」

「噯，先生。我也說不準烏庫哈特先生意下如何。如果是公事的話，先生，他的辦公室在貝德福路，他們會提供資料給您的。」

「實在謝謝妳，」溫西說，一邊寫下門牌號碼，「我這就過去，也許不用找他就可以問到我要的呢。」

「是啊，先生。到時候我要跟他報誰的名字呢？」

溫西遞出名片，在頂部寫下「因范恩一案來訪」。然後說：

「不過他也有可能很快回來吧？」

「噢，是啊，先生。上次他才去了兩天不到，我說一定是慈悲的老天保佑讓他回來，為可憐的波耶斯先生送終──拖了好一陣子那樣子死法，實在好可怕。」

「可不是嗎？」溫西說，很高興這個話題不請自來。「你們大家一定都嚇壞了。」

「唉，是啊。」廚娘說。「我都避著不願意想呢，現在也一樣。好端端的人那樣死在我們屋子裡，還是中毒哩，下廚的又是我──真真嘔死人，唷。」

「反正又不是晚餐的問題啊。」溫西好心地說。

「噢，天哪，當然不是，先生──證據齊全得很哪。倒也不是說我的廚房會出意外──看誰找得到！不過很多人只要逮著機會，就會嚼這種爛舌根。那天吃的東西，主人、漢娜跟我每一樣都嚐了，感謝老天我們都有吃，這點我不說你也明白。」

「當然，不說我也明白。」溫西正醞釀著下一個問題時，後門的鈴聲大作，打斷了兩人談話。

「準是屠夫，」廚娘說，「我得瞧瞧去，先生。廳堂女僕得了流行感冒躺床上，今早我得單打獨鬥哪。我會告訴烏庫哈特先生您來過。」

她關上門，然後溫西便啟程前往貝德福路的事務所。於此處應門的是一位年長職員，他毫不刁難，立刻遞上烏庫哈特的地址。

「這就是了，爵爺。衛思茉郡溫德鎮的艾珀園——蕊彭夫人的住處。不過我想他應該不會去太久的。有什麼我們可以為您效勞的嗎？」

「不用了，謝謝。我得見他本人才行。說來是關於他表弟飛立普·波耶斯的死。」

「是嗎，爵爺？那件事確實叫人震驚啊，就發生在烏庫哈特先生家裡，搞得他心情壞透了。波耶斯先生是個滿好的年輕人，和烏庫哈特先生非常親密，烏庫哈特先生一直都沒辦法釋懷呢。審判時您也在場嗎，爵爺？」

「嗳。判決你覺得如何？」

職員撇撇嘴。

「真得說還滿驚訝的。依我看其實案情很清楚。不過陪審團都不可靠，尤其是現在，女人都被找去了呢。我們這行看多了嬌柔的第二性，」職員說，不懷好意地笑起來，「她們當中有法律頭腦的還真數不出幾個。」

「就這句話。」溫西說。「不過如果沒有她們的話，訴訟案件可會少很多，所以做生意還是得靠她們哪。」

「哈，哈！說得好，爵爺。唉，當然嘍，女權高漲是擋也擋不住啊！不過我這人很老派——依我看哪，女人還是充當花瓶或者繆思而且不積極介入公務的時候最惹人愛。我們這兒就有過一位年輕女職員——我可沒說她工作效率不高喔——不過有一天她就那麼突發奇想跑去結婚了，還選在烏庫哈特先生出遠門的時候哩，搞得這裡天下大亂。說起來，年輕男人結了婚心性就更穩定，也更會守住工作，可是年輕女人卻剛好相反。雖說她們結婚也是應該的，不過會造成不便，而且律師事務所要請臨時助理也很棘手，因為有些工作的內容是機密——何況再怎麼說，流動率太大總是不足取法啊。」

溫西對首席助理的牢騷表示同情，並親切地說聲早安向他道別。貝德福路有個電話亭，他馬上衝進去撥號給柯林森小姐。

「我是彼德．溫西爵爺——噢，哈囉，柯林森小姐！一切還好吧？美得冒泡？很好！——嗯，聽我說。諾曼．烏庫哈特先生的事務所有個缺，在找機要女秘書，貝德福路——妳手上有人嗎？——噢，很好！——對，要她們全過來，我得安插個人——噢，不是，不用盤查誰——只要蒐集范恩案的八卦就可以了——對，挑幾個外表沉穩的，不能撲太多粉，裙子要穿標準規格那種膝下四吋長的——首席助理在負責。前一個離職結婚了，所以他目前強烈排斥性感尤物。嗯，嗯，妙極了！把她弄進去以後，我再下達指示囉。祝福妳，願妳的身影永保苗條。」

第八章

「邦特！」

「爵爺？」

溫西的指頭輕輕彈著他才收到的一封信。

「你覺不覺得意氣風發全世界都踩在你的腳下？雖然冬天肆虐，鷲尾花是否仍在亮閃閃的邦特身上，變得更加生動？你是否油然生起了那種征服感？也就是說，情聖唐璜的魔力（譯註：語出旦尼生的詩句——春天時，鷲尾花在亮閃閃的鴿子身上變得更加生動／春天時，年輕男子的幻夢悄悄變成愛的綺念）？」

邦特將早餐托盤放在他的指頭上取得平衡，不以為然地咳一聲。

「你的身材魁梧挺拔、叫人心動，容我這麼說，」溫西滔滔說下去，「下工時，舌頭靈巧，一雙眼睛滴溜溜的四處轉——而且邦特啊，我相信，你是真的有你的一套。廚娘也好，女僕也行，夫復何求呢？」

「我永遠都非常樂意，」邦特說，「竭盡我的最大所能，為爵爺服務。」

「這點我清楚。」爵爺點頭說。「我再三告訴自己，溫西啊，好景不常在。誰知道哪一天，這名好男兒便會拋下僕役的重軛開家酒館什麼的做起老闆來。還好一直沒事。每天早晨咖啡照常端上，洗澡水也準備好，領帶襪子都擺出來，我的培根炒蛋也放在氣派的盤子端給我。沒事。只是這回啊，我打算要你呈上更加危險的奉獻呢——對你我來說都有風險啊，邦特，因為如果你被人架走，成了結婚祭壇上無助的烈士，請問我要上哪兒找人端來我的咖啡、預備我的洗澡水、擺上我的刮鬍刀以及進行所有其他那些獻祭儀式呢？然而——」

「對象是誰，爵爺？」

「有兩個，邦特，兩個住在亭子裡的女人，碧諾爾，噢碧諾爾！（譯註：語出英國古歌謠〈姊妹〉，歌謠中有一騎士策馬騎至碧諾爾一地，同時向兩個姊妹求愛，歌謠並詳述騎士對兩人不同的情意）廳堂女僕你見過，名喚漢娜．衛絲洛，我猜芳齡三十，而且條件不差。另一位是廚娘——她的芳名音節輕柔但我發不出來，因我無幸得知，不過無疑應該是歌楚德、溪溪麗、瑪歌達琳、瑪格麗特或者羅莎麗之類甜美悅耳的名字——一個好女人，邦特，偏向成熟，也許，不過不會因此較差。」

「當然不會，爵爺。容我說一句，體型氣派年齡偏熟的女子，要比嘰咕亂笑腦子空白的年輕美女，更能博取男士殷勤體貼的照顧。」

「此言不假，邦特，那麼我們就假設說，你即將為我遞送一份禮貌的信函給一位住在渥本廣場的諾曼．烏庫哈特先生。請問你能否在撥得出來的一小段空檔之內，極盡鑽營之能事，如蛇一般潛入這戶人家的心房呢？」

「爵爺有此心願，小的自當傾力潛入，以博爵爺歡心。」

「太高貴了。假設發生違法情事，或者類似後果，各種罪名自然將由管理階層概括承當。」

「感謝爵爺大恩。爵爺希望小的何時啟程？」

「我寫好了給烏庫哈特先生的信函之後，自會按鈴。」

「是的，爵爺。」

溫西移至寫字桌。不久之後，他抬起眼來，有些惱怒。

「邦特，我覺得你陰魂不散，惹人不快。此舉有違常態，叫我膽寒。我懇請你別在此處盤桓了吧。請問是我的提議不合你的品味，或者你是希望我能買頂新的帽子？你的良心到底為何不安？」

「懇請爵爺原諒。小的方才想到要問爵爺一件事，不過並無冒犯之意——」

「噢，老天，邦特——不用婉轉措詞了。我受不了。舉刀插下結束這廝的性命——全力衝刺吧（譯註：語出英國十九世紀詩人羅勃・布朗寧的長詩Childe Roland to the Dark Tower Came）！到底什麼事？」

「小的想請教爵爺，您是否想於家中進行某些更改？」

溫西放下筆，瞪著男人看。

「更改？邦特，我不是才口若懸河地解釋過，我誓死也不會放棄包括咖啡、洗澡水、刮鬍刀、帽子、培根炒蛋還有熟悉的老面孔等等我鍾愛的每日作息嗎？你該不會是在給我警告吧？」

「不，當然不是，爵爺。離開爵爺小的會非常難過。不過小的想到，或許爵爺打算定下一門親事（譯註：原文tie為雙關語，意為領帶或者親事）——」

「我就知道跟男人的打扮有關係！絕無問題，邦特，如果你認為有此必要。想好花色了嗎？」

「爵爺誤會了。我指的是討媳婦，爵爺。有時候，貴族仕紳會因為迎親入門而重換家僕，夫人或許希望在選擇老爺的貼身僕人方面能有置喙餘地。果真如此的話——」

「邦特！」溫西大為驚駭，「敢問你是從哪兒得來這個想法的？」

「我是冒昧地自行推論得來的，爵爺。」

「這是培訓偵探搞出來的結果。難道我已在自家溫暖的壁爐前頭養出了一條警犬麼？敢問你是否已經更進一步幫這位女士取了名字？」

「是的，爵爺。」

一陣停頓。

「怎麼樣？」溫西說，頗有洩了氣的模樣，「你想說什麼？」

「非常討人喜歡的女性，容我這麼說，爵爺。」

「你得出這個觀感是吧？不過，結識她的機緣確實非比尋常。」

「是，爵爺。小的或許可以斗膽稱之為浪漫。」

「你可以斗膽稱之為天殺的，邦特。」

「是，爵爺。」邦特說，語帶同情。

「你該不會棄船潛逃吧，邦特？」

「絕無可能，爵爺。」

「那就別再跑來嚇我了。我的神經不比往常。信在這兒，送去那兒盡力而為了。」

「是，爵爺。」

「噢，還有件事，邦特。」

「爵爺？」

「看來我好像藏不住心事。這種表現有違我的意願。設或類似狀況再次發生，麻煩給個提示如何？」

「當然，爵爺。」

邦特緩步退下之後，溫西急步走到鏡子前方。

「看不出蛛絲馬跡嘛，」他自言自語道，「頰上不見沾有焦慮水氣以及發燒露珠的百合啊（譯註：改動自英國十九世紀詩人濟慈的名詩〈無情美女〉，詩中描述一位中了愛情魔咒的武士）。不過，說起來，想瞞過邦特確實是難之又難。也罷，正事為要。我已經堵住了一、二、三、四，四個地洞了（譯註：英國貴族打獵時，會要僕人先把狐狸洞一個個封住）。接下來呢？走訪這位叫沃漢的傢伙如何？」

＊

每當溫西需要在文化圈進行研究時，他都習慣求助於瑪嬌麗．費浦斯。她是靠製作瓷偶維生的，所以通常都可以在她本人或者別人的工作室裡找到她。早晨十點打電話過去，她有可能是在自家的瓦斯爐前炒蛋吃。當初巴羅納俱樂部事件發生時（原註：可參考本書作者於一九二八年出版的《巴羅納俱樂部的不幸事故》），彼德爵爺和她過從甚密，所以現在如果把她扯進范恩案的話，不免有些尷尬，而且對她不太公平，不過目前實在沒有時間慎選他使用的工具，所以紳士該有的謹慎已經不在溫西的考慮之列。他一通電話打去，聽到回應的「哈囉」時委實鬆了口氣。

「哈囉，瑪嬌麗！我是彼德．溫西，一切都還好嗎？」

「噢，好啊，謝謝。真高興又聽到你銀鈴樣的聲音，請問我能為最高偵察長爵爺大人效什麼勞嗎？」

「妳認識一個叫做沃漢的人嗎？他牽扯上了飛立普．波耶斯的神祕凶案。」

「噢，彼德！你想接這件案子嗎？太有趣了！你打算幫哪邊呢？」

「辯方。」

「萬歲！」

「何來這等浮誇的歡慶之詞？」

「因為這一來就更刺激也更困難了，對吧？」

「只怕正是。對了，妳認識范恩小姐嗎？」

「也不算，不過我看過她跟波耶斯—范恩幫的人在一起。」

「喜歡她嗎？」

「還好。」

「喜歡他嗎？我是說波耶斯。」

「心臟從來沒多跳一下。」

「我是說，妳喜歡過他嗎？」

「沒有人喜歡過他。不是被他迷上就是沒感覺。他可不是人見人愛的社交寵兒，你知道。」

「噢。那麼沃漢呢？」

「跟屁蟲。」

「噢？」

「看門狗。我的天才朋友才華洋溢，誰也不許批評他那一型的。」

「噢！」

「拜託別盡說『噢』好嗎？你想跟這個沃漢碰面嗎？」

「如果不會太麻煩的話。」

「好，今晚搭計程車過來吧，我們一道四處逛，一定會在哪兒撞見他的。還有敵營那幫人，如果你想見的話——哈莉葉·范恩的支持者。」

「妳是說出庭作過證的女孩嗎？」

「沒錯。你應該會喜歡艾露德·普萊絲。她鄙視所有穿長褲的東西，不過倒是滿講義氣的女孩。」

「一言為定，瑪嬌麗。一起吃晚餐如何？」

「彼德，我是很想，不過力不從心，我還有一籮筐的事情得做。」

「也罷！那我九點左右坐車過去。」

如此這般，九點鐘時溫西和瑪嬌麗．費浦斯便一起坐在計程車裡，目的地是多家工作室。

「我一連打了好多通電話，」瑪嬌麗說，「看來他應該會在科羅浦特基家。這幫人親波耶斯，效忠波耶士維克黨（譯註：通常的譯法是布爾雪維克黨，亦即俄共前身）而且熱愛音樂；供應的飲料很爛，不過俄國茶還算安全。計程車會等我們嗎？」

「會，因為我們有可能想打退堂鼓。」

「嗯，有錢真好。就從這條死巷進去，在右手邊佩脫偉基馬廄的樓上。我先摸路上去吧。」

他們跌跌絆絆爬上一道窄仄擁擠的樓梯，樓梯口傳來鍋具碰撞以及鋼琴、絃樂合奏的聲音，混亂但是悅耳，宣告裡頭正在進行某種娛樂。

瑪嬌麗大力搥打一扇門，而且沒有等人來應就碰聲推開了。溫西緊跟在後，迎面馬上撲來一波沉鈍的窒浪，是熱氣、聲音、煙霧以及炒菜味道的組合，像是甩上的一巴掌。

房間很小很昏暗，點了一盞悶在彩色玻璃罩裡的小燈泡。室內塞得滿滿全是人，絲襪腿、裸臂以及蒼白的臉如同螢火蟲般從一片黑裡攏向他，一圈圈盤捲的香菸噴霧在這當中流轉。有個角落是燒硬煤的爐子，發出紅光冒出毒臭味，和另一個角落裡轟轟叫的瓦斯爐烤箱打對台，合力把室內的空氣烤炙得熱烘烘。煤爐上擺了個碩大冒氣的茶壺，旁邊一張桌子上擺了個俄國銅茶壺，瓦斯爐前站了個昏暗的身影，拿著叉子在翻攪鍋裡的香腸，助手則在一旁照料烤箱。溫西嗅覺靈敏，混濁的空氣裡雖然香味眾多，他還是準確無誤地分辨出燻鮭魚的味道。門後面是鋼琴，有個蓬著頭紅髮的年輕人正在彈奏捷克斯拉夫風的曲子，伴奏的小提琴手罩了件費爾島的套頭毛衣，動作靈巧，性別不明。他們進門時，沒有人扭頭看。瑪嬌麗小心翼翼地穿行於四散在地板上的手腳之間，找上一位身穿紅衣的精瘦女子，朝她的耳朵大吼。年輕女人點點頭，跟溫西招手。他沿途打躬作揖請人讓路，瑪嬌麗簡單一句介紹詞把他引見給精瘦女子：「這位是彼德——這位是霓娜．科羅浦特基。」

「歡迎，」科羅浦特基夫人在吵嚷聲中吼道。「坐我旁邊吧。范亞會拿喝的給你。音樂真美，是吧？他名叫史達寧拉斯，好個天才，新作品講的是皮卡迪里地鐵站，好棒，n,est-pas（譯註：法文，不是嗎）？他一連五天都在那裡上下電扶梯呢，好吸收各樣音感。」

「真是驚人！」溫西吼道。

「喔，你覺得嗎？嗯，你懂得欣賞！你懂得這種曲子其實是為大型交響樂團寫的吧？鋼琴上聽不出效果。需要有銅管、音效、定音鼓配合！沒錯！不過聽得出那形式、那輪廓！啊！彈完了！棒透了！」

嗡隆的吵雜聲停止。鋼琴師抹抹臉，一臉疲累地四下瞪看。小提琴手放下樂器站起來，露出了腿，這才看出是個女人。房間爆出談話聲。科羅浦特基夫人跳著腳越過坐著的客人，抱住大汗淋漓的史達寧拉斯貼住他臉頰。平底鍋拉離了爐子，爆出一連串滋滋油響，一聲「范亞」的尖叫之後，立刻有張枯槁的臉被推到溫西旁邊，深沉的沙嘎聲朝他爆吼：「想喝什麼？」在這同時，則有一盤燻鮭魚顫巍巍地抖在他肩膀上。

「謝謝，」溫西說，「我才吃過晚餐——才吃過，」他無奈地咆道，「很飽，complet（譯註：法文，滿了）！」

瑪嬌麗立刻前來支援，聲音拔尖，拒絕得更加堅定。

「把這些恐怖的玩意兒端走，范亞，看來好噁心。給我們茶吧。茶，茶！」

「茶！」枯槁的男人發出回音，「他們要茶！你覺得史達寧拉斯的音響詩如何？震撼力十足，很有現代感吧？群眾當中反叛的靈魂——機械深處裡的撞擊與反抗。中產階級這下子可有東西想了，噢，沒錯！」

「啐！」溫西耳邊有個聲音說，此時枯槁的男人正轉身離去。「空洞無物嘛。中產階級的音樂。制式音樂。太悅耳了！——你該聽聽維諾洛維奇的〈字母Z的狂喜〉。那才叫純粹的震動，沒有舊時代的形式在裡頭。史達寧拉斯——他自以為了不起，可是這種曲子已經老掉牙了——你可以在他所有那些不和諧的音程背後感覺到統合。隱藏起來的合一。空洞無物。不過他把大家都唬住了，因為他滿頭紅髮，又露出一身骨架子。」

講話的人這兩點錯誤都沒犯，因為他長得又禿又圓就像撞球用的球一樣。溫西安撫著回應道：

「嗳，可憐咱們交響樂團那些舊式的樂器又能奏出什麼好的來呢？全音階，啐！十三個淒慘的中產階級的半音，呸！要表達現代感情裡無限的複雜性，我們需要八度音階裡有三十二個音符。」

「可是幹嘛非要八度音階呢？」胖子說。「如果無法甩開八度音階以及跟它臍帶相連的小資產溫情主義，這就表示你還沒有掙脫傳統枷鎖的束縛啊。」

「說得好！」溫西道。「拋開所有特定的音符吧。雖說它們的震撼力與表達力兼備，畢竟貓兒大唱午夜之歌的時候可沒用上啊？春情大發的種馬熱情狂嘶時，哪會考慮到八度音階或音差呢？只有人，受限於綁手縛腳的傳統——噢，哈囉，瑪嬌麗，抱歉——有什麼事嗎？」

「過來跟瑞藍・沃漢談談吧。」瑪嬌麗說。「我告訴他說，你很崇拜飛立普・波耶斯的作品。你讀過了吧？」

「約略看了幾本。不過我好像有點頭暈。」

「再過一個小時的狀況會更糟，所以最好現在就過去。」她領著他走向遠處的瓦斯爐烤箱，那旁邊有個長手長腳的男人蜷著身子坐在地板的椅墊上，拿了根酸菜叉子在挖玻璃罐裡的魚子醬。他苦著一張臉熱切地跟溫西打招呼。

「什麼鬼地方啊，」他說，「什麼鬼派對嘛。這個爐子真是熱。喝一杯如何？媽的除了喝酒我又能幹嘛？我來這裡是因為飛立普以前常來，習慣了你知道。我好討厭這裡，但又沒別的地方可以去。」

「那你一定跟他很熟囉。」溫西說，坐在一個廢紙簍上，心想真希望自己現在穿的是泳褲。

「我是他唯一的朋友，」瑞藍．沃漢說，一臉淒涼，「其他人都只想摳他的腦汁撈好處。猴子嘛！鸚鵡！天殺的他們每一個都是。」

「我讀過他的書，寫得滿好，」溫西說，帶著些許誠意，「不過我覺得他好像不快樂。」

「沒有人了解他，」沃漢說，「他們說他太難相處。你倒說說看，有那麼多事情要對抗，誰的心情會好得起來？他們把他的血全搾乾了，而且他那兩個厚顏無恥的出版商是小偷，天殺的把能撈到的銀子全扒光。緊接著那個臭婊子又毒死他。天老爺，好苦命啊！」

「的確，不過她為什麼要殺他呢——如果真是她下的毒？」

「噢，錯不了。分明就是忌妒他要傷害他，這還用講嗎？就因為她自己只寫得出垃圾來。哈莉葉．范恩跟很多厚臉皮的女人一樣在做白日夢，以為自己成得了大事。不只恨男人，也恨男人的成就。真是搞不懂，她怎麼不輔助飛立普這樣的天才服侍他就好了，你說是吧？怎麼，媽的，他以前還常常問她對他的作品有什麼建議呢。徵詢她的建議哩，老天在上！」

「他接受了嗎？」

「接受？她還不肯給呢。她告訴他說，她從來不對其他作家的作品表示意見。其他作家！虧她說得出口！不用講，我們當中就是她最沒概念，可她怎麼連自己的腦子跟他的不一樣都搞不清？當然，打從飛立普跟她扯上關係以後，一切就沒指望了。天才是要給人侍候，不是給纏著吵架的。我警告過他，不過他陷得太深，搞到後來竟然想娶她——」

「為什麼呢？」溫西問。

「牧師家庭長大的遺毒吧，我想。實在好慘。那個烏庫哈特想必也搞了不少鬼，花言巧語的家庭律師——你認識他嗎？」

「不認識。」

「他控制了他——應該是家人在背後指使吧。早在真的出問題以前，我就看到飛立普一步步給污染了。死了也許還好些。看著他變成循規蹈矩的好好丈夫我一定會發瘋。」

「那麼，這個表兄是從什麼時候開始要控制他呢？」

「噢，約莫兩年前，也許更早些。邀他吃晚飯之類的。我一眼看到他，就知道他打算毀掉飛立普，肉體和靈魂都不放過。他其實只是想要——我是說飛立普——可以自由揮灑的空間，不過有這女人和他表兄還有父親在一旁攪和——噯，也罷！現在就算哭死了也沒用。好在他的作品留下來了，那是他的精華所在，還好他是把作品交給我處理，哈莉葉・范恩一杯羹也分不到。」

「由你負責一定再安全不過了。」溫西說。

「不過只要想到他若沒死會是怎樣的光景，」沃漢說，血紅的眼睛悲哀地轉向彼德爵爺，「真的好想往脖子上劃一刀。」

溫西表示同意。

「對了，」他說，「最後那天他去表兄家以前，你一直都跟他在一起。你覺得他會不會帶了——毒藥什麼的呢？我無意冒犯——不過他的確很不快樂——也許他真的打算——」

「沒有，」沃漢說，「沒有。這我發誓他絕對沒有。他會跟我講的——去世前那段日子他很信任我，所有的心事都跟我分享。那個可惡的女人把他傷得很慘，可是他不會瞞著我不講，連個再見都不說就走掉。更何況——他不會選擇那條路。何必呢？我可以給他——」

他趕緊閉上嘴，瞥瞥溫西，只見他還是一臉專注很同情，便又接口講下去：「我還記得跟他談起毒藥。亥俄辛——佛多拿——之類的東西。他跟我說：『如果我真想走的話，瑞藍，你會指條路給我吧。』沒錯——如果他真要的話。砒霜！飛立普那麼愛美——你覺得他有可能會選擇砒霜嗎？——郊區毒殺犯使用的工具？門都沒有。」

「服用這種東西的確不好玩，當然。」

「你瞧瞧這個。」沃漢說，聲音嘎啞一副神祕的模樣。吃完魚子醬以後他又連著灌下許多白蘭地，現在他已經失去自制力了。「你瞧！看我這裡！」他從胸前口袋拉出一只小瓶子。「東西已經準備好了，只等著我把飛立普的書編完。擺在這兒隨時都能看到心裡就很舒坦，你曉得。好平靜。穿過象牙大門走出去——古書上說的——我從小就受古典文學的教育長大。有句話這些人聽了一定會笑，不過你別告訴他們我講過——奇怪，我一直忘不了『tendebantque manus ripae ulterioris amore, ulterioris amore.（譯註：拉丁文，出自古羅馬詩人維吉爾的長詩 Aeneid，詩句的意思是他們伸出手臂面向遙遠的彼岸，切切思念死去的至愛啊，死去的至愛）』還有一句是講到葉片般密匝匝地擠在瓦龍博撒的死靈魂——不對，這是米爾頓（譯註：英國十七世紀大詩人）——老天在上——可憐的飛立普！」

講到這裡，沃漢先生忍不住一手拍起小瓶子，放聲痛哭起來。

溫西的頭和耳朵碰碰作響，像是坐在引擎室，於是他緩緩起身退開來。有個人唱起一首匈牙利曲子，爐子已經白熱化。他朝瑪嬌麗打個承受不住的手勢。她正跟一群男人坐在角落裡，其中一位像是在唸自己寫的詩，嘴巴簡直就要逼進她的耳朵裡，另外一個在信封背面畫素描，其他人則嘻嘻哈哈打鬧著在伴奏。他們發出的噪響惹惱了歌手，他句子也顧不得唱完，忿忿大叫道：

「哎，吵死人！干擾聲不斷，連鬼都受不了！我會忘詞的！統統閉嘴！我再唱一次，從頭開始。」

瑪嬌麗趁機跳起來，疊聲道歉。

「我罪該萬死，霓娜，沒把妳的動物園管好——我們只會惹麻煩。原諒我，馬雅，我脾氣真壞，我這就去找彼德趕緊離開為妙。親愛的，等哪天我心情好些，又有閒情讓我的感覺恣意膨脹時，再請你到我家唱歌囉。晚安，霓娜——大家都玩得挺開心呢——還有，博睿斯，這首詩是你最棒的作品，不過我沒辦法專心聽完。彼德，快告訴大家今晚我情緒太亂，送我回家吧。」

「沒錯，」溫西說，「有點兒神經質，你們曉得——所以顧不得禮貌什麼的。」

「禮貌，」一位留鬍子的紳士突然大聲開口說，「是留給中產階級用的。」

「的確，」溫西說，「成何體統嘛，而且還會讓人壓抑起某種器官哩。走吧，瑪嬌麗，要不然我們可能都要『禮貌』起來了。」

「我再唱一次，」歌手說，「從頭開始。」

「呼！」溫西在樓梯上舒口氣。

「是啊，我懂。強忍著這些有的沒的，我還真算得上烈士哩。總之，你見到沃漢了。天字第一號大白癡，對吧？」

「沒錯，不過他應該沒殺飛立普・波耶斯，是吧？我得見過他才能確定。下一站是哪裡？」

「試試喬伊・欽柏斯家吧。那裡是敵方的大本營。」

喬伊・欽柏斯的工作室是在馬房改裝成的公寓樓上。這裡匯集了同樣的人，同樣的煙霧、更多燻鮭魚和更多飲料，以及更多的熱氣和談話。還多了熾亮的燈光、一只留聲機、五隻狗，以及薰鼻的油彩味。眾人說西維亞・瑪里奧受邀會來。溫西被捲入一場舌戰，主題是自由戀愛、D.H.勞倫斯、端莊的外表所隱藏的色慾，以及長裙子的不道德意涵，所幸有位男人婆樣的中年女子及時趕來現場救了他，這人面帶邪惡的微笑手裡撈了副牌，說是要幫眾人算命。大家於是團團圍住她，在這同時則有個女孩走進來，宣布西維亞扭到腳踝不能來了。眾人大表同情紛紛說道：「噢，好倒楣，可憐的女孩！」然後馬上把她忘到九霄雲外。

「咱們開溜吧，」瑪嬌麗說，「不用費事道別了，沒有人會注意。西維亞出事算我們走運，因為這一來她就得待在家裡沒法逃了。有時候我還真希望他們全都扭斷腳踝哩。不過你曉得，這些人其實幾乎都是各有專長，科羅浦特基那幫人也一樣。以前我還滿喜歡這類聚會的。曾經。」

「我們老了，妳跟我，」溫西說。「抱歉，這麼說真沒禮貌。不過妳曉得，我就要邁入四十大關了，瑪嬌麗。」

「你不見老態。不過親愛的彼德啊，今晚你看來有點疲倦呢。怎麼回事？」

「只是邁入中年吧，也沒什麼。」

「不留神的話，小心你會定下來。」

「噯，我已經定下來好多年了。」

「有邦特和書作陪是吧。有時候我真羨慕你，彼德。」

溫西沒搭腔。瑪嬌麗幾幾乎是惶惑起來，馬上伸出手臂挽住他。

「彼德，請你快樂起來吧。我是說，你不是一向都自得其樂，不受外境干擾嗎？千萬別變，好嗎？」

這是第二次有人要溫西別做改變了。頭一回他欣喜若狂，這一回他卻驚惶失措。計程車顛簸在雨中的河堤大道時，這輩子從來沒有過的無助感讓他痲痺也叫他憤怒，這是變化之神敲響的第一記勝利警鐘啊！他就像《愚人悲劇》（譯註：作者為英國劇作家Thomas Lovell Beddoes, 1803-1849）裡中了毒的阿杜夫一樣，真想放聲大叫：「噢，我在變，在變，變得好厲害！」無論他目前辦的案子成不成功，一切都不會再恢復原樣了。倒也不是說他會因為情場失意而心碎——畢竟，他已經熬過了年輕時熱血澎湃的種種狂烈折磨，不過也正因為現在他對人生了無幻想，所以也體悟到某種失落。從今以後，每一個小時的無憂無煩都不會再是特權，而是成就——就像魯賓遜從下沉的船艙搶救出來的一把斧頭，一罐荷蘭琴酒，或者一把輕型獵槍。

此刻，他是頭一回懷疑起自己沒有能力完成當初攬下的任務。以前辦案時，私人的感情雖然也曾介入，思辨能力倒是從來沒有受到影響。這一回，他卻老是處在摸索狀態，毫無把握地伸手探尋面目模糊、稍縱即逝的可能性。提問時他漫無頭緒，不知目的何在，同時也憂心著期限逼近——過去他曾經因此得到激勵；而現在，他卻感到惶惑不安。

「抱歉，瑪嬌麗，」他打起精神說，「只怕我的腦子是鈍掉了。嚴重缺氧吧，也許。介不介意把窗子拉下一點呢？嗯。好些了。只要給我好酒美食還有一點可以自由呼吸的空氣，我就可以山羊樣地一路跳著蹦著奔向言行不檢的老邁之年啦。等我頭禿膚黃，得穿著好生端莊的緊身衣撐住一把老骨頭的時候，我會一拐一拐爬向曾孫輩的夜總會，然後大家就會指指點點，紛紛嚷道：『瞧哪，達令！那就是作惡多端的彼德爵爺啊，過去九十六年來從來沒說過一句明理的話，所以才會聲名遠播呢。一九六〇年那場革命裡，他是唯一逃過斷頭台的貴族喔。我們養著他是要給孩子們當寵物！』然後我就會甩甩頭展示出我時新的假牙，然後說：『啊，哈！你們的日子可比不上我年輕的時候快活呢，循規蹈矩一本正經的可憐蟲！』」

「如果他們真的那麼嚴守紀律的話，到時候就不會有什麼夜總會讓你爬進去了。」

「噢，也對——活著的趣味只怕會給搾乾呢。他們只能偷偷溜開全民社區舉辦的官方活動，鑽進地下墓穴喝著沒消毒的脫脂牛奶玩起單人牌戲聊以自慰哪。是這地方嗎？」

「對。如果西維亞當真摔到腿的話，不知道樓下會不會有人開門呢。嗳——聽到腳步聲了。噢，是妳啊，艾露德，西維亞怎麼樣？」

「還可以，只是腫起來——腳踝啦，我是說。要上來嗎？」

「她能見人嗎？」

「能，儀容整齊打扮端莊。」

「很好，因為我要帶彼德．溫西爵爺上去。」

「噢，」女孩說，「久仰久仰，你是偵探對吧？來這兒是要找屍體什麼的嗎？」

「彼德爵爺在幫哈莉葉．范恩調查她的案子呢。」

「哦？太好了。真高興有人在想辦法。」她是個矮墩墩的女孩，鼻孔朝天眼睛閃亮。「你認為凶手是誰呢？我覺得他是自己動手的——那個傢伙好自憐，你曉得。喂，西西啊，瑪嬌麗來囉，還帶了個要把哈莉葉救出大牢的男士呢。」

「馬上領進門來！」裡頭傳出回答。門打開後是一間小小的臥室兼客廳，擺設極為簡樸，房客是個戴著眼鏡的蒼白女人，坐在莫理斯椅子上，紮著繃帶的腳擱在行李箱上。

「我站不起來是因為，正如珍妮．瑞恩（譯註：狄更斯小說《我倆共同的朋友》中的角色）所說，嗚呼我的背真痛，哀哉我的腿好疼。這位俠客是誰呢，瑪嬌麗？」

溫西被介紹給她，緊接著艾露德．普萊絲便臭著臉衝口問：

「他能喝咖啡嗎，瑪嬌麗？還是非得奉上男性的飲料才行？」

「他虔誠信主，行事正直，個性沉穩，除了可可以及發泡檸檬水以外，什麼都喝。」

「噢！其實我這麼問，只是因為你們男人的某些配件需要特別刺激，可是我們沒有解決工具，而且酒館又要打烊了。」

她踏著重步邁向一個櫥櫃，於是西維亞便說：

「艾露德的話你別放在心上，她喜歡對男人耍狠。告訴我，彼德爵爺，你找到什麼線索了嗎？」

「不知道。」溫西說。「我已經放了幾隻白鼬（譯註：白鼬經人飼養後，可以幫忙捕鼠、獵兔）進了幾個地洞，現在只有禱告上蒼另一頭可以鑽出好的來。」

「你見過表兄了嗎——那個烏庫哈特？」

「跟他約了明天見面。怎麼？」

「西維亞推論說，凶手是他。」艾露德道。

「有趣。為什麼？」

「女人的直覺。」艾露德快人快語。「她不喜歡他把頭髮搞成那副德行。」

「我只說了他油頭粉面，所以講話一定不可靠。」西維亞抗議道。「何況還會是誰呢？我打包票不是瑞藍．沃漢，那人其蠢無比噁心之至，不過波耶斯死去他的確傷透了心。」

艾露德不屑地吸吸鼻子，轉身到樓梯口的水槽把茶壺裝滿水。

「不管艾露德怎麼想，我就是不信飛立普．波耶斯會自己動手。」

「為什麼？」溫西問。

「他實在太愛講話，」西維亞說，「而且狂妄自大。我覺得他不可能主動剝奪世人閱讀他的大作的權利。」

「才怪哩。」艾露德說。「他這麼做根本就是出於惡意，存心要讓大人為他難過。不用了，謝謝，」溫西上前要提茶壺時她拒絕了，「六品脫的水我還提得動。」

「又挨一拳！」溫西說。

「艾露德不喜歡兩性間傳統的禮貌。」瑪嬌麗說。

「沒問題，」溫西好脾氣地說，「我會扮演壁花角色。瑪里奧小姐，請問妳可知道，這位過度滑頭的律師為什麼會想除掉他的表弟？」

「毫無概念。我只是遵行夏洛克・福爾摩斯訂下的規矩：把不可能的全部去掉，那麼剩下來的，不管怎麼不合邏輯，就一定是真的了。」

「杜賓（譯註：Dupin，為愛倫坡於〈失竊的信〉中創造的偵探角色）早在夏洛克以前就說過。妳的結論我能接受，不過依據的前提我質疑。不加糖，謝謝。」

「我以為所有男人都喜歡把咖啡泡成糖漿哩。」

「沒錯，不過我非比常人。這點妳還沒有注意到嗎？」

「我觀察你的時間還不夠，不過咖啡事件可以為你加一分。」

「感激不盡。請問——各位能不能告訴我，范恩小姐當初對謀殺案是什麼反應呢？」

「呃——」西維亞沉吟一會兒。「他死的時候——她非常激動，當然——」

「她嚇壞了，」普萊絲小姐說，「不過依我看，她倒是很高興能擺脫他。這也難怪。自私自利的禽獸！他利用了她又嘮叨一年煩死她，最後還給了她一頓羞辱。而且他那人貪心不足死不放手。她其實滿高興的，西維亞——這又何必否認呢？」

「嗯，也許吧。得知他死了，的確是個解脫。不過當初她可不曉得他是被殺的。」

「沒錯。說起來，凶殺確實有點美中不足——如果是凶殺的話。不過我不認為是。飛立普・波耶斯一逕就下定決心要當受害者，還真給他辦到了，真真氣死人了。我覺得他自殺分明就是存心要嘔人。」

「人的確是會做出這種事，」溫西若有所思地說，「不過很難證明。我是說，陪審團諸公們通常比較傾心於具體可見的原因，比方說錢。只是在這個案子裡，我找不到錢。」

艾露德笑起來。

「是啊，從來就沒什麼錢可言，只除了哈莉葉賺的。蠢笨的大眾不懂得欣賞飛立普·波耶斯，這筆帳他全算到她頭上去了。」

「她不是他的經濟來源之一嗎？」

「當然，不過他還是耿耿於懷，認為她應該伺候他寫作才對，不該靠她自己掙出來的垃圾賺錢給兩人花。總之男人就是這副德行。」

「妳對我們沒有多大好感，是吧？」

「我認識太多愛借錢的男人了，」艾露德·普萊絲說，「也認識太多需要別人寵的那種。不過女人還不是一樣糟！不然她們也不會忍下來。感謝老天，我從來不跟人借錢也不借錢給人——女人除外，而且她們都會還。」

「努力工作的人通常都會還吧，我想，」溫西說，「——天才除外。」

「天才女人沒有人寵，」普萊絲小姐臉色陰沉，「所以她們學會了不做非份之想。」

「我們好像離題太遠了吧？」瑪嬌麗說。

「不會，」溫西回答，「本案的幾位中心人物——記者先生們喜歡稱之為主角——開始有些明朗化了。」他的嘴嘲諷般地扯了扯。「絞刑台上打的光強之又強，所以可以得到許多光照。」

「別說啦。」西維亞拜託他。

電話在外頭某處響起來，艾露德．普萊絲跑去接。

「艾露德跟男人有仇，」西維亞說，「不過本性善良。」

溫西點點頭。

「只是她錯看飛立普了——她受不了他，當然，所以才會認為——」

「你的電話，彼德爵爺。」艾露德回房說道。「放鞭炮吧——謎題揭曉。蘇格蘭場找你。」

溫西趕忙出去。

「是你嗎，彼德？我尋遍了倫敦找你呢。我們知道是哪家酒館了。」

「不會吧！」

「千真萬確。而且紙包的白粉也有頭緒了。」

「老天在上！」

「明天一早過來行嗎？也許白粉會等著你哪。」

「我會蹦得個像隻公羊，跳得個像隻母鹿。待我把你們打得落花流水吧，帕克媽媽的探長先生。」

「希望如此。」帕克和氣地說，然後掛上電話。

溫西雀躍著奔回房裡。

「普萊絲小姐的身價三級跳，」他宣布，「是自殺，賭注五十比一而且沒人敢下戰帖。我這就要嘻笑如狗，圍城繞行去了（譯註：這是改動自舊約詩篇第五十九篇的詩句——叫號如狗，圍城繞行——形容人四處為惡；此外，英文有句俗語是嘻笑如貓 a grin like a Cheshire cat）。」

「抱歉我無法加入，」西維亞．瑪里奧說，「不過很高興我說錯了。」

「很高興我說對了。」艾露德．普萊絲淡然說道。

「妳說對了，我也是，一切的一切都對了（譯註：這句話是出自十九世紀劇作家 Gilbert 的一齣輕歌劇）。」溫西說。

瑪嬌麗．費浦斯看著他一語不發。她突然覺得身體裡好像有個什麼給絞得好緊。

第九章

邦特先生是倚仗何種鑽營的技巧，將遞交短箋的任務變成了茶點邀約，這點可是只有他清楚。就在彼德爵爺心滿意足地結束了他的工作的同一天，邦特於四點半時坐在烏庫哈特先生的廚房烤著鬆餅吃。他曾接受專業訓練，製作鬆餅的技巧高超熟練，就算奶油使用得稍嫌大方，受損的也唯有烏庫哈特先生而已。此時談話的內容轉向謀殺，其實是再自然不過了。暖烘烘的爐火以及抹上奶油的鬆餅，還非得搭配外頭潮溼的天氣以及裡頭怡人的恐怖，才算完美。雨下得越大越猛，細節講得越是可怕，嚐出來的味道才會更美。目前這景況，可說是一場愉快聚會所需要的各樣材料都卯足了全力齊集登場。

「白得好嚇人哪，他走進來的時候。嗐，那模樣。」廚娘派娣根太太說。「他們要我準備熱水瓶送上樓的時候，我瞧見他。三只瓶子，他們說，一個貼他腳，一個敷他的背，還有個大的橡皮瓶要放上他的胃。白成那樣還打抖喂，病得個有多重真是說出來也沒人信。哼哼唧唧的，著實可憐。」

「發綠耶，廚娘，我看的是，」漢娜．衛絲洛說，「說是綠黃色也許不為過。我以為是染上黃疸哩——比較像春天那次發作的樣子。」

「臉色真正難看，」派娣根太太說，「不過跟上一回丁點也不一樣咧。大腿疼的哩還抽筋，痛到心窩去。威廉絲護士看了一直犯嘀咕——挺好的個年輕小姐，不像有些我知道名字的那麼不把人放在眼裡。『派娣根太太，』她跟我說，這就叫做懂得禮數，不像許多人想也不想就叫廚娘，倒像是付了妳薪水可以不喊名字的——『派娣根太太，』她說，『以前我從來沒看過這種抽筋法，只除了有一個病例——簡直是同一個模子出來的，』她說，『妳可要記住我的話，派娣根太太，會抽筋就是有隱情喔。』唷！那時候我都沒搞懂她的意思哪。」

「砒霜中毒通常是會有這種症狀沒錯，爵爺提起過，」邦特回道，「病人苦不堪言。他以前有過嗎？」

「倒也不是所謂的抽筋啦，」漢娜說，「不過春天那回他發病的時候，我記得他抱怨說，手腳都刺刺的，像是針尖在戳，應該是這意思吧。他滿擔心的，因為那時候他在趕一篇文章，手痛腳疼眼睛又看不清，進度慢得咧，好可憐。」

「照辯方律師說的——我聽見他跟詹姆斯．盧巴克在法庭上對答，」邦特說，「想來這些針尖樣的刺痛或者眼睛不好什麼的，應該是表示經常有人讓他服用砒霜——如果這麼措詞沒錯的話。」

「好狠毒的壞蹄子啊。」派娣根太太說。「——哪，再來一個鬆餅吧，拿啊吧，邦特先生——折騰人家拖那麼久咧。給人惹火的時候，一錘敲到頭上，或者拿把菜刀砍下去我都沒話講，可是慢騰騰的下毒就真可怕嘍，依我說，是撒旦扮成人樣搞出來的。」

「說是撒旦就沒錯了，派娣根太太。」訪客同意道。

「而且還挺狠的，」漢娜說，「先不說磨著人慢慢兒死。怎麼，我們沒給當成嫌疑犯，還真要感謝老天慈悲有眼呢。」

「的確。」派娣根太太說。「怎麼，當初老爺說他們把可憐的波耶斯先生挖出來，瞧見他裡頭全是好可怕的砒霜時，我真正是嚇得直冒冷汗哩。房間轉啊轉的，像在遊樂場坐旋轉木馬一模樣。『噢，先生！』我說，『怎麼，就在我們屋裡麼！』我就是那麼說，然後老爺說：『派娣根太太，』他說，『但願不是這樣。』」

派娣根太太把這個馬克白樣的味道調進故事以後（譯註：莎翁名劇《馬克白》述及馬克白弒君之後，日夜難安，全劇氣氛陰森恐怖），頗為滿意，並且補了一句：

「是啊，我就是這麼講的：『在我們屋裡麼。』我說。後來連著三個晚上我都沒辦法闔眼哩，因為警察找上門問了好多問題，我心裡一直噗噗跳。」

「不過你們舉證說不是在這屋子裡出的事，一點也不困難對吧？」邦特提議道。「衛絲洛小姐出庭作證的時候，能言善道，講得再清楚不過，法官跟陪審團都猛點頭。法官還跟妳道喜呢，衛絲洛小姐，不過我看他誇得實在不夠——當著法庭那麼多人的面，妳講得真是有條有理。」

「噯，我這人一向不害臊，」漢娜承認道，「而且呢，先前已經跟老爺然後是警察討論得非常仔細，我明白會有什麼樣的問話，心裡頭早有準備了。」

「我倒是挺納悶，事情發生那麼久了，妳還每個小細節都講得清清楚楚哩。」邦特說大表敬佩。

「呃，是這麼的，邦特先生，波耶斯先生發病的第二天早上，老爺下樓找我們，他說——就坐在那張椅子上，非常和氣，跟你現在差不多的模樣：『只怕波耶斯先生病得很重，』他說，『他覺得有可能是吃的什麼東西有問題，』他說，『而且也許是雞肉。所以我要妳和廚娘，』他說，『跟著我複習一遍昨天吃的晚餐，看看想不想得起問題出在哪裡。』『嗳，先生，』我說，『波耶斯先生不可能是在這兒吃壞腸胃的，因為廚娘和我把剩菜都吃下肚了，是您要我們端進來的哪，先生，每樣菜都新鮮好吃得很。』我說。」

「可不是嘛。」廚娘道。「簡單的一餐，一點也不花俏——沒有牡蠣或者淡菜之類的東西，因為大家都曉得，帶殼的海鮮有些人吃了是會中毒的。不過哪，營養健康的熱湯，再加上一盤美味的魚料理，搭著蕪菁跟紅蘿蔔燉煮的雞肉再配上煎蛋捲，這麼一頓吃下來，腸胃一點兒也沒負擔不是嗎？不過有些人哪，雞蛋不管怎麼料理都吃不得，我娘就是這種人，就算烘個只擺一顆蛋的蛋糕，她老人家都會發嘔還出一身蕁麻疹呢，說了人家都不信。不過波耶斯先生吃蛋的本領可大了，煎蛋捲他又特別愛吃。」

「而且那天晚上的煎蛋捲是他親手做的，對吧？」

「沒錯，」漢娜說，「這我記得很清楚，因為烏庫哈特先生還特別問起蛋的情況，蛋是剛下的嗎？我就提醒他，蛋是當天下午他親自到羊渠街轉角那家店買來的，他們都賣農場送的新鮮貨，我還提醒他有一顆有點裂痕，跟著他便說：『今晚就用這顆做蛋捲吧，漢娜，』所以我就從廚房拿只乾淨的碗出來，把蛋直接擺進去——裂開的蛋跟另外三顆，送上桌以前一直沒碰過。『老爺啊，』我說，『買來的一打還剩八個，您也看得出都新鮮漂亮得沒話講。』是吧，廚娘？」

「是啊，漢娜。說起那隻雞，長得還真俊，細皮嫩肉的。當時我就跟漢娜說，拿來燉著吃好像滿可惜，烤起來才漂亮，只可惜烏庫哈特先生特別愛燉雞——他說燉出來的才有風味，對不對我就不曉得了。」

「如果搭上可口的牛肉湯來燉，」邦特先生頗有烹飪專家的架式，「蔬菜又一層層密實壓緊了，下頭鋪上培根做基底——不能太肥——整鍋菜用鹽、胡椒跟乾紅椒好好調了味，燉雞確實就是上品的美食了。就我個人而言，我會推薦少許蒜頭當佐料，不過我明白，蒜頭不是所有人都吃得的。」

「這玩意兒我只要聞到或者瞧見就受不了，」派娣根太太坦白說道，「不過你說的其他部分我都贊成。還有喔，高湯裡加上雞的內臟會更美味，我個人是喜歡添加當季的蘑菇。罐裝瓶裝的那種可不行；雖然好看，可是嚐起來連鞋釦都不如。不過祕訣是在烹煮，這點你也很清楚吧，邦特先生？鍋蓋得緊緊封住才能防止風味流失，然後用小火慢慢熬，這樣菜汁肉汁才能流上流下紮紮實實地攪和在一起不是嗎？燉雞料理確實可以做得很美味，漢娜跟我都覺得，不過我們也很喜歡烤得又香又嫩的全雞，上頭塗層油慢慢烤，裡頭又有餡料出汁免得太乾澀。不過如果說要烤的話，烏庫哈特根本聽不進去。既然付錢的是他，要怎麼弄自然由他決定。」

「噯，」邦特說，「說來，如果燉雞真有哪裡不對勁的話，妳和衛絲洛小姐應該都逃不過才對。」

「那可不，」漢娜說，「不瞞你說，我倆老天賜福，胃口一向好，所以剩雞可是吃得一口不留呢，只除了有一小片拿去餵貓了。烏庫哈特先生隔早說要檢查剩菜，結果發現吃得精光盤子也洗了，還真是滿洩氣的樣子哩——不是我說大話，這間廚房哪容得下隔夜沒洗的鍋碗瓢盆啊。」

「一大早就面對髒碗盤我可受不了。」派娣根太太說。「湯倒是剩了點——不多，就那麼幾滴，烏庫哈特先生拿給醫生看，他嚐了以後說挺好，這是威廉絲護士講的，雖然她自己可一丁點也沒喝。」

「至於勃艮地麼，」漢娜．衛絲洛說，「說來，那是唯一一樣只有波耶斯先生嚐過的東西，餐後烏庫哈特先生要我把酒瓶封好收起來。還好這麼辦了，因為後來警察調查的時候說要看。」

「烏庫哈特先生那麼小心防範，真有先見之明。」邦特說。「因為當時大家都以為那個可憐人是自然死亡，誰會想到別的呢？」

「威廉絲護士就這麼講，」漢娜答道，「不過我們歸結說，他是律師，當然知道暴斃該怎麼處理。而且他還挺講究呢，要我把瓶口黏封起來，還在上頭寫下我名字的縮寫呢，免得有誰不小心打開。威廉絲護士說啊，他肯定是預期到會有死因審訊，不過當時魏邇醫生叨叨唸著波耶斯先生一輩子都給胃炎折騰得好可憐，所以就沒有人疑心不該開立死亡證明書了。」

「有道理。」邦特先生說。「不過烏庫哈特先生懂得防患未然，確實是滿幸運的。很多無辜的人正是因為少了這麼點簡單的防範措施，差點就上絞架呢。這種案子爵爺看多了。」

「而且只要想到，當時候烏庫哈特先生差那麼一點兒就要出遠門，」派娣根太太說，「嗐，只這麼一想，我這把老骨頭就直打抖。請他走一趟的就是那個好煩的老婆子，一直要死可又一直死不了。怎麼，說來這會兒他人就在那裡哩——溫德鎮的蕊彭夫人家。家財萬貫哪這女人，大家都這麼說，可是沒有半個人得著好處，因為她腦子壞掉了聽說。以前神智還清楚的時候，是個狠毒的婆子，親戚沒一個理她的，只除了烏庫哈特先生，不過依我說啊，如果他不是她的律師，有責任照管她的話，他才懶得甩呢。」

「有些責任確實不太有趣，」邦特先生評議道，「這點妳知我也知，派娣根太太。」

「有錢人哪，」漢娜・衛絲洛說，「碰上什麼正經事得辦，哪愁找不到人服務啊。我老實不客氣說一句，蕊彭夫人如果沒銀子的話，管她是姨婆不是也沒人會去理，因為烏庫哈特先生的為人我清楚。」

「啊！」

「這點我不予置評，」衛絲洛小姐說，「不過你跟我啊，邦特先生，世道人心我們可清楚得很。」

「看來老太太兩腿一伸的時候，烏庫哈特先生就可以接收財產囉？」

「滿有可能。他口風可緊著咧，」漢娜說，「不過想也知道，他老人家三天兩頭就放著自己的正事不管，拔腳飛到衛思茉郡去，可不是沒有原因喲。只是要換做我的話，來路不明的錢我才不願意沾上邊呢。沒好下場的，邦特先生。」

「說的倒挺容易，姑娘，只因為妳不太可能碰上誘惑啊。」派娣根太太說。「如果某些女人沒有放下身段稍稍放浪幾下的話，很多王公貴族壓根兒就不會出現在世上哪。真相要是給揭發開來，不少人家的櫃子裡都可以找著骷髏哩（譯註：在英文裡，櫃子中的骷髏意謂家醜）。」

「嗯！」邦特說，「此話不假。如果暗地裡行的事全給拿上大街喧嚷的話，很多鑽石項鍊跟毛皮大衣都得貼個標籤說是『罪的工價』呢，派娣根太太。而且如果沒有哪個國王什麼的如同俗話所說的在毯子另一頭快活過的話，許多顯赫的家族根本就別想『生』出來哩（譯註：英語有句俗話說，私生子都是生在毯子的另一頭）。」

「聽人說，蕊彭老夫人年輕的時候，再怎麼尊貴的爺們也不會尊貴到不睬她，」漢娜神秘兮兮地說。「而且維多利亞女王從來就不准她在皇室跟前表演——她搞七捻三女王可是一清二楚。」

「她是演員對吧？」

「而且美若天仙，他們說，不過我還真想不起她的藝名叫什麼。」派娣根太太沉吟道。「挺怪的名字……想起來了，是海德公園（譯註：她的姓蓋登Garden，字意為花園），或者之類的。她嫁的那個蕊彭其實只是無名小卒——嫁他還不就是想遮掩醜聞做個樣子麼。生了兩個小孩呢她——不過是誰的種我可不敢說——都得霍亂死掉了。老天給的報應不用說。」

「波耶斯先生可不是這麼講的。」漢娜不以為然地撇撇嘴。「魔鬼領走自己人，這是他的說法。」

「喝！真沒口德，」派娣根太太說。「不過也難怪，瞧他都是跟誰住在一起！說來如果他逃過這一劫的話，其實慢慢應該就會走回正途的。小夥子心情好的時候，挺討人喜歡，會踱到我們廚房來，是會喲，天南地北聊起來，風趣得很。」

「妳對這位先生也未免太心軟了，派娣根太太，」漢娜說。「只要嘴巴子甜身子骨又弱，妳都當是小綿羊。」

「說來，蕊彭夫人的事波耶斯先生都曉得吧？」

「噢，是啊——家族的人應該都清楚，而且烏庫哈特先生跟他講的一定比跟我們講的多。烏庫哈特先生說他是要搭幾點的火車回來啊，漢娜？」

「他說晚餐七點半吃。所以應該是六點半那班，我想。」

派娣根太太瞥瞥鐘，邦特先生當這是暗示，便起身告辭。

「歡迎再來，邦特先生，」廚娘親切地說，「老爺不反對正派的紳士午茶時間過來小坐。我通常星期三休假。」

「我是星期五，」漢娜補一句，「隔周的星期天也休。如果你上福音派教會的話，邦特先生，朱德街的科羅福牧師講道可動聽了。不過也許你是要到外地去過聖誕節吧。」

邦特先生說這個節日他是一定要到公爵的丹佛宅邸過的，然後便頂著一圈沾了旁人光芒的耀眼光環離開了。

第十章

「哪，彼德，」帕克探長說，「這位就是你急著要見的女士。布紛奇太太，容我介紹彼德．溫西爵爺。」

「真是榮幸。」布紛奇太太說，咕咕笑著往她那張金髮大臉撲了粉。

「布紛奇太太跟布紛奇先生結婚之前，是格雷旅館路九環酒吧的靈魂人物，」帕克先生說，「她的魅力與機智無人不曉。」

「說的咧，」布紛奇太太說，「油嘴滑舌哪你。爵爺你別理他，你也知道這些警察是什麼德行。」

「猴崽子嘛不就，」溫西搖搖頭說，「不過我不需要他背書，我自己也長了眼睛和耳朵，布紛奇太太，現在我只能說，如果有幸及早與妳結識的話，我人生的最大目標會是把布紛奇先生打得鼻青臉腫。」

「您跟他是一個模子出來的壞胚子哩。」布紛奇太太說，心滿意足。「不過布紛奇先生會怎麼說，我就不知道了。那天警官上門要我到警場一趟的時候，他可火大著哪。『這算什麼啊，葛莉絲，』他說，『我們開這家店一向受人尊敬，也沒因為妨害治安或者延遲打烊惹出麻煩過，可只要妳跟那夥人搭上了，天知道他們會問出什麼好的來。』『軟腳蝦啊你，』我告訴他，『這夥人都認識我，跟我也沒過節，如果只消告訴他們那位紳士把紙包忘在「九環」沒帶走，我可沒意見。我又沒做錯事。再說，如果我不去的話，他們會怎麼想？』我說，『我賭十比一，他們會以為這裡頭有鬼。』『嗳，』他說，『那我跟妳一道去。』『噢，是嘛？』我說，『那你今早打算雇的酒保要怎麼處理呢？因為，』我說，『伺候老粗老土我可不幹，老娘這輩子還沒做過哩。所以你就看著辦吧。』說完我轉身便走，讓他自個兒想去。其實啊，他那麼說我還挺窩心。雖說警察的事給他唸了幾句，我可不怪他。我只是覺得我的事不用他瞎操心。」

「的確，」帕克耐心地說，「布紛奇先生其實無須驚慌。我們只是要妳盡量回想那位紳士的事，並且協助我們找到白紙包。也許可以因此救無辜者一命，這點我相信妳的丈夫應該不會反對。」

「好可憐！」布紛奇太太說，「想當初我讀到審判報導的時候，不就跟布紛奇說——」

「等等，希望妳不介意從頭說起，好讓彼德爵爺了解事情的全盤經過。」

「怎麼，當然可以。嗳，爵爺啊，結婚前我是『九環』的女侍，就像探長說的。當時我名喚夢台閣小姐——比布紛奇好聽，要跟這名字說再見我還真有點兒難過，不過又能怎麼辦？女人一結婚就得犧牲很多東西，多一個少一個又算得了什麼？我在那兒只負責照應沙龍酒吧，低檔啤酒我不沾手，因為那一帶龍蛇雜處不安寧，不過晚上沙龍區倒是會有很多正派的律師事務所紳士過去坐一坐。總之，就像我剛說的，我在那兒做到結婚才走，也就是去年八月的銀行節，我記得某天晚上有個紳士走進門——」

「妳還記得日期嗎？」

「誤差個幾天總有吧，因為我可不想給人逮著小辮子，不過離夏至應該不遠，因為我記得當時為了找話題，還跟一位酒客說了這句話呢。」

「應該差不了幾天，」帕克說，「約莫六月二十、二十一之類的吧？」

「沒錯，大致不差。至於當晚的時間，這我知道——你們偵探老盯著時鐘的指針不放，我可清楚得很呢。」布紛奇太太又嘰咕笑起來，挑起眉毛等著人鼓掌。「有位紳士就坐那頭——我不認識，這一帶沒見過他——然後問起我們幾點打烊，我說十一點，他很高興：『謝天謝地！本以為十點半要給趕走呢。』然後我就看著鐘說，『噢，沒問題啦，先生，我們都把鐘撥快十五分呢。』鐘上指著十點二十，所以我知道其實是十點五分。然後我們就約略聊起推行禁酒令的那幫人，說他們又打算逼著我們把打烊時間提早到十點半，不過還好我們有個好朋友朱金斯先生在當大法官。我記得很清楚，這麼講著講著的時候前門猛個兒推開走進一個年輕人，差不多要倒下了呢我說，然後大聲嚷嚷：『給我雙份白蘭地，要快。』唷，我可不想趕著去伺候，因為他臉色發白好古怪，我看八成是灌了八九十杯不只呢，這種事情老闆很在意。不過聽他講話倒還好，滿清楚的，也不至於翻來覆去老說幾句話，至於眼睛呢，雖然怪了點，倒也沒有死呆死呆——懂我意思吧？幹我們這行一定要懂得看人才行。他就那麼著按住吧台，拱了背全身縮起來，說：『拜託給我一杯烈酒吧，小姐，難過死我了。』先前跟我聊天的紳士這時開口了：『撐著點，』他說，『到底怎麼回事啊？』白臉紳士說：『好想吐。』然後他就把手橫上背心捂緊了！」

布紛奇太太兩手抱住腰，很誇張地骨碌著滾動起她藍色的大眼睛。

「這下子我看出了他其實沒醉，所以就調了雙份瑪特爾加點蘇打水端過去，他咕嚕咕嚕灌下去以後說：『好些了。』然後另外那位紳士就環住他肩膀扶著他坐下來。酒吧裡還有其他很多人，不過因為大家滿腦子都是賽馬消息，並沒有發現異狀。沒多久以後，白臉紳士問我要杯水，我端給他時他表示：『很抱歉嚇著妳，可我剛得了個壞消息，搞得我肚子痛。我原本就有胃炎的毛病，』他說，『擔憂或者驚嚇都會影響我的胃。不過，』他說，『這個或許可以止痛。』他拿出一個白紙包，裡頭有些粉，然後把粉倒進水裡，拿支鋼筆攪了攪吞下去。」

「水起泡沒有？」溫西問。

「沒有，只是普通白粉而已，花了點時間才攪勻。他喝光以後就說：『沒問題了。』或者『應該沒問題了』之類的。然後他又說：『感激不盡，我好些了，最好趕緊回家吧，也許又要發作也不一定。』然後他就舉舉帽子，挺紳士的呢，然後走出去。」

「妳說他是倒了多少粉進去呢？」

「噢，滿多的。他沒量，就那麼倒出紙包。約莫是甜點匙的量吧。」

「紙包後來呢？」帕克催問。

「是啊，就這句話。」布紛奇太太瞟了瞟溫西的臉，對自己製造的效果好像頗為滿意。

「我們才把最後一個客人送走，差不多十一點五分吧。總之就在喬治鎖上門以後，我瞧見椅子上有個白色的什麼。誰的手帕吧我想著，可撿起來一看才發現是紙包。所以我就跟喬治說：『喂！那位紳士把藥忘在這兒啦。』喬治問是哪位紳士，我跟他講了以後，他說：『是什麼呢？』我看了看，可是標籤已經撕掉。就是藥房給的那種紙包，你知道，兩頭折起來，橫面貼上標籤，不過標籤已經沒影了。」

「妳連紙包上有沒有印上紅字或者黑字都看不出嗎？」

「噯，這個麼，」布紛奇太太沉吟起來。「嗯，這我講不出。經你這一提，我覺得好像記得紙包哪兒有紅色，不過印象太模糊了。我不敢保證。我知道上頭沒有廠牌或者印字，因為我特意找過。」

「看來妳沒有舔舔看囉？」

「怎麼可能，也許是毒藥什麼的！我說過了，他模樣看來好奇怪。」（帕克和溫西交換起眼神。）

「當時妳就這麼想嗎？」溫西詢問，「或者妳是事後，妳知道，讀過本案報導以後才有這種感覺呢？」

「當時我就想到了，不用講。」布紛奇太太啪聲回嘴。「我不才說了我為什麼沒嚐嗎？而且我就是這麼跟喬治講的啊！何況，就算不是毒藥，搞不好會是『白雪』（譯註：白雪指毒品）什麼的。『最好不要碰。』我警告喬治。所以他就說：『扔進火裡吧。』但我不依。那位紳士有可能回來拿哪。所以我就把東西塞進吧台後頭擺酒的架子上，一直到昨天你們警察跑來說要找以前，我可是壓根兒都沒再想到這紙包呢。」

「他們在架上搜過，」帕克說，「怎麼也找不到。」

「噯，這我就不清楚了。東西的確擺上去了。我是八月離開『九環』的，這中間發生什麼我可沒法說。也許是打掃時給扔了。嗯，等等……其實後來我是有想到紙包：那天看到《世界新聞報》的審判報導時，我馬上想起紙包，就跟喬治說：『報上講的搞不好就是那天晚上走進來的紳士呢，臉色慘白——有可能喲！』我就是那麼說的。不過喬治說：『別胡思亂想了，葛莉絲小親親，跟警察辦的案子扯上關係可不好玩。』喬治最討厭旁人閒言閒語。」

「可惜妳當時沒上警局做筆錄。」帕克語氣嚴厲。

「唷，我怎麼知道那個玩意兒很重要哪？計程車司機幾分鐘以後見到他時，他就不對頭了，所以跟粉末應該沒關係吧，何況是不是他我可不敢打包票。總之，我是等審判整個兒結束以後才讀到報導啊。」

「不過還會重新開審，」帕克說，「到時候也許得傳喚妳出庭作證。」

「你知道上哪兒找我，」布紛奇太太精神大振，「我人不會跑掉。」

「妳特意來這兒一趟，實在非常感激。」溫西親切地補一句。

「不客氣，」女士說，「沒別的事了嗎，探長先生？」

「目前就這樣了。如果找到紙包的話，也許要請妳指認。噢，還有，這些事最好不要跟朋友討論，布紛奇太太。女士們有時候一聊起來，白的說成灰的，講到後來會想起根本沒發生過的事。相信妳也了解。」

「我可不是長舌婦。」布紛奇太太忿忿不平。「而且依我看，只有男人會把二加二搞成五，女人沒這問題。」

「這件事我可以轉告給辯方律師吧？」目擊證人離開後，溫西說。

「當然，」帕克說，「所以我才要你過來親耳聽啊——看能有多少幫助。總之，我們一定會全力搜尋紙包的。」

「嗯，」溫西沉吟著說，「嗯——你們是得好好找去——當然。」

＊

克羅富先生得知此事時，面露不豫之色。

「我早就警告過你，彼德爵爺，」他說，「手裡的牌如果讓警方知道，一定後患無窮。現在他們插手進來，哪怕找不到機會扳回一城啊？當初你怎麼不交給我們調查就好了呢？」

「老天在上，」溫西忿忿說，「交到你們手上都差不多三個月了，結果一事無成。警方三天內就挖到線索。你也知道，這件案子時間非常緊迫。」

「話是沒錯，不過難道你看不出來嗎，警察非得找到那個關鍵性的紙包才會罷休？」

「那又怎樣？」

「請問萬一根本不是砒霜怎麼辦？如果交由我們處理的話，就可以拖到最後關頭才出其不意地把事情抖出來，要調查也來不及了，這就可以把檢方逼進死角。畢竟，布紛奇太太的故事如果一五一十說出來的話，陪審團就非得承認死者自殺的說法確實是有證據。不過照目前的情況看，警察想必會找到或者捏造個什麼，證明粉末完全無害。」

「如果他們找到紙包而且發現正是砒霜呢？」

「果真如此的話，」克羅富先生說，「犯人就可以無罪開釋。不過你該不會真的相信有這可能吧，爵爺？」

「顯然你是不信。」溫西火冒三丈。「你根本已經認定犯人有罪了啊。我可不一樣。」

克羅富先生聳聳肩。

「為了客戶著想，」他說，「我們有責任檢視所有證據裡不利於我們之處，藉以推斷檢方可能提出的論點。我再重複一次，爵爺，你的行為有失謹慎。」

「聽好了，」溫西說，「我要的判決並不是『罪證不足』。就范恩小姐的幸福與榮譽而言，因為罪證不足而獲得開釋，其實跟被判有罪並無不同。我希望她可以洗清嫌疑，罪名完全由該負責的人承當。我不希望她留下半點污名。」

「志氣可嘉，爵爺，」律師同意道，「不過容我提醒你一句，目前我們要考慮的可不只是范恩小姐的榮譽跟幸福，我們得避免讓她走上絞架。」

「依我看，」溫西表示，「與其因為走運才免除一死，但卻一輩子讓人誤認為凶手，那她還不如死在絞架來得乾脆些。」

「是嗎？」克羅富先生說，「只怕辯方不便採取這種態度呢——請問范恩小姐本人也持同樣看法嗎？」

「如果是，我也不驚訝。」溫西說。「總之她無罪，老天明鑒，我一定要找出鐵證叫你心服口服才罷休。」

「好極了，好極了，」克羅富先生敷衍道，「我比任何人都要樂見其成。不過我得再次聲明，依我個人的淺見來看，對帕克探長透露太多心事，只怕並非明智之舉。」

*

溫西步入烏庫哈特先生位於貝德福路的辦公室時，心裡還在為這件事冒肝火。首席助理記得他，而且由於訪客身分高貴，事先有約，他自然是恭敬相迎。他請爵爺稍坐片刻，然後就消失到裡間的辦公室。

門關上時，一名女打字員從機器後面抬起臉來，硬生生地朝彼德爵爺點個頭——那是一張結實有力，頗為男性化的醜陋臉孔。溫西認出她是「愛貓園」的成員，便暗自往柯林森小姐的名字打個勾表示嘉許，因為她辦事確實明快果決。不過兩人並沒有交談。之後沒多久，首席助理走出來，邀請彼德爵爺進入裡間。

諾曼．烏庫哈特從桌子後面站起來，伸出一隻友善的手表示歡迎。溫西在審判時見過他，也注意到他考究的穿著、濃密光滑的暗髮，以及那種精明幹練的生意人模樣。現在湊近來看，他發現這人比遠觀時要顯得老很多，約莫四十五六歲，皮膚蒼白，但是很奇怪的沒什麼瑕疵——僅只長了幾個像是太陽曬出來的小雀斑。然而斑點會在這個季節出現委實不太尋常，更何況從他的外表看不出戶外生活的跡象。眼珠子幽深銳利，不過精神有點不濟，由他眼窩周遭冒出的疹子看來，心中的思慮想必不少。

律師起身歡迎時語調高亢愉悅，問說他可以幫上什麼忙。

溫西表示自己對范恩毒殺案頗有興趣，登門拜訪是受託於克羅富與古柏事務所，想麻煩烏庫哈特先生回答幾個問題，希望不至於造成不便。

「哪兒的話，彼德爵爺，一點也不會。幫得上的話，我當然義不容辭，只不過我知道的事恐怕你全聽過了。說起來，驗屍的結果確實嚇到我了，不過我得承認，知道自己不至於惹上嫌疑我還真是鬆了口氣，因為當時的狀況非常特別。」

「對你的確造成了很大的困擾。」溫西同意道。「不過你採取的防範措施真是無比高明。」

「噯，你曉得，我們做律師的人都習慣了凡事提高警覺。倒也不是當時我就想到有人下毒——否則我一定會堅持報警處理。我考慮到的其實是食物中毒，不過不是腐肉問題，因為他的症狀完全不符，我擔心的是炊具遭到污染，或者食物本身含有病原菌。結果證實不是這樣我很慶幸，不過說起來，真相卻遠比這個糟糕太多了。依我看，只要碰上死因不明的猝死狀況，其實就應該把化驗分泌物列為例行作業才對。問題就出在當時魏邇醫生信心滿滿毫不懷疑，所以我才完全信任他的判斷。」

「當然，」溫西說，「一般人通常是不會遽下結論說有人被殺——不過這種事發生的次數，其實遠比常人所想的要多。」

「也許吧。總之，如果我處理過刑案的話，應該會比較容易起疑，只是我經手的幾乎都是財產讓渡之類的事，還有遺囑認證以及離婚等等。」

「談到遺囑認證，」溫西漫不經心地說，「請問波耶斯先生有沒有接收遺產的可能？」

「就我所知完全沒有。他的父親談不上富裕，是典型的鄉下牧師——薪資微薄得很，而且住的會館大而無當，教堂也年久失修。說來的確不幸，他們的家族正是所謂的中產階級專業人士——腦力和精力被榨取太多，銀錢挹注卻少得可憐。飛立普．波耶斯即使活得夠久，頂多也只能接收幾百鎊而已。」

「聽說他有個富裕的姨媽呢。」

「噢，沒有——除非你講的是老克里蒙娜．嘉登。她是他的姨婆，不過跟他們已經多年沒有往來。」

此時彼德爵爺忽然靈光乍現，兩個毫不相干的事實在他腦子裡撞出火花。先前他聽帕克提到白紙包時過度興奮，所以後來邦特談及他和漢娜．衛絲洛以及派娣根太太共享的茶會時，溫西的心思並沒有集中，不過現在他想起邦特提到一位女演員，名叫「海德公園什麼的」。轉念間一切有如電光石火，於是轉瞬間他便脫口而出：

「你說的是衛思茉郡溫德鎮的蕊彭夫人吧？」

「沒錯。」烏庫哈特先生說。「事實上，我才剛去了她家呢，對了，你還寫過信到那兒給我呢。五年來，她一直神智不清，根本沒有生活品質可言，真是生不如死——耗著一直不走，對自己對別人都是一大折磨。我老覺得，礙於法律不能像對寵物一樣讓這些可憐的老人安樂死，真是太殘忍了。」

「沒錯，如果讓一隻貓拖著要死不死的話，保護動物協會那些人一定要罵得你狗血淋頭。」溫西說。「真蠢，是吧？還有一種人也是同一個模子出來的，他們會投書到報社大罵別人把狗養在冷颼颼的狗屋裡，可是卻壓根也不在乎哪個房東把一家子十三口放進沒有排水管的地窖，裡頭不但沒有裝了玻璃的窗子，甚至連個能裝玻璃的窗子也沒有。有時候想起來真會火冒三丈——雖然我這人向來就是個白癡樣的好好先生。可憐的老克里蒙娜·嘉登，想來她年事已高，應該撐不了多久了吧？」

「沒錯，有一回我們還以為得辦後事呢。九十幾了，心臟越來越弱，真可憐，偶爾還會心臟病發作。不過有些老太婆啊，生命力確實強得很。」

「說來，你是她唯一還活著的親人吧？」

「應該是，只除了我澳洲一個叔叔。」烏庫哈特承認了這層親屬關係，但沒有詢問溫西怎麼知道。「我在場其實不見得能幫上什麼忙，只不過身為她的私人律師，有狀況發生時我守在旁邊總是比較好。」

「嗯，的確，的確。身為她的律師，你當然知道她的遺產是怎麼分配囉？」

「嗯，對，當然。不過恕我直言，我不懂這件事和目前的案子有什麼關聯。」

「噢，是這樣的，」溫西說，「我認為，飛立普·波耶斯也許是碰上了財務困境——再傑出的人都免不了——所以才決定一死了之。不過如果他有希望繼承蕊彭夫人的遺產，而老姑娘自己，我的意思是可憐的老夫人，就快要甩掉這身臭皮囊的話，怎麼，那他不是會等下去嗎？何況他還可以靠著繼承權或什麼的對外籌到一筆資金啊，你懂我意思吧？」

「嗯，我懂——你打算證明他是服毒自殺。嗯，我同意這的確是最有利於范恩的抗辯方式，就這點來說，我還可以略盡棉薄之力。我是說，我知道蕊彭夫人確實沒有將遺產留給飛立普。而且就我所知，他也毫無理由假設她有這個意願。」

「這點你確定嗎？」

「相當肯定。事實上……」烏庫哈特先生猶疑著，「不妨告訴你吧，有一天他還問起我遺產的事呢。我自然得據實以告，說他毫無希望。」

「噢，他還真的問過嗎？」

「嗯，沒錯。」

「這點應該滿重要的對吧？請問是多久以前的事呢？」

「噢——約莫十八個月以前吧，我不很確定。」

「當時蕊彭太太已經神智不清了，所以也不可能寄望她會更改遺囑對吧？」

「毫無可能。」

「不可能，嗯。也許可以藉此做個合理的推論吧。波耶斯大失所望，當然——他原本應該抱了很大希望。遺產有很多嗎，請問？」

「滿可觀的——約莫七八萬鎊。」

「想了就嘔吧，金山銀山全歸一場空，自己一點也沾不上手。對了，那你自己呢？你能分到嗎？這樣子多管閒事，實在抱歉，不過我是想到，你照顧她許多年又等於是她唯一存活的親人，能接收的財產想必滿豐厚吧？」

律師眉頭緊蹙，溫西趕忙道歉。

「我知道，我知道——這麼問著實失禮。壞毛病老是改不掉。其實老夫人歸西的時候，報紙自然會詳細刊載啊，搞不懂我幹嘛急急逼問。就當我什麼都沒說吧——抱歉。」

「其實也沒有必要瞞你，」烏庫哈特先生緩緩說道，「不過避免透露客戶的私事，是我的職業本能。事實上，我就是她的繼承人呢。」

「噢？」溫西失望地說。「這一來，原先的理論就不太站得住腳了，對吧？我是說，在這種情況下，你的表弟很可能會覺得他可以仰仗你——呃——當然，我並不清楚你的意願如何——」

烏庫哈特先生搖搖頭。

「我懂你意思，這麼想是很自然的事。問題在於，以這個方式處置遺產將完全違反遺囑立定人的本意。就法律層面來說，我是可以轉讓遺產，然而道德卻不容許我這麼做，這點我已經跟飛立普講清楚了。當然，我是可以偶爾撥點錢資助他，不過說實在的，就連這點我也很難做到。依我看，飛立普唯一的自救之道就是靠寫作走出一條路。雖然我不喜歡說死人的壞話，不過——呃，他的確是……有那麼點過度仰賴別人的傾向。」

「嗯，沒錯。蕊彭夫人想必也這麼認為了？」

「不盡然，不，原因其實更複雜。她覺得她的家族待她太過嚴苛了。噯，既然都提起這點，我也不介意把她的 ipsissima verba（譯註：拉丁文，本人的說法）拿給你看。」

他按按書桌上的鈴。

「遺囑不在這裡，不過我有份草稿。噢，莫金森小姐，麻煩妳把標示有『蕊彭』字樣的契據盒拿進來好嗎？彭德先生知道擺在哪裡。盒子不重。」

「愛貓園」來的女人靜靜離開尋找盒子去。

「我這麼做的確有違常理，彼德爵爺，」烏庫哈特先生說，「不過有時候，太過謹慎就跟毫不謹慎一樣不可取。我是希望能讓你明瞭，為什麼我會被迫對我的表弟採取這種毫不妥協的態度。噢，謝謝妳，莫金森小姐。」

他從褲子口袋掏出一把鑰匙，以其中一支打開了契據盒，開始翻看一大疊文件。溫西盯視著他的表情，就像一隻蠢笨的小獵犬等著要吃美味的零嘴。

「哎啊，真是，」律師呼道，「好像不在這兒——噢！對了，我真健忘，東西是擺在我家裡的保險櫃呢，實在抱歉。今年六月蕊彭夫人發病的時候情況危急，我把草稿拿出來參考，結果因為我的表弟緊接著過世，忙亂好一陣子，我就忘了擺回去。總之，遺囑的重點是——」

「沒關係，」溫西說，「不急。如果我明天到府上拜訪，也許可以看一下吧？」

「沒問題，如果你覺得很重要的話。我這麼糊塗真抱歉，請問還有別的你想知道的事嗎？」

溫西問了幾個問題，都是邦特進行調查時便涵蓋過的，之後他便起身告辭。莫金森小姐再次坐在外間辦公室工作。他走過時，她並沒有抬頭。

「詭異，」溫西啪噠啪噠沿著貝德福路走下去時，心中暗忖，「這個案子大家都熱心過了頭。每個人都興高采烈的回答別人毫無權利過問的問題，而且毫無必要的就衝口提出解釋。大家好像都很坦然。確實驚人。也許這個傢伙真是自殺呢。希望如此。真希望我可以盤問他。我發誓一定要嚴刑拷問毫不留情！他的人格分析我已經問出十五個版本了——統統不一樣……自殺卻又不留遺書招認，委實太沒紳士風度了——會讓別人惹上麻煩。如果我開槍打得個自己腦袋開花——」

他停下腳。

「希望不會有這需要，」他說，「希望我不會被迫有這需要。母親會排斥，而且場面會很難看。不過我還真是開始不太喜歡這種把人送上絞架的工作哩。死者的朋友太痛苦……絞死人的事我不想了。叫人心驚膽寒。」

第十一章

溫西隔天早上九點出現在烏庫哈特的屋子時，這位紳士正在享用早餐。

「我是想也許可以在你上班以前趕過來。」爵爺語帶歉意。「實在謝謝，早點我吃過了。不用，真的，謝謝——十一點以前我從來不喝酒。對內臟有害。」

「草稿我已經幫你找出來了，」烏庫哈特親切地說，「希望你不介意我繼續用餐。我喝咖啡的時候你可以看一看。遺囑透露了一點家族醜事，不過都是陳年往事了。」

他從側几上拿起一份打字稿，交給溫西。溫西機械化地注意到字稿是用「伍思朵」牌機器打出來的，小寫的p有裂痕，大寫的A稍微沒對齊。

「我最好先講清楚波耶斯和烏庫哈特家族之間的關係，」他回到餐桌坐下，繼續說，「好讓你了解遺囑的用意。我們共同的祖先名叫約翰．胡拔，是上個世紀初一位德高望重的銀行家，家住諾丁罕。一如當時盛行的做法，他的銀行是家族經營的企業。他有三個女兒，珍妮、瑪莉以及羅珊娜，都接受了良好的教育，原本應該可以各自繼承到一筆尚稱可觀的遺產，只可惜老先生犯了許多人常犯的錯，投資不當，給了客戶太多舞弄的空間──老掉牙的故事了。銀行倒閉以後，三個女兒身無分文。老大珍妮嫁給一個叫亨利・布朗的男子，他是學校老師，家境清寒，自命清高沒有人緣。他們的女兒茱莉亞就是飛立普・波耶斯的母親，她嫁的是副牧師亞瑟・波耶斯。二女兒瑪莉結婚的對象約西亞・烏庫哈特雖然比較富裕，但是社會地位卻比她要低。他從事的是蕾絲買賣，這對老一輩人是很大的打擊，不過約西亞的家世還算體面，而他本人又是個品格高尚的好青年，所以家人便將就著接納他了。瑪莉有個兒子叫查爾斯・烏庫哈特，他想盡辦法要脫離不受尊敬的商人階級，在一家律師事務所找到工作，由於表現傑出還升任為合夥人。他就是我的父親，而我則接下了他事務所的事業。

「三女兒羅珊娜的個性和兩個姊姊南轅北轍。她長得非常漂亮，歌聲優美舞姿曼妙，是個魅力十足但卻驕縱任性的女孩。她離家出走以後跑上舞台表演，父母親盛怒之下把她的名字剔出家譜，所以她決定索性就讓他們最為憂心的猜疑變成事實，搖身成了時髦倫敦的社交寵兒，為所欲為。她打著克里蒙娜・嘉登的旗號四處交際，雖然聲名狼藉，但是戰果輝煌。而且你知道，她是有大腦的，妮爾・君恩（譯註：Nell Gwyn，十七世紀人物，早年當過演員，其後成為英王查爾斯二世眾多的情婦之一）根本比不上。她是那種『拿了就不放手』的人。什麼她都要──錢、珠寶、古董家具、馬匹、馬車、你能想出來的東西都逃不掉，還把這些全部轉換成安全穩當的基金。她除了自己的身體以外，什麼都不揮霍，別人所有的饋贈，她都覺得自己的身體就是最好的報償，我想應該也沒錯。我是等她老了以後才見到她的，不過在中風毀掉她的腦子和身體以前，當年絕世的美麗還依稀可見。她是個精明的老女人，而且貪得無饜。兩隻摳得緊緊的小手肥厚多肉，什麼都不肯放，什麼都要抓。你也知道那種人。

「總之，嫁給學校老師的大姊珍妮，堅持不肯和家裡的不肖女往來。她和丈夫亨利只要看到克里蒙娜・嘉登這個有辱家門的名字張貼在奧林匹亞或者愛達菲劇院的外面時，就會口呼上帝打著哆嗦快步走掉。她寄去的信他們原件退回，還不許她進入家門，最後甚至連珍妮過世舉行葬禮時，亨利・布朗還把她趕出教堂，這應該是雙方交惡過程中最高潮的時刻吧。

「我的外祖父母就沒那麼嚴苛了。他們並沒有上門找過她，也沒有邀她到家裡來，不過偶爾會租個包廂觀賞她的表演，兒子結婚時也寄了喜帖給她，對她算是保持著一種疏遠的禮貌。所以她才會和我父親保持不即不離的交往，後來還把私人財務交給他處理。他認為財產就是財產，來源並不重要，還說如果身為律師卻拒絕處理髒錢的話，恐怕有一半左右的客戶都得掃地出門了。

「陳年恨事老太太忘不了也沒法原諒。只要提到布朗—波耶斯一家的名字，她就目露凶光口吐白沫。所以當初擬定遺囑的時候，她特別要我寫下擺在你眼前的這段文字。我告訴她，飛立普・波耶斯並沒有加入迫害她的行列，當然，亞瑟・波耶斯也沒有，不過舊創仍然沒有癒合，不管我說了他多少好話，她也聽不下。所以我就依照她的意思草擬遺囑；如果我不做，也會有別人代勞的。」

溫西點點頭，凝神看起遺囑，發現日期是八年前。遺囑指定諾曼・烏庫哈特為唯一執行人，而且分配了幾筆遺產給一些僕人和劇院慈善機構。接下來遺囑上出現的文字則是：

「我其餘所有的財產，無論是現金、股票、債券或者各地的不動產等等，將悉數由我的姪孫諾曼・烏庫哈特——貝德福路事務所的律師——於他生時繼承，並於其死後平均分配給他的後代，然而設若前述之諾曼・烏庫哈特死後並無合法後代，前述之財產則將轉渡給（此處列出先前指明的慈善機構的名稱）。本人如此處置遺產，目的在於對前述之姪孫諾曼・烏庫哈特及其父查爾斯・烏庫哈特終其一生對我表達之敬意與照顧表示感謝之意，並藉此確保本人的財產絕不至流入另一姪孫飛立普・波耶斯或其子孫之手。為達此目的，並強調前述之飛立普・波耶斯一家人長年對本人之不人道待遇，我指示前述之諾曼・烏庫哈特先生遵行本人遺願：不得將贈與諾曼・烏庫哈特以供其生時享用之財產所衍生之任何收入送給、借給或者轉渡給前述之飛立普・波耶斯，亦不得藉由此項遺產以任何方式輔助前述之飛立普・波耶斯。」

「嗯！」溫西說，「講得清楚明白，意在報復。」

「的確——不過碰上不講理的老太太，我們又能怎麼辦？她仔細地看過草稿確定我的措詞夠狠以後，才肯簽上名字呢。」

「不用說，飛立普一定很沮喪。」溫西道。「真是謝謝。很高興能看到原稿，自殺的說法這就更說得通了。」

理論上或許如此，不過這個說法並未如溫西所願的那麼符合他所採集到的「飛立普・波耶斯個性分析」。他個人比較想要採信的觀點是：飛立普自殺主要是因為他和哈莉葉最後的那場晤談不歡而散。不過就連這一點的說服力也嫌不夠。他無法相信飛立普對哈莉葉・范恩有過那麼強烈的感情，然而也許這只是因為他不想把飛立普想得太好。他的判斷力恐怕是被情緒左右了。

他回到家，讀起哈莉葉小說的校稿。她確實精於寫作，不過的確也對施用砒霜的方式知道太多。這本書講的是兩名住在布魯斯貝利的藝術家，他們過著理想生活，日子充滿了歡笑與愛以及貧窮，直到有一天有個人發起狠來毒死了年輕男子。年輕女子因此痛不欲生，誓死一定要為他報仇。溫西磨著牙走向好樂威監獄，忌妒心差點搞得他鬧出笑話。他開足了火力嚴詞逼問客戶，所幸就在她瀕臨崩潰與流淚的當兒，他的幽默感及時登場搶救。

「抱歉，」他說，「老實說，都是因為這個波耶斯讓我打翻醋罈子的。真不應該，不過我忍不住。」

「就是這句話，」哈莉葉說，「而你永遠也改不了。」

「所以和我同住就不適合了。是這意思嗎？」

「你會很不快樂，更別提還有其他很多問題了。」

「然而，」溫西道，「只要妳肯嫁給我，忌妒心一定會消失，因為這一來我就知道其實妳是愛我的。」

「你覺得你不會吃醋，不過其實還是會。」

「是嗎？噢，沒這回事，怎麼可能呢？這不跟娶了寡婦一樣嗎？難道所有的第二任丈夫都會忌妒嗎？」

「不知道。不過我們不是這種情況啊。你永遠不會信任我，我們會過得很悲慘。」

「老天有眼，」溫西說，「只要妳肯說一句貼心話，我就心滿意足了。我會相信妳。我之所以胡思亂想，就是因為妳不肯講出來。」

「你會不由自主繼續胡思亂想的。你會無理取鬧。男人都一樣。」

「沒有例外？」

「嗯，差不多都是。」

「那就糟了。」溫西說，臉色凝重。「當然，如果搞半天我真是那種白癡的話，前景確實不看好。我懂妳的意思。我認識過這麼個傢伙，動不動就要打翻醋罈子。如果妻子沒有整天掛在他脖子上，他會怨她一點也不愛他；如果她表達了愛意，他卻又說她假惺惺。搞到後來實在沒辦法，她就跟一個她根本懶得甩的男人跑掉了，於是他就四處嚷說他早就看清了她的真面目。不過其他人都說，是他自己發癡搞出這種結果。總之非常複雜。看來，首先發難忌妒的人總要佔上風。也許妳可以想辦法吃醋吧。希望妳可以，因為這就證明了妳對我還有一點點興趣。需要我把以前浪蕩生活的細節講出來嗎？」

「拜託不要。」

「為什麼？」

「我不想知道你跟別人的關係。」

「老天，妳不想嗎？這就有希望了。我是說，如果妳把我當成兒子的話，一定會急著想要幫助我、了解我。我最恨被人幫助被人了解了。何況，說起來，其實她們沒有一個算數的——只除了芭芭拉，當然。」

「芭芭拉是誰？」哈莉葉馬上問。

「噢，一個女孩。我欠她很多。」溫西沉吟著答道。「她嫁給別人的時候，我開始做起偵探工作，算是療傷吧。整體說來，樂趣的確無窮。天哪，沒錯，當時對我的打擊的確很大，我還特別為她選修了一門邏輯課呢。」

「天老爺！」

「就為了可以重複唸『Barbara celarent darii ferio baralipton（譯註：這是為了記住亞理斯多德三段論法所設計出的句子）』。聽起來輕柔流暢有種神祕的浪漫味道，充滿了綿綿愛意。我曾經多次走在迷人的月夜裡，對著聖約翰學院花園的夜鶯喃喃吐出這個句子——雖然，嗯，當然，我本身是巴理奧學院的學生，不過兩棟建築比鄰而立。」

「如果真的有人嫁給你的話，應該就是為了有幸可以聽你胡言亂語吧。」哈莉葉嚴厲地說。

「這種原因叫人慚愧，不過總比沒有原因來得好。」

「以前我胡言亂語的功力也很高，」哈莉葉噙著眼淚說，「不過現在已經不行了。我原本是個開朗快樂的人，愁眉苦臉疑神疑鬼根本不是我的本性。這個案子把我嚇壞了。」

「也難怪，可憐的孩子。不過妳會熬過的。只要保持微笑，一切有彼德叔叔照料。」

溫西回到家時，發現有封信等著他。

親愛的彼德爵爺：

如你所見，我已經得到工作。柯林森小姐派了六個人過去，當然，每個人的背景和介紹信都不一樣，結果彭德先生決定雇用我，烏庫哈特先生也批准了。

我在這裡只做了幾天，所以雇主私下的情況我知道的並不多，不過我曉得他愛吃甜點，書桌裡藏了奶油巧克力和土耳其軟糖，每次口述的時候都會偷偷嚼著吃。人看來還滿親切的。

不過有一點值得注意：我覺得可以調查一下他的財務狀況。你知道，證券買賣我各方面的經驗都很豐富，昨天他不在的時候，我接了一通我不該接聽的電話，一般人聽了不會有感覺，不過我起了疑，因為對方的事我略知一二。請你調查麥格希里信託基金公司倒閉以前，烏庫哈特先生是否跟他們有過往來。

有新的消息會再向你報告。

你誠摯的　瓊安・莫金森

「麥格希里信託？」溫西說。「一個德高望重的律師攪上那檔子事可真光彩哩。我可以問問弗瑞迪・阿布納特。他什麼事都一竅不通，不過股票債券就不同了，這玩意兒他還真是精通哩——原因何在只有天知道了。」

他又唸一次信，機械化地注意到這是「伍思朵」機器打出來的，有個龜裂的小寫p以及沒有對齊的大寫A。

他突然清醒過來，唸了第三次，絕非機械化地注意到有個龜裂的小寫p以及凸出去的大寫A。

然後他便坐下來，攤開一張紙寫了一行字，折起來放進信封，並且寫上莫金森小姐的名字要邦特寄出去。

在這件惱人的案子裡，這是他頭一次感覺到死水翻攪，有個鮮活的想法正慢幽幽地從他腦海的最深處浮現出來。

第十二章

溫西老愛提起——在他年事已高，而且比以往還更多話的時候——當年在公爵的丹佛宅邸度過的那一次聖誕，其後二十年來幾乎每天晚上都會定期駕著惡夢回來纏擾他。雖然這段回憶或許滲雜了一點溫馨的感覺，不過當天他的確是被搞得大動肝火。一切的不幸是從茶几旁邊開始的，「瘋婆子」竇福瑙太太捏尖了盛氣凌人的高亢嗓音脫口說道：「這是真的嗎，親愛的彼德爵爺，傳言說你在幫那個好可怕的女毒殺犯辯護？」這句問話的效果有如拔開香檳的軟木塞，在場人士對范恩案隱忍多時的好奇心就此碰個嘖出白沫，咕嚕嚕地流瀉出來。

「我確定是她幹的，而且我不怪她，」湯米．貝茲船長說，「不折不扣的小癟三。照片印在自個兒書上的防塵套。你們也曉得，就是那種自命不凡的臭小子。妙的是，女性高知識分子偏偏就會迷上這些小雜碎。說來還真該把他們像老鼠一樣集體毒殺才對，瞧他們是怎麼危害國家的。」

「不過他寫作一流。」芳齡三十幾的羽毛石太太抗議道。從那拚命壓緊了的身材看來，她是處於永恆的決戰狀態——立意要以自己芳名的前端而非後端來計量體重。

「他的書大膽前衛又不花俏，頗有高盧人之風。放眼當今文壇，大膽者並不少見，但是那種完美的精簡風格確實是天賦——」

「當然，如果妳偏好垃圾的話。」船長插嘴說，語氣粗魯。

「我倒不這麼認為。」羽毛石太太說。「他很坦率。英國人就是無法接受這點，當然，這是我國虛偽的傳統使然。他的作品文筆優美，境界因此又更高了一層。」

「總之，我家可容不下那種劣等貨。」船長語氣強硬。「只要逮著奚爾達在看，我就會說：『馬上把書退回圖書館。』她的事我不常管，不過底線在哪兒一定要講清楚。」

「你怎麼知道書的內容呢？」溫西問，一派天真模樣。

「怎麼，光看詹姆斯．道格拉斯登在《快報》上的文章就夠了啊。」貝茲船長說。「他引述的段落真是不堪，不堪到極點了。」

「還好那些文章我們都讀過了。」溫西說。「有人提醒，有如甲冑護身。」

「我們真要感謝報紙的眾多服務呢，」老公爵夫人說，「那麼好心地幫我們挑出精華，省得我們還得費心讀書是吧。出不起七先令六便士買書的可憐窮人們也有福了，他們甚至連圖書館的借閱金都付不起呢我看，雖然我敢說，如果讀書夠快的話，平均下來應該很便宜才是。倒也不是省錢的人都會借那種書來看。喔，因為我問過我的女僕，真是一等一的女孩而且挺上進的，這點我大部分的朋友都做不到，不過不用說，這是因為現在免費教育普及化的關係，而且我私下懷疑她都投票給工黨。雖然我從來沒問——是因為覺得她會很尷尬。何況就算我問了，我也沒法兒干涉，對不對？」

「總之，我不覺得她是為了這個原因殺他的。」她的媳婦說。「依照各方說法來看，她跟他一樣糟。」

「唔，什麼話，」溫西說，「妳這不是說真的吧，海倫？她寫推理小說，而美德在推理小說裡總是最後的贏家。這種書是英國最最純潔的文學。」

「魔鬼總愛引用經文來為自己圖利，」年輕的公爵夫人說，「聽說這個壞女人的書大賣特賣，銷售量步步高升。」

「我堅決認為，」哈靈傑先生說，「整件事就是打書的過程出了岔。」他是個龐大快活的男人，極度有錢並且擁有倫敦市府的人脈。「天知道那些廣告人可以搞出什麼名堂來。」

「哈，這回看來像是把生金蛋的鵝給絞殺掉囉。」貝茲船長朗聲大笑起來。「除非溫西打算依慣例變出什麼魔術來。」

「但願如此。」崔登敦小姐說。「我最愛推理故事了。我會只罰她服勞役刑就好——要她每六個月就寫出一則故事來。這可比拆麻絮或者縫製郵袋讓郵局搞丟來得有用多了。」

「妳會不會言之過早呢？」溫西和氣地提議道。「她還沒被定罪呢。」

「不過下一次就會。你沒有辦法對抗事實的，彼德。」

「當然，」貝茲船長說，「警察可不是混飯吃的。如果沒有做出見不得人的勾當，他們怎麼會把你送上被告席呢？」

這句話丟出來的磚頭確實很砸腳，因為幾年前丹佛公爵本人才因為被人誤控謀殺受過審。全場一片可怕的肅靜，然後是公爵夫人冷冰冰的聲音：「這是什麼話啊，貝茲船長！」

「什麼？嗄？噢，當然，我的意思是，我知道錯誤難免發生，不過當初那件事又另當別論。我是說，這個女人毫無道德觀，呃，我——」

「喝一杯吧，貝茲，」彼德爵爺好心地說，「今天你說話的技巧不及平常水準。」

「是啊，不過請你告訴我們，彼德爵爺，」竇福瑙太太呼道，「這個女的到底是什麼樣的人？你跟她談過話嗎？我覺得她聲音挺迷人的，不過長相平平就跟鬆餅一樣不起眼。」

「聲音迷人嗎，瘋婆子？我持反對意見，」羽毛石先生說，「說邪門還差不多。聽得我毛骨悚然，脊椎一路打哆嗦呢，不折不扣的 frisson（譯註：法文，冷顫）。不過她那雙煙痕樣的眼睛很奇特，好好打扮的話，應該滿有魅力的。所謂的 femme fatale（譯註：法文，致命的女人）就是這種人，你知道。她試了迷住你沒有，彼德？」

「我在報上看到，」崔登敦小姐說，「有好幾百個人跟她求過婚呢。」

「擺脫一個絞索又給套上另一個。」哈靈傑說，豁瑯瑯大笑起來。

「我可不敢把女凶手娶回家，」崔登敦小姐說，「何況她又是寫偵探小說的老手。一天到晚都要擔心咖啡的味道是不是怪怪的。」

「噯，那夥人全是瘋子，」竇福瑙太太說，「病態兮兮盡想靠著殺人出風頭！就像那些跑到警局故意嚷嚷自己犯下滔天大罪還做假口供的神經病。」

「女凶手其實也有可能變成賢妻良母啊，」哈靈傑說，「瑪德琳·史密斯就是現成的例子對吧——我記得她用的也是砒霜——結果嫁做人婦，快快樂樂地活到備受尊崇的晚年哩。」

「不過她的先生可有活到備受尊崇的晚年呢？」崔登敦小姐。「問題就出在這裡，對吧各位？」

「依我看啊，一旦為惡，終身為惡，」羽毛石太太說，「這種事情會上癮的，就跟喝酒和吸毒一樣呢。」

「的確，手握生殺大權的滋味是可以讓人飄飄欲仙。」竇福瑙太太說。「不過，彼德爵爺，請你告訴我們——」

「彼德！」他的母親說，「真希望你可以去看看傑瑞德到底在幹嘛。告訴他他的茶快涼了。想來應該是在馬廄跟弗瑞迪討論馬瘡或者馬蹄裂開什麼的，那些馬沒事老愛出毛病可真討厭。都要怪妳，海倫，沒把傑瑞德訓練好，這孩子小時候一向很準時。想當年啊，真正麻煩的是彼德，不過年紀大了倒變得挺像個人，功勞要歸他那個一等一的貼身僕人，個性沒話講腦子又靈光，老派作風，你知道，專斷獨行，禮數又周到得不得了。美國來的百萬富翁一定會把他當成寶，萬裡挑一的人才啊，不知道彼德會不會擔心哪天他提出辭呈怎麼辦。不過我確定他跟他是分不開的，我是說邦特離不開彼德，不過反過來說應該也沒錯，我敢說邦特講的話要比我講的有份量。」

溫西已經逃離現場，正往馬廄的路上走去。他看到傑瑞德——丹佛公爵——往回走來，後面緊跟著弗瑞迪·阿布納特。前者聽了老公爵夫人的口信以後，咧嘴笑笑。

「看來得去露個臉啦。」他說。「真希望沒有人發明茶，不只扯斷你的神經，還毀了你吃晚餐的胃口呢。」

「喝得人滿嘴怪味。」弗瑞迪大人深表贊同。「我說啊，彼德，我正想找你哩。」

「彼此彼此，」溫西馬上回答。「聊天聊得我筋疲力盡，咱們先到撞球室繞繞吧，面對砲火以前得先把體能鍛鍊好。」

「今日金句。」弗瑞迪反應熱烈。他踩著輕快的腳步高高興興跟著溫西走進撞球室，碰個坐上一張大椅子。「聖誕節真是無聊透頂，對吧？所有你最討厭的人都假借著親善、和樂什麼的名義跑來湊熱鬧。」

「倒兩杯威士忌吧。」溫西吩咐男僕。「還有，詹姆斯，如果有人問起我或者阿布納特先生，就說我們出門了。乾杯，弗瑞迪，祝你萬事如意！套句記者的口頭禪，近來有沒有新聞可炒啊？」

「我這一向都偷偷摸摸緊追著你的目標物跑，」阿布納特先生說。「說真的，我應該很快就有資格變成你的同行呢，順帶出個由布度大叔主編的財政專欄——之類的啦。不過汝友烏庫哈特行事一直頗為謹慎。不得不也——德高望重的家庭律師等等頭銜，包袱真是不小。不過昨天我碰到一個朋友說他認識一個小夥子曾經聽個傢伙說過，前述之烏庫哈特曾經跳進火海游了一遭。」

「確定嗎，弗瑞迪？」

「確定還不敢說。不過這個人，你知道，說來是欠了我一個人情，因為股市大崩盤以前，我警告過他得避開麥格希里，總之他是想說，如果可以找到那個知道內幕的傢伙——不是跟他通風報信的小夥子喔，而是另外那位——也許可以套出什麼好話來也不一定，尤其如果我又有辦法給那個傢伙某種好處的話。」

「意思就是你有內幕消息可以透露囉。」

「噢，噯，應該可以讓那個傢伙嚐到甜頭啦，因為據我這個朋友認識的小夥子所說，那個傢伙因為買了航空股損失慘重已經給逼得走投無路了，如果我可以把他介紹給郭德堡的話，你知道，也許可以救他一條小命。郭德堡應該沒問題，因為他是老里維的表親，老里維被人做掉了，而這些猶太人全都吸血蟲樣的緊緊黏在一起——說真格的，這種特性的確值得大家學習。」

「可是，老里維跟這件事又有什麼關係呢？」溫西問，腦子裡快速轉過那件他已經記不太清楚的謀殺案片段。

「噯，不瞞你說，」弗瑞迪大人說，有點不自在，「我——呃——已經把事情辦成了，你懂我意思吧。拉結・里維就要——嗯，快了——變成弗瑞迪太太什麼的。」

「還真見鬼了，」溫西說，一邊拉鈴，「恭喜恭喜。我看已經進行很久了吧？」

「怎麼，是啊，」弗瑞迪說，「的確沒錯。你知道，問題原本出在我是基督徒——總之受過洗就是了，雖然我慎重指出我根本算不上什麼基督徒，只除了我得按時跟著家人上教堂，聖誕節也得躬逢其盛等等。不過他們真正在意的好像是說我乃外邦人也，不過這點當然是連禱告也沒法挽救了。另外還有小孩兒的教育問題——如果生了的話。不過我解釋說，我不介意他們把孩子當成猶太人來養——不介意，因為我也跟他們說了，能跟里維和郭德堡混做一夥人的話，對小蘿蔔頭來說未嘗不是好事，尤其如果孩子們打算以後要發大財的話，這就可以走上康莊大道了。然後我又讓里維夫人軟下心來，跟她說我已經為拉結做了整整七年苦工（譯註：舊約創世紀記載，雅各為了娶得拉結，允諾其父拉班要先做七年苦工）。這招確實高明，你不覺得嗎？」

「再來兩杯威士忌，詹姆斯。」彼德說。「太精采了，弗瑞迪。你怎麼想到這點子的？」

「在教堂裡，」弗瑞迪說，「黛安娜・瑞格比的婚禮上。新娘遲到五十分鐘，我閒得慌，剛好有人忘了把聖經收走，所以我就翻開來看，正巧瞧見那一段，我心想這老頭子拉班還真苛刻哩。然後我就思量起來：『下回登門求見的時候，這段可以派上用場。』之後我就按照計畫進行，聽得老夫人好感動。」

「長話短說，意思就是你已經給人訂走啦。」溫西說。「乾杯，祝兩位白頭偕老。要我當伴郎嗎？弗瑞迪，還是你得到猶太會堂成婚才行？」

「噯，沒錯，勢必得上猶太會堂去，這點我非同意不可。」弗瑞迪說。「不過就算照他們的規矩行事，新郎的朋友也得軋一角。你會支持我吧，老小子？你要打扮整齊陪我一段喔，別忘了。」

「我會牢記在心，」溫西說，「而且邦特會一一跟我解說儀式的大小細節——他絕對清楚。這人無所不知。不過聽好了，弗瑞迪，你可別忘了我託付給你的小任務喔。」

「放心吧，老小子——人格保證。一有消息我會馬上通知你。總之聽我一句準沒錯，那其中肯定有鬼。」

此言一出，溫西稍微放寬了心，甚至還提起了足夠興致，唱作俱佳地在公爵的丹佛宅邸裡帶動起頗有些壓抑味道的狂歡晚會呢。公爵夫人海倫尖刻地向公爵表示，彼德其實已經老得不太適合再扮小丑了，還說如果他能夠收起玩心定下來的話，對大家都會比較好。

「唷，不曉得，」公爵說，「彼德是怪胎，我們永遠摸不清他心裡在想什麼。他曾經救我逃過一劫，所以他的事我不會插手。妳就別管他了吧，海倫。」

不過，公爵之女瑪莉・溫西小姐對這件事別有看法。她於聖誕夜的深夜抵達家中，並於節禮日（譯註：Boxing Day，為十二月二十六號，是傳統上老闆贈送員工聖誕禮物的日子）凌晨兩點走進弟弟的臥室——先前眾人曾共進晚餐盡情跳舞，並猜了種種頗傷腦力的字謎。此時溫西正穿著袍子坐在爐火旁邊，滿腹心思。

「咦，彼德老弟，」瑪莉小姐說，「你是興奮過了頭嗎？怎麼回事？」

「吃了太多梅子布丁，」溫西說，「領教了太多本郡風情。我是烈士啊，天生的烈士——白蘭地燒身，好讓家人度過溫暖的假期。」

「是啊，真要人命，對吧？過得還好嗎？好長一段時間沒看到你，你實在離家太久了。」

「嗯——而妳呢，家居擺飾的生意好像忙得妳抽不開身呢。」

「總得找點事做才行啊，整天閒晃我會受不了。」

「當然。噢，對了，瑪莉，最近妳跟老帕克有沒有碰面呢？」

瑪莉小姐凝神看著爐火。

「去倫敦的時候，和他吃過一兩次晚餐。」

「是嗎？這人滿正派的，忠厚老實頗可以信賴，不過談不上風趣就是了。」

「還有點兒死心眼。」

「如妳所說——有點兒死心眼。」溫西點上一根雪茄。「如果有誰傷了帕克的心，我可要生氣的。他會看得很認真。我的意思是，沒有必要玩弄他感情什麼的。」

瑪莉笑起來。

「很擔心嗎，彼德？」

「不——不算。我只是希望一切都照規矩來。」

「彼德啊彼德，除非他求婚，我哪來的機會跟他說我願意呢？」

「是這樣嗎？」

「跟他我可不能太主動。我先開口的話，會抵觸到他心目中的禮法哪。」

「也對。不過如果由他開口的話，可能也會抵觸到。也許只要想到管家通報『探長先生與公爵之女瑪莉．帕克駕臨』，他都會膽戰心驚吧。」

「這就無解了，對吧？」

「妳可以停止和他共進晚餐。」

「是可以，當然。」

「而妳沒有就表示……我懂了。如果由我出面，以典型的維多利亞作風直接詢問他的意願，妳覺得可行嗎？」

「怎麼突然這樣急巴巴地要把家人脫手出清呢，彼德老弟？該不會是有誰虧待你吧？」

「不，沒有。我只是開始覺得像個善心的大叔，如此而已。不知不覺間年華已然老去。

再傑出的人，只要過了黃金時代，都會心急如焚地想要證明自己不是老廢物。」

「我做起家居飾品就是個現成的例子啊。對了，我身上這套睡衣褲是自個兒設計的，挺有娛樂效果是吧？不過帕克探長應該比較喜歡老式睡袍吧？類似史普能博士（譯註：Dr. Spooner，1844-1930，以善於說溜嘴聞名，畫像至今仍掛在牛津大學的新學院）或者誰穿的那種。」

「看來會鬧家庭革命囉。」溫西說。

「別擔心，我會鼓起勇氣扮演賢妻的。說到做到，我這就要永遠跟我的睡衣褲說再見！」

「拜託，拜託，」溫西說，「不要說到做到。請尊重妳的手足的感覺吧。很好，就這麼說定了，我會轉告吾友查爾斯．帕克先生說，如果他願意拋下矜持的本性向妳求婚，妳就會拋下妳的睡衣褲點頭答應。」

「海倫一定會大感震驚的，彼德。」

「去他的海倫。依我說，還有更大的震驚等著她呢。」

「彼德，你正在醞釀什麼魔鬼行動吧？也好，如果你要我首先發難給她一點免疫力的話——我會照辦。」

「太好了！」溫西若無其事地說。

瑪莉小姐往他的脖子盤了隻胳膊，賜予他難得一見的溫馨擁抱。

「你是個相當正派的老白癡，」她說，「而且一副玩過頭的模樣。上床去吧。」

「下地獄去吧。」彼德爵爺和顏悅色地說。

第十三章

莫金森小姐按下彼德爵爺公寓的門鈴時，規律跳動的心臟泛起一絲興奮的漣漪。原因並非她思想起他的頭銜或者財富或者單身身分，因為莫金森小姐已經做了一輩子上班族，早就習慣了帶著平常心造訪各種背景的單身男士。她興奮，為的是他差人送來的短箋。

莫金森小姐今年三十八歲，其貌不揚，曾在某大企業集團服務十二年。整體來說，那些年過得還算不錯，她是到了最後兩年才發現，該集團精明的大老闆所操弄的多種偉大企業面臨了日益艱困的大環境，而且他是在為自己的性命辛苦奔忙。操弄的速度越快，在空中飛旋輪轉的雞蛋數目也越加增多。某一天，有顆蛋滑開了手砸到地上碎掉了——然後是另一顆——然後便是整整一地爛蛋糊。這位魔術師奔下舞台逃往國外，他的首要助理舉槍轟掉腦袋，觀眾噓聲不斷，舞台布幕落下，而莫金森小姐，芳齡三十七，也跟著失業了。

她在報上登過廣告也回應過許多廣告。大多數人似乎都是想找年輕價廉的秘書。前景非常黯淡。

之後她自己登的廣告有了回應，對方是柯林森小姐，開了一家打字行。不是她要的工作，不過她還是去了。結果才發現打字行另有文章，而且工作內容頗為有趣。

彼德．溫西爵爺是神祕的幕後主腦。莫金森小姐加入「愛貓園」時他人在國外，她是幾個星期前才看見他的廬山真面目。今天將會是她頭一回跟他面對面談話。此人長相奇特，她想著，不過聽說頗有頭腦。總之——

打開前門的是邦特，他知道她要來，馬上領她走進一間排滿書架的會客室。牆上有幾幅精緻的版畫，地上是奧比松地毯（譯註：產於法國中部城鎮奧比松）、一台大鋼琴，一張氣派的長沙發，以及幾張看來厚軟舒適的棕色皮椅。窗簾拉上，壁爐有木頭在燒，爐火前方立了張桌子，桌上的銀製茶具線條優美賞心悅目。

她進門時，她的雇主從深陷的扶手椅中直起身子，放下原先閱讀的一份黑色文件夾，歡迎她的聲音冷靜、沙啞而且有點慵懶，是她先前在烏庫哈特先生的辦公室便聽過的。

「謝謝妳專程過來，莫金森小姐。天氣還真糟，是吧？妳一定很想喝杯茶。鬆餅可以嗎？或者也許妳想來點比較時新的點心？」

「謝謝，」莫金森小姐說，此時邦特還在她的肘邊盤桓不去，「我很喜歡鬆餅。」

「噢，很好！我說邦特啊，茶壺我們自己應付就行了，再拿個靠墊給莫金森小姐你就可以退下了，我想還有工作等著你吧？我們的烏庫哈特先生現況如何？」

「他還好，」莫金森小姐向來不多話，「倒是有件事我想告訴你——」

「時間很多，」溫西說，「別讓茶涼了。」他招待她的模樣帶點急切的殷勤，讓她頗為高興。她對屋子裡四處堆放的青銅色菊花深表喜愛。

「真高興妳喜歡。我有幾個朋友說是可以增添女人味，不過其實都是邦特負責打點的。光華四射滿亮眼的，對吧？」

「書本比較偏向男性化。」

「嗯，對，這是我的嗜好，妳知道，書本——還有犯罪，當然。不過犯罪可不好拿來當做裝飾品，是吧？我可沒興趣收集絞繩或者兇手的大衣。拿來幹嘛呢？茶還可以嗎？本該請妳倒的，不過我老覺得，請人上門又要人家一切自己來，實在有失待客之道。工作之餘，妳做什麼消遣呢？有個私下熱愛的興趣什麼嗎？」

「我聽音樂會。」莫金森小姐說。「沒有音樂會可去的時候，我會放唱片。」

「是個音樂家囉？」

「不——我從來就負擔不起接受正統訓練的學費。原本應該朝音樂的路子走，不過秘書的工作收入比較多。」

「或許吧。」

「除非有一流的才華，不過我沒有。而三流音樂家就只會惹人嫌。」

「而且日子難捱。」溫西說。「這些可憐蟲，我最討厭在劇院看到他們了，演奏起最最恐怖的垃圾，三明治一樣的給夾在孟德爾頌的點心和從《未完成交響曲》扯下來的斷片中間。來個三明治吧。妳喜歡巴哈嗎？或者只愛現代作曲家？」

他蠕身移向鋼琴凳。

「請你決定吧。」莫金森小姐說，大感驚訝。

「今晚我很想彈義大利奏鳴曲，雖然大鍵琴彈起來的效果比較好，不過我這兒沒有。我覺得巴哈的音樂對腦子很好，有助於安定心神。」

奏鳴曲彈完後，他停頓幾秒鐘，接著便彈起巴哈的賦格曲。他琴藝不錯，而且很詭異地流露出一股沉穩的力量，這點和他纖瘦的外型以及奇特的言行不太搭襯，也讓人微微有些不安。彈完後，他仍然坐在琴邊，問道：

「打字機的事妳詢問過嗎？」

「嗳，那是三年前買的新機器。」

「很好。對了，烏庫哈特和麥格希里信託的關係好像也被妳說中了，妳觀察入微對案情大有幫助，實在值得嘉許。」

「謝謝。」

「有別的新鮮事嗎？」

「沒有——只除了你拜訪烏庫哈特先生的那個傍晚，我們下班之後他還待了很久，在打字之類的。」

溫西揚起右手在空中劃了道琶音和弦，問她說：

「如果你們都走光了，怎麼知道他待了多久在做什麼呢？」

「你說過不管什麼小事，只要有點異狀，都得向你報告。我覺得他獨自留下來好像不太尋常，所以就沿著普林斯頓街繞到紅獅廣場來回走了幾趟，七點半的時候，我看到他熄了燈回家。隔天早上，我發現我原本留在打字機罩底下的文件被人動過，所以就推斷他打過字。」

「也許是清潔婦動的。」

「不是她。她連灰塵都懶得動，何況打字罩呢。」

溫西點點頭。

「妳是一流偵探的料呢，莫金森小姐。很好。根據妳的推斷來看，我們就得展開一項小任務了……呃，妳應該曉得我打算請妳做一件不合法的事吧？」

「是的，我知道。」

「妳不介意嗎？」

「不會。想來如果由我接手的話，必要的支出你會給付吧？」

「那當然。」

「如果我坐牢的話呢？」

「應該不至於。是有點小風險，這我承認。如果我對現況判斷有誤的話，妳也許會因為企圖盜竊或者持有保險櫃撬鎖工具而被扭送警局，不過頂多就是這樣。」

「好吧，做這行本來就得擔負風險，也是無可厚非的。」

「妳果真這麼想？」

「沒錯。」

「好極了。嗯——妳還記得我到烏庫哈特辦公室那天，妳拿進去的契據盒吧？」

「知道，上面標有蕊彭字樣。」

「盒子收在哪裡呢？是外間辦公室妳可以拿到的地方嗎？」

「對，就跟其他很多盒子一起擺在架子上。」

「很好，妳能不能找一天單獨留在辦公室待個約莫……嗯，半個鐘頭呢？」

「午餐時間我通常十二點半外出，一點半回去。彭德先生也一樣，不過烏庫哈特先生有時候會回去。我說不準他會不會突然出現。如果四點半以後還留下的話，大家容易起疑。除非我假裝打字有誤，想要加班訂正。這個應該可行。或者也可以大清早清潔婦在的時候就到——被她看見會不好嗎？」

「應該沒什麼大礙。」溫西沉吟著說。「她也許會以為，處理契據盒是妳份內的工作。動手時間就由妳決定了。」

「不過你是要我幹嘛呢？偷盒子嗎？」

「不盡然。妳知道怎麼撬鎖吧？」

「只怕毫無概念呢。」

「我老納悶我們上學幹什麼，」溫西說，「好像根本沒學到有用的本領嘛。我本身雖然精於撬鎖，不過目前時間不多，而妳又需要密集訓練，所以最好還是帶妳求見專家吧。麻煩妳穿上外套跟我去看個朋友如何？」

「沒問題，我很樂意。」

「他住在白教堂路，如果妳不在意他的宗教看法的話，這人其實還滿可愛。對我而言，那些觀念其實挺新鮮的。邦特！幫我們叫輛計程車好嗎？」

前往東町（譯註：倫敦勞工階級聚居之區）的路上，由於溫西執意只談音樂，莫金森小姐覺得不太自在。她開始覺得，這樣刻意迴避討論即將拜訪的對象似乎有點詭異。

「對了，」她打斷溫西討論的賦格曲式，探問道：「我們要去見的人——他可有個名字？」

「經妳這麼一說，我想應該有吧，不過大家從來不叫他本名。他名叫蘭姆（譯註：原文為 It's Rumm，Rumm 與 rum 同音，rum 意為奇怪，下文看得出莫金森小姐誤以為他是說，大家不叫他本名實在奇怪）。」

「不奇怪啊，開撬鎖課總不好給真名吧。他叫什麼名字呢？」

「我剛已經說了，他名叫蘭姆。」

「喔，那他到底叫什麼名字呢（譯註：這回莫金森小姐以為溫西是說他的名字很奇怪）？」

「我的天！我的意思是蘭姆是他的名字。」

「喔！真不好意思。」

「不過他不愛用這名字，何況他現在又已經滴酒不沾了（譯註：rum 的另外一個意思為蘭姆酒）。」

「那大家都怎麼稱呼他呢？」

「我叫他比爾。」溫西說，此時計程車已經停在一條死巷的入口。「不過以前他在他那行呼風喚雨的時候，大家都叫他『矇眼比爾』。想當年，他確實非常風光。」

溫西付錢給計程車司機（他原本顯然是把他們當成社工，這會兒一看到高額的小費，大感錯愕），然後便領著同伴走下骯髒的小巷。巷底立了間小屋，燈光明亮的窗戶流洩出高亢的合唱美音，伴奏的是簧風琴以及其他樂器。

「噢，老天！」溫西說。「正好碰上他們聚會，不過也沒辦法了，待會兒再進去吧。」

他等著「榮耀，榮耀，榮耀歸主」的歌聲收尾，然後被火熱的禱告聲取代時，才猛力搥打前門。沒多久有個小女孩探出頭來，她一看到彼德爵爺便尖聲歡叫起來。

「哈囉，伊絲美拉達・海欣思，」溫西說，「爹地在家嗎？」

「是的，先生，是的，大家都會好高興呢，請進來吧，噢，還有——」

「怎麼？」

「先生，請你唱〈拿撒勒〉好嗎？」

「不行，我說什麼也不會唱〈拿撒勒〉的，伊絲美拉達，妳這要求真奇怪。」

「爹說〈拿撒勒〉是天籟，你唱得又那麼好聽。」伊絲美拉達哭喪著臉說。

溫西把臉埋進手裡。

「都怪我不該獻那次醜，」他說，「看來要尷尬一輩子了。這我還不能答應妳，伊絲美拉達，晚點再說吧，因為聚會結束以後，我得先跟爹地談事情。」

孩子點點頭；在這同時，裡頭的禱告聲停止，眾人呼喊：「哈利路亞！」伊絲美拉達趁著這個空檔把門推開，大聲宣布：

「彼德爵爺帶著一位女士過來了呢。」

房間很小，熱烘烘的擠滿了人。有個角落立著一台簧風琴，旁邊圍著幾名樂師。房間正中央是一張鋪著紅布的桌子，旁邊站了個身形方正的壯漢，臉孔活似牛頭犬。他手捧一本書，像是打算宣布要唱讚美詩，不過一看到溫西和莫金森小姐，立刻伸出一隻熱情龐大的手踏步上前。

「四海之內皆兄弟！」他說。「弟兄們，這兩位主內親愛的弟兄和姊妹是來自醉生夢死、銀子大把花的西區，為的是要加入我們，同唱錫安之歌。讓我們合唱讚美主吧。哈利路亞！我們都知道，許多來自東町與西區的人們都要坐上主的宴席，而很多自以為是神揀選的人則要給丟棄在永恆的黑暗裡。因此我們不要以為，就因為這個人戴了個發亮的單目眼鏡，他便不是神揀選的器皿；不要因為這名女子掛了副鑽石項鍊坐在勞斯萊斯上頭，便說她不可能穿著白袍戴上金冠行走在新耶路撒冷裡頭；也切莫因為這些人搭乘奢華的藍色列車前往里維耶拉度假勝地，便說他們無緣在生命之流的岸邊拋下頭戴的金冠。我們知道，海德公園每逢周日都有人聚眾發表演講，那是愚蠢的惡行，只能引向猜忌、爭鬥而非博愛與濟世。我們就如同迷失的羔羊，這句話我是親身體驗，因為我曾多行不義犯了重罪，直到這邊這位紳士，他確實是紳士，在我撬開他的保險箱時按手在我身上。他是上帝差遣的使者，引領我離開那引向滅亡的大道走向天國窄門。噢，弟兄們，那天便是我的得救之日，哈利路亞！主的恩寵如同祝福之雨落上我身！讓我們感謝神恩，同心合唱詩歌第一百零二首。（伊絲美拉達把詩歌本拿給我們親愛的朋友）」

「抱歉，」溫西對莫金森小姐說，「妳能忍嗎？我想這應該是最後一回的解放了。」

簧風琴、豎琴、三角琴、八絃琴、大揚琴以及各種樂音齊聲轟轟奔出，幾乎要震破耳鼓。在場人士同聲高歌，而莫金森小姐——連她自己也覺得不可思議——竟然也加入了合唱，起先還很有自覺，之後便縱情融入了扣人心弦的誦唱當中：

飛越眾門
飛越新耶路撒冷的眾門
羔羊的寶血洗淨我們的罪

溫西看來樂在其中，興高采烈地一路高歌而去，一點也不覺得尷尬，原因或許是他習慣了這種操練，也或許是他這種人自信滿滿能以不變應萬變，不管處在任何環境都無法想像自己格格不入，至於何者為真？莫金森小姐則無法判斷。

屬靈操練以這首聖詩收尾，她著實鬆了口氣，之後眾人便紛紛相互握手道別，陸續離開了。樂師們彬彬有禮地把他們的管樂器湊向爐火，清除裡頭累積的溼氣；彈奏簧風琴的女士則將琴蓋覆上琴鍵，踏步上前歡迎訪客。比爾只是簡短地介紹說她叫貝拉，莫金森小姐因此便正確地判斷出她是比爾·蘭姆的妻子，伊絲美拉達的母親。

「我說啊，」比爾道，「講道唱歌委實叫人口乾舌燥。兩位要喝杯茶吧，或者咖啡？」

溫西表示他們才喝過茶，並且懇請對方千萬別因為兩人來訪耽誤用餐。

「晚餐時間還沒到哩。」蘭姆太太說。「比爾啊，你可以先跟這位女士和先生談事情，待會兒他們也許就會留下來跟我們一塊兒用餐哪。要燉羊腳喔。」她補充道，滿臉期待。

「謝謝妳的盛情。」莫金森小姐語帶猶疑。

「羊腳需要拍打很久才能下鍋呢，」溫西說，「我們談事情也許要花點時間，那就恭敬不如從命了——如果妳確定多了兩張嘴不會造成不便的話。」

「當然沒問題，」蘭姆太太熱情洋溢，「八隻美麗的羊腳，再搭配一點乳酪，份量絕對夠。來吧，美拉達，爹地有正經事得談。」

「彼德先生要唱歌呢。」孩子說，一臉怪罪的表情看著溫西。

「妳可別煩爵爺喲，」蘭姆太太喝斥道，「我都要為妳害臊了。」

「吃完晚餐以後我會唱的，伊絲美拉達。」溫西說。「這會兒乖乖去吧，要不我可會朝妳扮鬼臉喲。比爾，我帶了個新學生來見你。」

「為你服務是我的福氣啊，先生，因為我知道這是上帝在動工。榮耀歸主。」

「謝謝。」溫西謙虛地說。「她的任務其實很簡單，比爾，不過這位小姐對鎖啊什麼的完全不熟，所以我就帶她來見識一下。莫金森小姐，當初比爾歸主以前——」

「讚美主！」比爾插口說。

「是英倫半島數一數二的扒手兼保險櫃撬鎖高手呢。我跟妳講這個他無所謂，因為他已經戒除惡習金盆洗手了，現在他是個誠實不欺手藝精湛的平民鎖匠。」

「我能得勝，要感謝主的帶領！」

「不過偶爾我為了伸張正義需要一點協助時，比爾便會把他寶貴的經驗貢獻出來。」

「啊，真是至高的喜樂啊，小姐，能夠把我以前作惡時濫用的才能發揮出來為主服務。讚美主的聖名，祂能將惡轉化為善。」

「沒錯。」溫西點點頭說。「比爾啊，這回我是看上了一位律師的契據盒，裡頭的東西或可幫助一位無辜的人化險為夷。如果你能指導這位小姐如何撬開那盒的鎖，她就可以探得其中的祕密了。」

「如果？」比爾哼嚕道，昂著頭甚是鄙夷。「當然沒問題！契據盒，小事一樁嘛。憑我的本事根本不屑一為。等於是要偷小孩的藏寶盒，上頭盡是中看不中用的小爛鎖。倫敦城裡隨便哪個契據盒，我都可以戴著拳擊手套矇著眼拿根煮熟的通心粉就輕易撬開來。」

「我知道，比爾；不過要上工的不是你。你能教這位女士如何動手嗎？」

「當然可以。那是什麼鎖呢，姑娘？」

「不知道哪，」莫金森小姐說。「普通鎖吧，我想。我是說，鑰匙沒什麼特別的，不是布拉瑪之類複雜的那種。烏庫——呃，律師有一串，彭德先生也有一串，就是那種柄上有刻紋的普通鑰匙。」

「噢！」比爾說，「那麼只消半小時就可以把你需要的全學會了，小姐。」他走向一個櫃子，拿出半打鎖盤以及一串奇形怪狀、鏈在鐵圈上的細鉤子，像是鑰匙。

「這是撬鎖工具嗎？」莫金森小姐好奇地問。

「毫無疑問，小姐。撒旦的工具！」他晃著頭，一邊愛撫著發亮的鋼絲。「往往就是這樣的鑰匙領著可憐的罪人經由後門踏入地獄哪。」

「這回，」溫西說，「它們會讓一個無辜的人踏出監獄走進陽光——如果我們這種爛天氣能夠製造出陽光的話。」

「主的慈悲凡人難以測度！聽我說，小姐，首先妳得了解鎖的構造。瞧我這兒。」說著他便展示起來，隨手拿了把鎖，挑起裡頭的彈簧固定住，然後把閂子往後推。

「瞧見了吧，小姐，複雜的刻紋根本可以不用管。主角是鑰匙柄和彈簧。這會兒妳來試吧。」

莫金森小姐依言嘗試，發現好幾道鎖她都可以輕易撬開，著實非常訝異。

「噯，小姐，其實難就難在，妳知道，鎖栓上的時候妳看不到內部構造，只能靠聽力還有指頭的感覺，這些都是上蒼的禮物，讚美祂的名！所以這會兒妳先閉上眼睛，小姐，憑指頭去看，把彈簧往後鉤，再把閂子推進去。」

「只怕我手腳太笨了。」莫金森小姐試過五六次以後說道。

「別著急，小姐。放輕鬆，慢慢兒摸著弄著，單單跟著手的感覺走，猛一下就會恍然大悟的。我說啊先生，既然你人都來了，想不想拿個號碼鎖小試一番身手呢？我這兒有個做得頂精巧，是山姆送的，你知道我說的是誰吧。我不知勸他多少次，得趕緊回歸正途才是道理。『不成，比爾，』他說，『信教打死我也信不來。』迷失的羔羊啊真可憐，然後他說：『我不打算跟你吵，比爾，』他說，『這樣東西送你當做小小的紀念品吧。』」

「比爾啊，比爾，」溫西說，伸出一隻責怪的指頭，「這東西只怕來路不正吧。」

「噢，先生，要是我認得它主人的話，一定會高高興興雙手奉還的。你瞧，做工真是好。山姆把火藥安上鉸鏈，保險櫃門就轟的個整片連同鎖一起炸出來哩。這鎖小雖小，不過是難得一見的美人兒——我沒見過這種構造哪。而且我一兩個小時就搞定了。」比爾洋洋得意的模樣著實不像重生的基督徒。

「想贏過你可得花上不少心思呢，比爾。」溫西把鎖端到正前方，開始操作旋鈕，指頭靈巧地翩翩舞動，耳朵湊上去傾聽制動栓掉落的聲音。

「上帝啊！」比爾說——這回沒有宗教意含在內——「要是你有心的話，一定可以變成撬鎖大師——還好慈悲的神沒有讓你走上歧途！」

「那種生活對我來說工作量太大，比爾。」溫西說。「老天在上！失誤一次。」

他把旋鈕轉回原位，重新開始。

羊腳上桌時，莫金森小姐已經懂得如何熟練地操弄較為普通的鎖，而且對偷竊這門專業工作也增長不少敬意。

「記住不要心急，小姐，」比爾最後叮嚀道，「要不然鎖上會留下刮痕，妳就沒有光彩可言了。滿機巧的玩意兒是吧，彼德爵爺——那只號碼鎖？」

「非我能力所及。」溫西笑說。

「熟能生巧，」比爾說，「沒別的法子。要是你打小就拜師學藝的話，一定可以成大器。」他嘆口氣。「上主垂憐，現在可以把撬鎖工藝發揮到極致的好工匠已經不多了。只要瞧見那麼精緻的玩意兒給炸得粉身碎骨我就心痛啊。炸藥有什麼了不起？只要不在乎轟個爆響吵翻天的話，隨便抓個白癡都做得來。殘忍嘛，依我說。」

「好啦，別盡想著早年的黃金時代了，比爾。」蘭姆太太斥責道。「這會兒大家過來吃晚餐吧。說來果真想撬開保險箱做惡事的話，發不發揮工藝精神又有什麼差別啊？」

「婦道人家就是這般沒見識——請見諒，小姐。」

「噯，你也知道我說的沒錯。」蘭姆太太說。

「我知道這些羊腳看來是出自大師的手藝。」溫西說。「對我來說，這就夠了。」

羊腳吃完了，〈拿撒勒〉也應邀唱了，聽得蘭姆一家衷心讚嘆，接著眾人便合唱一首讚美歌快樂地結束了當晚的聚會。當莫金森小姐走在白教堂路時，不只口袋多了一把撬鎖工具，腦袋也添了幾項叫人訝嘆的知識。

「你還真是結交到了一些開人眼界的朋友呢，溫西爵爺。」

「的確，說來也真好玩是吧？矇眼比爾算得上是撬鎖界的頂尖人物。想當初我是在自家住處撞上他的，跟他相談甚歡變成好朋友，我還跟他上過一些課呢。起先他有些害臊，不過後來我有個朋友感化他讓他信了主——說來話長——總之他改邪歸正以後看準鎖匠行業有前途，結果生意也真的越做越興隆。撬鎖妳是不是已經抓著訣竅了呢？」

「應該吧。請問打開盒子以後，你是要我找什麼？」

「嗯，」溫西說，「事情是這樣的。烏庫哈特先生說，蕊彭夫人八年前（譯註：原文是五年前，但先前提到為八年前。應該是印刷或者校對有誤）立了遺囑，還把他所謂的草稿拿給我看過。遺囑的重點我已經寫在紙上要給妳，哪，這就是。問題出在打出這份草稿的機器，照妳所說，是三年前從廠商處買的新產品。」

「你的意思是，那天下班後他留在辦公室打的就是遺囑草稿嗎？」

「看來有可能。問題是，為什麼？如果他持有原稿，怎麼不拿給我看就好？事實上，他根本就沒有義務讓我看，除非是有意誤導。還有一點：雖然他說草稿在家裡，但那之前他卻假意在蕊彭夫人的盒子裡搜找，何必多此一舉？看來他是希望我找上門時就讓我以為確實有份遺囑。所以我的推論是，若有遺囑的話，必定也跟他拿給我看的那份大不相同。」

「看來就是這麼回事，的確。」

「我要妳搜找真正的遺囑——盒裡應該擺了正本或影本。不用拿走，不過裡頭的重點得記清楚，尤其是主要繼承人以及剩餘財產繼承人的名字。別忘了，剩餘財產繼承人可以拿到並未指名留給誰的財物，如果繼承人在立遺囑人之前死亡的話，他或她也可以因此受惠。我尤其想知道飛立普．波耶斯能不能繼承到遺產，而遺囑又是否提到了波耶斯家族。如果找不到遺囑，也許還有其他有趣的文件，比方哪個祕密的信託基金之類，指示遺囑執行人以某種特殊方式處理錢財。總之，任何可能相關的文件，都得注意其中細節。別浪費時間寫筆記。盡可能把細目背下來，離開辦公室以後再私自寫下。此外，萬用鑰匙千萬不可以隨處亂放，免得落入旁人手裡。」

莫金森小姐應承絕對照辦，此時有輛計程車正好駛近，於是溫西便把她送上車子祝她一路順風。

第十四章

諾曼．烏庫哈特先生瞥向指著四點一刻的鐘，透過開著的門叫道：

「那些宣誓供詞差不多準備好了吧，莫金森小姐？」

「我正在打最後一頁呢，烏庫哈特先生。」

「打完馬上拿進來，今晚就得把供詞送到韓森事務所才行。」

「是的，烏庫哈特先生。」

莫金森小姐快馬加鞭猛敲字鍵，碰個很沒必要地暴力推下制動桿換行，彭德先生因此再次感嘆起雇用女職員的種種弊病。她打完這頁，往頁底希哩嘩啦加上一行花俏的點和線做裝飾，狠狠按了夾紙器鬆開紙，猛轉滾筒，啪個蠻力匆匆抽下打字紙，把複寫紙扔進字紙簍，嘩嘩將副本排好順序，碰碰將四面全數對齊，然後飛快走向裡間辦公室。

「我沒有時間校對。」她宣布道。

「沒問題。」烏庫哈特先生說。

莫金森小姐退下，把門在她身後關上。她將隨身物品收攏好，掏出一把小鏡子大剌剌地往她那管大鼻子撲上粉，將一堆有的沒的小物品塞進鼓凸的手提袋裡，還把一些文件推進打字機罩下面為明天預做準備，從掛鉤揪下帽子猛個套到頭上，然後使力匆匆將頭髮塞進帽子裡。

烏庫哈特先生的鈴響起來──兩下。

「噢，搞什麼！」莫金森小姐說，臉色掙紅。

她再次拔下帽子，接受徵召。

「莫金森小姐，」烏庫哈特先生說，惱怒的神色溢於言表，「妳可知道，這份文件的第一頁妳漏打了整整一段？」

「噢，是嗎？真抱歉。」

莫金森小姐臉上的紅潮更深了。

烏庫哈特先生舉起的文件，體積堪比那份聞名遐邇、冗長得據說世上並無足夠真相可以填滿的宣誓證詞。

「真惱人。」他說。「三份供詞中這份最長也最重要，而且明天一早就得送上法庭，不得有誤。」

「實在無法想像我會犯下這麼愚蠢的錯誤，」莫金森小姐喃喃道，「今晚我會留下來重打。」

「恐怕妳還非得加班沒錯。糟的是我不能親自過目，不過也沒別的辦法了。這次請妳務必小心檢查，而且要確定韓森明早十點以前可以拿到。」

「是，烏庫哈特先生。我會非常小心。實在抱歉，我會在仔細校對無誤以後親自送過去。」

「很好，就這樣了，」烏庫哈特先生說，「這種錯誤不能再犯。」

莫金森小姐拿起文件走出房間，一臉不豫之色。她怒氣沖天嘩啦啦地把罩子掀下打字機，蠻力拉開書桌抽屜直到撞上擋條才罷休，然後如同獵狗猛甩口中老鼠樣地狠狠疊起一張張白紙和夾在其中的複寫紙，風暴樣地攻向打字機。

此時彭德先生已經鎖好書桌抽屜，正往頸子圍上絲巾；他露出些許訝異之色看著她。

「今晚妳還得打字嗎，莫金森小姐？」

「沒趣的活兒得從頭再幹一次。」莫金森小姐說。「第一頁漏掉一整段——還得是第一頁呢，當然——而且老闆說，明早十點以前就得把這份垃圾送到韓森那兒。」

彭德先生微微呻吟一聲，搖搖頭。

「這些機器叫人容易大意。」他告誡起她。「想當年，打字員都會三思而後行，不至於犯下愚蠢的大錯。因為搞砸了，整份文件就得從頭再抄一遍哪。」

「還好我沒活在那時候，」莫金森小姐衝口說道，「簡直就跟古羅馬的奴隸沒兩樣。」

「而且我們也不是四點半就下工，」彭德先生說，「我們那時候才真叫工作呢。」

「你們或許工時較長，」莫金森小姐說，「不過績效可不比現在。」

「我們做事精準無誤、乾淨俐落。」彭德先生加強語氣說，此時莫金森小姐正惱著臉將兩只因她匆匆打字而夾纏不清的字鍵拆解開。

烏庫哈特先生的門打開，打字員正待回嘴的話於是給吞了回去。他道聲晚安走出門。彭德先生跟在後頭。

「想來妳應該可以在清潔婦走前打完吧，莫金森小姐，」他說。「否則請記得把燈關好，鑰匙要拿到地下室交給霍吉斯太太。」

「是，彭德先生。晚安。」

「晚安。」

啪啪的腳步聲穿門而去，又在他走過窗戶時大聲響起，然後便往布朗婁路的方向逐漸消失了。莫金森繼續打字，直到她覺得他應該已經搭上千瑟里巷的地鐵才停手。她站起來，四下張望一番，然後挪身到高處層架——那上頭堆疊著黑色契據盒，每一個都以白粗體字標示出某個客戶的名字。

蕊彭便是其中之一，不過位置卻已神祕地變動過了。這點委實無理可循。她清楚記得聖誕節前不久她才將盒子放回去，就在莫提馬、史闊金、酷特爵爺、竇比兄弟暨穩飛德公司等眾多盒子的頂上。而現在呢——節禮日的第二天——盒子卻跑到底層，上面堆著包傑斯、潘可奇爵士、富來比與高騰、真體有限公司以及環球骨頭信託等眾多盒子。顯然有人在假期間進行過春季大掃除，而莫金森小姐覺得動手的不太可能是霍吉斯太太。

這下可麻煩了，因為每個架子都擺滿東西。想把蕊彭抽出來，她就得移開所有盒子改放別處才行。眼看霍吉斯太太就要來了——雖然霍吉斯太太應該不至疑心，不過場面或許會有點怪異……

由於層架頗高，莫金森小姐得將椅子拉開她的書桌站上去。她先取下環球骨頭信託，盒子頗有份量，椅子又搖搖晃晃不穩當（旋轉式的，不是那種一隻軸腳頂著硬挺彈簧背的摩登座椅，可以穩住你下半部的脊椎，讓你挺著胸好好做事），她極其小心地遞下盒子，擱上狹窄的櫃頂平衡好。她再次伸手上去，取下真體有限公司放在骨頭信託旁邊。她伸出第三次手，抓緊了富來比與高騰，不過正當她捧著盒子彎下身時門口傳來腳步聲，有個頗為訝異的聲音在她後頭響起：

「妳在找什麼嗎，莫金森小姐？」

莫金森小姐猛個吃了一驚，不穩的椅子轉了四分之一圈，差點就把她彈進彭德先生的懷裡。她笨手笨腳地踩上地板，胸前還緊緊抱著黑盒子。

「真真把我嚇壞了，彭德先生！我以為你已經走了呢。」

「是啊，」彭德先生說，「不過一踏進地鐵站，我才想起有個小包裹忘了帶。麻煩死了，得回來拿才行。妳看見沒有啊？小圓罐子，棕色紙包起來的。」

莫金森小姐把富來比與高騰放上椅座，四下張望。

「好像不在我的書桌裡。」彭德先生說。「老天哪，老天，我會遲到很久呢，找不到我就沒法回家，因為晚餐得用到——是一小罐魚子醬。我們今晚有客人。真是，到底會放在哪兒呢？」

「也許你上洗手間的時候擱在一旁吧。」莫金森小姐熱心地提議。

「嗯，有道理。」彭德先生急呼呼地走出去，接著她便聽見甬道那間廁所的門咿呀打開。這時她突然想起手提袋還開著口躺在她的書桌上。萬用鑰匙也許露出來了。她衝向提袋時，彭德先生正好進來。

「實在謝謝妳好心提醒，莫金森小姐。罐子一直都擺那兒呢。沒找著的話，彭德太太一定會氣得跳腳。好吧，那就再見囉。」他轉向門口。「噢，對了，妳剛是在找東西嗎？」

「我在找一隻老鼠。」莫金森小姐神經質地嘰咕笑起來。「我原本好端端地坐在那兒打字，突然瞧見牠沿著櫃子頂端跑過去——呃——竄到那些盒子後頭的牆上呢。」

「骯髒的小厭物，」彭德先生說，「這地方鼠滿為患。我老說應該養隻貓才行。不過這會兒不可能逮到牠了。看來妳是不怕老鼠囉？」

「沒錯。」莫金森小姐說，奮力逼著自己把眼睛定在彭德先生臉上。假如萬用鑰匙果真在桌上恬不知恥地露出它蜘蛛樣的形貌——她覺得沒有其他可能——朝那個方向看就是自找死路。「我不怕……說來你在年輕的時候，想必每個女人都很怕老鼠吧。」

「這話不假，」彭德先生承認道，「不過當然，那時的裙子要比現在長。」

「太不幸了。」莫金森小姐說。

「儀態也因此非常優雅。」彭德先生說。「請容我為妳擺回盒子。」

「你會錯過地鐵的。」莫金森小姐說。

「已經錯過了，」彭德瞥瞥錶說，「我得搭五點半那班了，」他很有禮貌地接過「富來比與高騰」，顫巍巍地捧著盒子爬上不甚穩當的旋轉椅座。

「你真是太好心了。」莫金森小姐說，盯著他把盒子歸回原位。

「哪裡哪裡。現在就要請妳把其他盒子遞給我——」

莫金森小姐把真體有限公司以及環球骨頭信託遞給他。

「大功告成！」彭德先生說，把盒子全部堆疊好後拍掉手上的灰塵。「希望那隻老鼠就此銷聲匿跡。我會請霍吉斯太太找隻捕鼠好貓。」

「確實是個好主意。」莫金森小姐說。「晚安，彭德先生。」

「晚安，莫金森小姐。」

他的腳步聲啪啪沿著甬道遠去，然後又在窗下響起而且更大聲，之後便再次往布朗婁路的方向消失而去。

「呼！」莫金森小姐舒口氣，立刻衝向她的書桌。原來是恐懼矇騙了她。袋子闔得好好的，鑰匙隱身其中。

此時外頭傳來掃把和水桶的撞擊聲，宣告霍吉斯太太已然抵達，她趕緊把椅子拉回原位坐下來。

「咦！」霍吉斯太太在門檻處煞住腳，因為她瞧見女打字員正在勤奮地劈啪打著字。

「抱歉，小姐，我不曉得會有人留在這裡哪。」

「抱歉，霍吉斯太太，我還有點事沒做完。妳忙妳的吧，不用管我。」

「沒關係，小姐，」霍吉斯太太說，「我可以先打掃派崔區先生的辦公室。」

「也好，如果妳無所謂的話。」莫金森小姐說。「我得再打幾頁才行，而且還要——呃，幫烏庫哈特先生的一些文件寫摘要——做筆記，妳知道。」

霍吉斯太太點點頭，再度消失。沒多久後，樓上便傳來喀啷啷的聲響，宣告她已經置身於派崔區先生的辦公室。

莫金森小姐不再等待。她再次把椅子拖到層架前面，一個接一個迅速撂下骨頭信託、真體有限公司、富來比與高騰、潘可奇爵士以及包傑斯。等她終於把蕊彭攥進手裡攜往書桌時，她的心臟撲通通猛跳。

她打開袋子甩出內容物。撬鎖工具匡啷響在桌面上，和手帕、粉盒以及一只小梳子混在一起。發亮的細小鋼管彷彿燒上了她的手指。

她拎起撬鎖串，研判著哪只最合適時，窗戶傳來響亮的敲擊聲。

她張皇失措，猛轉過身。窗外什麼也沒有。她把工具丟進運動外套的口袋裡，墊著腳尖走過房間往外看。燈光下，她注意到有三個小男孩正在攀爬護衛著貝德福路神聖區域的鐵欄。帶頭的小孩一看見她便打起手勢，指著下面。莫金森小姐揮揮手，叫道：「走開吧，你們！」

孩子模糊喊了個什麼又指起來。莫金森小姐動了動腦：根據窗戶的敲響、孩子的手勢和叫聲，她推斷有顆價值不菲的球已經落入該區。她板著臉搖搖頭，回到桌旁。

不過這起事件倒是提醒了她，窗戶沒裝百葉，而室內又燈火通明，所以她就像置身在亮花花的舞台上，一舉一動街上的人都可以看得一清二楚。烏庫哈特先生和彭德先生應該都不會在附近才對，不過她不安的良心不肯放過她。更何況若有警察走過窗外的話，豈不是百碼之外便可以辨識出撬鎖工具呢？她再次偷眼看向窗外。漢德巷裡冒出一個穿著深藍的壯碩身形——真有其人呢還是良心作祟下的幻覺？

莫金森小姐倉皇飛逃，一把抓起契據盒遁入烏庫哈特先生的私人辦公室。

在這裡，至少她不會被人監看。如果有人走進來——比方說霍吉斯太太——雖然會詫異她何以在此，不過她會聽到來人的聲音，可以預做準備。

她冰冷的手在發抖，此時她並非處於可以得利於矇眼比爾的最佳狀態。她深吸了幾口氣。先前的叮嚀是不要心急。好的，這點她要辦到。

她謹慎地挑出一把鑰匙，插進鎖孔，彷彿漫無目的摸索了好幾年之後，她總算感覺到彈簧抵上尾端的鉤子。她一手穩穩地往前推抬，然後引進第二把鑰匙。她感覺到槓桿移動——沒多久後便聽到一聲銳利的喀響，鎖打開了。

盒子裡並沒有很多文件。第一份是一張很長的債券清單，註明為「存放於洛伊銀行的公債」。再下來則是幾張所有權狀的影本，各個正本也存放於同一家銀行。接下來是個文件夾，裡頭塞滿信件。有些是蕊彭夫人親筆的信函，最近一封的日期在五年前。除此以外，還有寄自佃戶、銀行經理、股票經理的信，另有事務所發出的回函影本，上面有烏庫哈特先生的簽名。

莫金森小姐很沒耐心地掃讀過。盒裡沒有看到遺囑或者遺囑影本——就連律師展示給溫西看的可疑草稿也不見蹤影。盒底目前只剩下兩份文件。莫金森小姐拿起第一份。這是授權書，日期為一九二五年一月，賦予諾曼．烏庫哈特處理蕊彭夫人所有事務的權力。第二份比較厚，用紅絲帶工整地綁好。莫金森小姐解開帶子，攤開文件。

這是一份委託書，將蕊彭夫人所有的財產交託給諾曼・烏庫哈特處理，並指明他每年必須從這份產業撥出固定數額存入她的現金帳戶。委託書日期為一九二〇年七月，上面附了一封信函。莫金森小姐匆匆讀過：

溫德鎮艾珀園

一九二〇年五月十五日

親愛的諾曼：

我至親的孩子，謝謝你寄來的生日賀卡以及美麗圍巾。你還惦記著我這個老姨婆，真叫人欣慰。

我最近開始想到，我已年過八十，應該把產業全部交給你經營才是。你和你的父親這些年來處理我的產業成效卓著，而你，當然，每次要採取任何投資行動之前，也都恰如其分地會來跟我商量。不過現在我已踏入老邁昏昧之年，和當代社會幾乎完全脫節，而且我也無法假稱我的意見能有什麼價值。何況我不只是老也乏了倦了，雖然你總會極其清楚地對我解釋所有事情，只是我年事過高，動筆寫信對我來說已成了龐大無比的負擔。

所以我才下定決心，要把產業以信託方式在我有生之年交由你管理，如此一來，你就可以根據自己的判斷處理一切，不必次次找我商量。更何況，雖然我很高興自己仍舊身強體健，而且神智尚稱清楚，不過快樂的光景隨時可能生變。我也許會全身癱瘓，或者頭腦昏糊，或者像某些傻老太太一樣，執意胡亂處理我的錢財。

所以我要請你草擬一份這樣的委託書，帶來這裡由我簽名，同時我也會指示你我的遺囑相關事宜。

再次謝謝你的賀卡

摯愛你的姨婆 羅珊娜・蕊彭

「萬歲！」莫金森小姐說。「果真有份遺囑呢！這張委託書──或許也很重要喔。」

她再看一次信，並掃讀過委託書的條款，特別注意到諾曼・烏庫哈特是唯一的信託人，最後則背下債券清單中較為大筆且較重要的項目。之後她便依照原先順序排好文件，重新鎖上天使般與她搭配無間的盒子，將它攜出房間歸回原位，並把其他盒子堆疊上去，然後回到她的機器前面。霍吉斯太太正巧就趕在這時候再度進門。

「完工啦，霍吉斯太太。」她欣喜地說。

「我還納悶著呢，」霍吉斯太太說，「沒聽到妳的打字機在跑哇。」

「我剛才在寫筆記。」莫金森小姐說。她把宣誓供詞打壞了的第一頁揉成一團，連同重打的一起丟進字紙簍。她從抽屜裡取出打字無誤的第一頁──這是先前為這個目的先行打好的——把它擺上原先那份劇本的最頂上，然後將正本以及所需的幾份副本一起裝入信封黏妥，寫上韓森與韓森事務所的名字，戴上帽子穿上外套走出去，並在門口向霍吉斯太太甜蜜地道聲珍重再見。

短短一段腳程將她帶到韓森事務所，她把宣誓供詞投入信箱，然後踩著輕快的步伐輕哼著歌兒，往喜勃德路以及格雷旅館路交口的巴士車牌走去。

「說來我應該可以接受犒賞到蘇活區飽餐一頓吧。」莫金森小姐說。

她從劍橋圓環踏上第五街時，又哼起歌來。「哪來這麼恐怖的曲子啊？」她猛個自問道。稍事思考之後，才想起這是「飛越眾門，飛越新耶路撒冷的眾門……」

「老天垂憐！」莫金森小姐說。「看來我是頭殼壞掉了。」

第十五章

彼德爵爺向莫金森小姐賀喜，並且請她在茹爾餐廳吃了很特別的一餐，這兒提供的陳年干邑白蘭地是懂得此道之人的最愛。莫金森小姐回到烏庫哈特事務所的時間因此稍稍晚了些，匆忙之間還忘了歸還萬用鑰匙。良伴與美酒當前，任誰也無法事事兼顧。

溫西本人則回到寓所仔細思考，他是費了很大的勁才克制住自己不要奔向好樂威大牢。雖說幫被告打氣是樂善好施的表現而且也有必要（他便是以此為藉口，幾乎天天造訪該處），不過他卻無法不承認，證明她的清白才是更加慈善、有益的舉動。問題是，截至目前為止，他還沒有多少實質進展。

先前諾曼．烏庫哈特先生提供遺囑草稿時，自殺的說法確實頗為看好，然而那份草稿的可信度目前已經徹底粉碎。雖說仍有些微希望可在「九環」找到白粉，日子卻毫不留情地一天天過去，這線希望也快成了泡影。調查的事他完全無法插手，確實讓他坐立難安——他很想衝去格雷旅館路，將「九環」裡裡外外的人士一一加以盤問、要脅、賄賂並且仔細搜查附近處所，不過他知道這種事警察會做得比他更好。

諾曼・烏庫哈特為什麼要刻意誤導遺囑的事呢？他大可以拒絕透露任何訊息啊。其中必有蹊蹺。如果烏庫哈特不是繼承人的話，此舉無異玩火自焚，因為老夫人一旦辭世，遺囑又經驗證之後，真相也許會公諸於世——而她是隨時都有可能歸天的。

他惆悵地思量著，要讓蕊彭夫人稍稍提早死亡其實易如反掌。她九十三歲又氣虛體弱，只要增加某種藥的劑量——輕推一把——甚或來個小驚嚇……唉，也罷，思緒轉往這個方向沒有好處。他漫不經心地想著：不知道老夫人與誰同住，由誰照顧……

今天是十二月三十日，但他還是沒有可行的計畫。書架上擺滿壯觀的書冊，一排又一排的聖徒、史學家、詩人，以及哲學家都在譏嘲他的無能。所有那些智慧和美的結晶都是徒然，沒有一本可以指引他如何拯救自己摯愛的女人免於醜惡的死亡。原本他還以為自己專精此道呢。周遭所有世事隱含著龐然且複雜的愚癡，他頹然有如落入陷阱之中。他咬著牙，無助地冒著火，在這間體面、講究但卻無望的房間裡來回踱步。壁爐上華麗的威尼斯鏡子照見了他的頭與肩。他看到一張白皙蠢笨的臉孔，光滑的稻黃色頭髮往後梳；單目眼鏡搭在抽動著的可笑眉毛下，顯得格格不入；下巴刮得盡善盡美，無毛而且帶點女人味；高高的衣領漿燙得毫無瑕疵，領帶打了個高雅的結，顏色和手帕搭配得宜——此時手帕正風情萬種地展露在他從沙維路訂製的昂貴西裝的胸前口袋上。他攥住壁爐台上一只沉重的青銅器——美麗的工藝品，撂下時，手指撫弄起那古意盎然的表面。他有股衝動想砸碎鏡子砸爛這張臉，並且恣意狂嗥，和野獸一樣搥胸掄拳。

愚蠢！他做不出來。二十個文明世紀傳承下來的抑制力打造成可笑的枷鎖綁住他的手和腳。就算打破鏡子又如何呢？一切照舊。邦特會走進來，不為所動毫不驚訝，他會把碎片掃進畚箕，並建議他洗個熱水澡來個按摩消消氣，並於隔天訂購一面新鏡子，以免友人來訪時殷勤詢問並禮貌地感嘆起原先那面發生的不幸事故，然後哈莉葉．范恩還是會被絞死。砸破鏡子於事無補。

溫西打起精神，要僕人遞上帽子、外套，然後搭乘計程車拜訪柯林森小姐。

「我有樣差事，」他對她說，語氣比他慣用的稍嫌急躁，「希望由妳親自上陣，因為其他人我信不過。」

「這麼說我實在不敢當。」柯林森小姐道。

「問題是，該怎麼進行我一點概念也沒有，得看妳抵達該處後有什麼發現來決定。我想請妳到衛思茉郡的溫德鎮，尋訪一位全身癱瘓的癡呆老婦，她名叫蕊彭夫人，住在一棟叫做艾珀園的房子裡。我不知道目前是誰在照顧她，也不曉得妳怎麼才進得去。不過妳非辦到不可，也得找出她存放遺囑的地方，而且可能的話，要看到內容。」

「天老爺！」柯林森小姐說。

「更糟的是，」溫西說，「妳約莫只有七天時間。」

「確實緊迫。」柯林森小姐說。

「妳知道，」溫西說，「除非提出正當理由要求延緩開庭，下次的庭期一開始就會審理范恩案。不過只要說服辯方律師，我也許能夠取得全新證據的話，應該就可以申請延期了。問題是，目前我手上還沒有堪稱證據的東西呢——有的只是最最模糊的預感。」

「嗯，」柯林森小姐表示，「說來，除了盡力而為也沒別的辦法了，而且絕對不能失去信心。聽說有了它，就能移山哪（譯註：新約馬太福音中耶穌的教誨）。」

「那麼看在老天份上，就請幫我多多搜集一些吧。」溫西苦著臉說。「因為依我看來，這件差事之難，就像想要移走喜馬拉雅和阿爾卑斯山，外加一段結霜的高加索和一截洛磯山脈呢。」

「請放心，我一定會竭盡我的棉薄之力為你效勞的，」柯林森小姐回答說，「而且我會請我們親愛的牧師誦唸一段禱文，為我這樁艱難的任務祝福。請問我該什麼時候啟程呢？」

「立刻。」溫西說。「我想最好就以妳的本來面目過去吧，在當地旅館投宿……不，供膳宿舍好了，那兒聽到八卦的機會比較大。溫德鎮我了解不多，只曉得當地有家靴廠，景色宜人，不過地方滿小，所以鎮民應該都知道蕊彭夫人。她是有錢人，年輕時惡名昭彰。妳要鎖定的對象是女人，外貌和體型仍屬未知，蕊彭夫人的生活起居便是由她呵護照料，所以大體說來兩人應該是床上地上都有近距離接觸才對。妳要找出她的致命弱點，然後瞄準紅心戳進去。噢，對了——遺囑有可能根本不在那裡，而是攥在貝德福路一名叫做諾曼・烏庫哈特的律師傢伙手中。果真如此的話，妳就只能鼓起如簧之舌仔細盤查出資訊——任何不利於他的都行。他是蕊彭夫人的姪孫，偶爾會去探望她。」

柯林森小姐把這些指示一一記下來。

「我這就走了，一切都交給妳啦。」溫西說。「需要錢的話，儘管動用公款。需要特別配備的話，請打電報給我。」

離開柯林森小姐以後，彼德．溫西爵爺再度屈服於厭世與自憐的打壓之下。不過這回的打壓是以一種全面性的陰鬱形貌展現出來。他堅信自己軟弱無能，決定要在隱居於修道院或者南極嚴寒的荒蕪之地以前，竭盡微薄的力量做點善事。他意志堅決地招輛計程車前往蘇格蘭場，表明要找帕克探長。

帕克坐在辦公室裡，正在閱讀一份剛剛才呈上來的報告。他歡迎溫西的神情看來是尷尬勝於欣喜。

「你是為了那包白粉的事情過來嗎？」

「這回不是，」溫西說，「以後我不會再拿這件事來煩你了。不，我要講的事……比那個要，呃，敏感一些。是關於我姊姊。」

帕克大吃一驚，把報告推到旁邊。

「關於瑪莉小姐？」

「呃——是的。我知道，她一直都有和你碰面，呃，共進晚餐之類的，對吧？」

「是有過一兩次，瑪莉小姐曾經首肯與我見面，這點我深感榮幸。」帕克說。「我不曉得——不知道——我是說，據我了解——」

「哈！問題是，你果真了解嗎？重點在此！」溫西正色道。「你知道，瑪莉雖然處處為人著想，不過這對她不一定——」

「我跟你保證，」帕克說，「這點不用你講。你該不至於以為我會曲解她的好意吧？時下品格高尚的女子都已突破成規，不忌諱在沒有伴護的情況下和男性共同進餐，而且瑪莉小姐——」

「我不是建議你們找人伴護，」溫西說，「首先瑪莉就不會同意，而且這種事依我看根本就是垃圾。總之，身為她的弟弟啊什麼的——其實這應該是傑瑞德的職責當然，不過瑪莉和他氣味不太相投，她也不太可能口無遮攔地把心事全部倒進他的耳朵，尤其是他又會把話全部轉述給海倫聽——我剛才是要說什麼來著的？噢，對——你知道，身為瑪莉的弟弟，我認為我有責任主動出擊，三不五時丟幾句有利於她的暗示。」

帕克若有所思地戳著吸墨紙。

「請你住手，」溫西說，「小心傷到筆。改用鉛筆吧。」

「看來，」帕克說，「我不該假設——」

「你假設了什麼呢，老東西？」溫西說，頭顱微傾，狀似麻雀。

「我沒有假設任何違背情理的事。」帕克火起來。「你胡思歪想到哪兒去了呢，溫西？我很清楚以你的觀點來看，瑪莉·溫西小姐在公共場合和一名警察共餐確實不成體統，不過如果你認為我跟她講過半句不得體的話——」

「而且還當著她母親的面，辜負了前所未有最最純潔甜美的女人外加侮辱了你的朋友。」彼德接過他的話頭，劈哩啪啦來個流利的收尾。「你還真是個完美的維多利亞紳士呢，查爾斯。我應該把你收進玻璃櫃裡珍藏才是。你當然什麼也沒講。我想知道的是，為什麼？」

帕克愣眼瞪著他。

「這五年來，」溫西說，「你一直像隻精神錯亂的小羊一樣看著我姊姊，而且只要聽到她的名字，就跟小兔子一樣驚惶失措。請問那是什麼意思呢？既無裝飾性，也沒有振奮人心的效果。可憐的女孩被你搞得無所適從。請見諒，不過我覺得你是十足的孬種。我不喜歡眼睜睜看著別的男人對自己的姊妹神魂顛倒——因為神魂顛倒總要有個終點吧。搞得我渾身難過，火冒三丈！怎的不拍起男子漢強健的胸膛大聲宣告『彼德老親親，我已經決定要加入貴家族古老的陣線，成為你的弟兄』？是誰礙著你了？傑瑞德嗎？他是渾球我知道，不過心地不壞。是因為海倫嗎？她跟巫婆沒兩樣，不過你跟她不用經常碰面。是為了我嗎？果真如此，請別擔心，因為我正考慮要當隱士——史上曾經出過一位隱士彼德不是嗎？所以我不會礙事。問題出在哪兒請你速速招來吧，老東西，然後我們就可以一舉掃個精光。好啦，請發言！」

「你這是——你是要我——」

「我是要你講明意圖，老天在上！」溫西說，「如果這樣還夠不上傳統守舊的話，我只有舉白旗投降。我了解你是想給瑪莉多點時間，讓她克服未婚夫死於非命的痛苦，不過老天在上，細膩體貼也不能做過頭吧。你總不能寄望女孩兒一輩子都巴巴等著你約她吧？難道你是在等閏年不成（譯註：閏年的英文是Leap Year，字面意為跳躍之年）？」

「聽我說，彼德，你別一個勁的說傻話。我要怎麼跟你姊姊求婚呢？」

「怎麼做我管不著。也許你可以說：『咱們步上結婚禮堂如何，小甜甜？』這個方法很時髦，而且直截了當沒有誤會空間。或者你可以一腳跪地仰頭問道：『請妳將終身託付給我，和我生死與共好嗎？』這話聽來窩心而且頗為老派，在當今社會中不失具有原創性。要不然你也可以寫信、打電報或者打電話。總之進行的方式你就自由發揮想像力吧。」

「你是在說笑。」

「噢，老天！我瘋癲搞笑的惡名難道一輩子都洗不清了嗎？你把瑪莉搞得很不快樂呢，查爾斯，所以我希望你能娶她進門早早了結此事。」

「讓她很不快樂，」帕克說，差點叫出來，「我——她——不快樂？」

溫西意味深長地朝他前額拍了一記。

「木頭——硬梆梆的木頭！不過最後這擊好像打進去了。沒錯，你——她——不快樂——現在聽懂了嗎？」

「彼德——如果我早想到——」

「拜託不要泣訴起衷腸來，」溫西說，「對我起不了作用。留著說給瑪莉聽好了。我已經盡了為人弟的責任，往後恕不再提。別激動，回頭看你的報告吧——」

「是嗎？怎麼不早講？」

「噢，老天，我都忘了。」帕克說。「咱們繼續討論以前，有份報告你該知道。」

「你沒給我開口機會啊。」

「也罷，請講。」

「我們找到紙包了。」

「什麼？」

「我們找到紙包了。」

「當真找到了？」

「是的。有個酒保——」

「別提酒保啦。確定是我們要的紙包嗎？」

「噢，沒錯，已經驗明正身了。」

「講下去啊。你們分析過成分嗎？」

「是的，分析過了。」

「然後呢？」

帕克看著他的眼神意思是要報壞消息，他很不情願地開口道：

「小蘇打粉。」

第十六章

克羅富先生情有可原地說：「我早就說過啦。」應皮・畢格斯爵士言簡意賅地表示：「太不幸了。」

若要記錄彼德・溫西爵爺其後一個星期的每日活動，將是既不仁慈且無教化作用的舉動。脾氣再好的人，若是被迫無所事事，也會出現各種惱人的症狀。此外，帕克探長與瑪莉・溫西小姐白癡樣的快樂狀態，以及連帶對他興起的婆婆媽媽之關愛表現也安慰不了他。溫西和瑪可思・畢波那個故事裡的男人一樣，「最恨賺人熱淚」。唯有聽到勤快的弗瑞迪・阿布納特表示他已查出諾曼・烏庫哈特先生和麥格希里信託的慘烈倒閉或多或少扯上了密切關係時，他才稍微展露笑顏。

而凱蒂（譯註：凱蒂是凱瑟琳的暱稱）・柯林森小姐就不同了，目前她是處在她慣於描述為「馬不停蹄」的狀態之中。她於抵達溫德鎮第二天所寄出的信，可以提供我們極為豐富的細節。

衛思茉郡溫德鎮
山景樓
一九三〇年一月一日

親愛的彼德・溫西爵爺：

我知道你一定迫切想在第一時間了解我在此地的狀況。我雖然只待了一天，不過整體來說，算是小有斬獲了！

我的火車於週一深夜抵達此鎮。旅途困頓，又在陰沉的貝斯頓站等了許久，不過由於你好心堅持我搭乘頭等車，我一點也不累呢！額外的享受確實可以大大紓解身心緊張——尤其我的年歲又老大不小了。想當年我過苦日子時，忍受了多少顛簸的旅途啊，這趟火車之旅相形之下簡直豪華得像在做壞事呢！車廂暖氣開得很足——老實說，還真太足了些，我原想打開窗戶透透氣，不過同行的還有位肥胖的生意人，穿了好幾件外套以及毛背心，整張臉除了眼睛都摀得好緊，此人強烈反對引進新鮮空氣！時下的男人真是無可救藥的溫室植物啊，和我親愛的父親天差地遠，他老人家就算溫度計指著冰點，都還是堅持十一月一號以前，以及三月三十一號以後，家中絕對不許生火呢！

抵達時間雖然滿晚了，但我還是輕易就在「車站旅館」訂到一間舒適的客房。古早時候，未婚女子如果半夜三更拎著行李單獨抵達某處的話，一定會引人物議說她不知檢點——當代的重大轉變委實令人振奮！我很慶幸能在有生之年親眼目睹這種改變，雖然老派人士或許會說維多利亞時代的女人較懂禮數也謙遜許多，不過凡是記得早年情形的人，都知道當時女人的狀況有多困窘！

當然，昨早我的首要任務便是遵循你的指示尋找一家合適的供膳宿舍。很幸運地，我試的第二家便頗合意：經營得當，裝潢雅緻，而且有三位年長女士是終身住客哩，本鎮的各種八卦她們都如數家珍，對我們的奮鬥目標大有助益！

訂下房間後，我馬上出門展開小小的發現之旅。我在海伊街碰到一位熱心的警察，向他詢問如何前往蕊彭夫人的住處。他所知甚詳，要我搭乘公車，說是只消花一分錢就能坐到「漁夫旅館」，之後再走五分鐘就可以了。我照著他的指示搭車，然後巴士便載著我直接開進鄉間，停到「漁夫旅館」所在的街角。車掌彬彬有禮很熱情，告訴我路該怎麼走，所以我很輕鬆的就找到那棟房子了。

房子古老美麗，獨門獨院，是一棟蓋在十八世紀的龐大建築，有個義大利式迴廊，迷人的綠色草坪上種了棵西洋杉，還有個格式化的花圃呢，夏天時應該和伊甸園一樣美麗吧。我站在路邊看了一會兒——就算被發現，也絕不會引人起疑的，因為這麼古老雅緻的房子，任誰都會忍不住駐足觀賞啊。大部分的百葉窗都關起來了，房子好像大半都是空的，而且也沒有看到園丁或者其他人——想來應該是這個季節不必整理花園吧。不過倒是有個煙囪在冒煙，所以也不算毫無人跡呢。

我繼續走一小段路，然後轉身再一次經過房子，這回我看見一個僕人正繞過房子的一角朝裡去，不過距離實在太遠了，沒法兒和她講到話，所以我就搭了巴士回山景樓吃午餐，也好熟悉一下其他房客。

當然，我不希望露出包打聽的模樣，所以並沒有馬上提起蕊彭夫人的房子，只是大略發表一下我對溫德鎮的觀感。眾位女士七嘴八舌爭相提問，讓我有點招架不住。她們都搞不懂，怎的有人會選在這種季節跑來溫德鎮旅行。我並沒有編出太多理由，只是有意無意透露出我剛發了筆小財，造訪湖區是為了找個合適的地方準備明年夏天長住。我談到了素描——我們這種年齡層的女人從小都有接受一些水彩畫訓練東塗西抹過，這一來我就可以展示我還算豐富的技巧方面的知識滿足她們了！

這個話題也提供了大好機會談論那棟房子呢！！好一棟美麗的古老建築啊，我說，請問裡頭還住著人嗎？（當然我並沒有脫口就那麼問出來，我是等她們講起溫德鎮許多特殊景點，說我這樣的藝術家也許會有興趣看看之後才問的！）珮格樂太太——一位長了朧（譯註：原文pussy為雙關語，意謂性感小貓，或者長朧）的粗壯老女人，而且舌頭真長（！）——提供了我所有的必備資料。親愛的彼德爵爺啊，拜她之賜，蕊彭夫人早年敗德的生活若有什麼細節我還不知道的話，其實也不用知道了！不過言歸正傳，她告訴我蕊彭夫人的看護名叫布思小姐，是個六十開外的退休護士，和蕊彭夫人單獨住在那棟屋子裡，另外就是幾個僕人和一位管家了。她說蕊彭夫人年紀老邁全身癱瘓很衰弱，所以我就問她布思小姐獨力照護會不會太過危險呢；不過珮格樂太太說，女管家盡忠職守，而且伺候蕊彭夫人已經許多年，布思小姐外出時，她絕對可以一手包辦沒問題。這就表示布思小姐偶爾是會出門了！山景樓好像沒有人認識她，不過大家都說她常穿著護士服出現在鎮上，所以我就想盡辦法仔細問出她的長相。相信如果湊巧在路上碰到她的話，我應該會有辦法認出來的！

以上便是我於一天之內發現到的所有資訊了，希望你不至太過失望。她們拉哩拉雜扯了一大堆各樣的本地歷史，我也只能乖乖聽著，無法強行把話題拉回蕊彭夫人身上，以免引人起疑。

只要有一丁點兒最新消息，我馬上就會向你稟報。

你誠摯的　凱瑟琳·亞莉珊卓·柯林森

這封信是柯林森小姐私下在臥房完成的，她小心翼翼地把信珍藏在碩大的手提袋後才踏步下樓。她曾經在供膳宿舍長久生活，也因此得出了一個寶貴的教訓：如果公開展示寄給貴族的信——就算是家族裡的次要成員——一定會招來毫無必要的好奇眼光。雖然如此一來，她是可以鞏固自己的地位，不過此時此刻，柯林森小姐完全無意於行走在水銀燈下。她靜悄悄地踅出玄關的門，緩步移行到鎮中心。

前一天她已經打探出鎮上有一家主要茶館，外加兩個頗有互別苗頭之意的新開茶室，另有一家稍嫌過氣正在走下坡，再來則是里昂咖啡的分店，剩下的四家雖然提供了甜點招待而且還販售糖果，不過地點偏僻，整體來說不值一顧。現在是十點半，其後的一個半小時內只要稍微勤快點，她就可以一一審視溫德鎮所有沉迷於晨間咖啡的人口了。

她把信寄出去，然後便考量起該從哪裡著手。思前想後，里昂店她打算改天處理。這是一家不起眼的樸實里昂，既無樂團也沒有飲料吧台，她覺得顧客層主要應該是家庭主婦或者職員。其他四家當中，最符合資格的也許就是「中央茶館」了。這家的店面頗大，光線明亮、氣氛怡人，門裡還傳來悠揚的樂音。護士通常喜歡寬敞、明亮又有音樂的地方。不過「中央茶館」有個缺點。從蕊彭夫人住處的方向過來，得先走過其他三家才能到。這一來「中央茶館」就不適合當瞭望站了。從這個觀點看來，「暖暖小店」才是理想地點，因為巴士站就在它的正對面。柯林森小姐決定從這家店拉開戰場。她選了張靠窗的桌子，點了一杯咖啡還有一盤消化餅乾，進入偵查狀態。

眼看半個小時過去了，還是沒有身穿護士服的女人出現，所以她又點了杯咖啡以及一些糕餅。有好幾個人——主要是女人——陸續進門，不過都不符合布思小姐的長相。十一點半時，柯林森小姐覺得再待下去的話可能會引人側目，甚至惹火店長也不一定，所以她就付了帳離開。

「中央茶館」的顧客看起來比「暖暖小店」多，就某些方面來說，算是比較高級：裡頭擺設了舒適的柳條椅而不是暗沉的橡木靠背長椅，服務客人的是動作俐落的女侍而不是慵懶作態的假淑女。柯林森小姐又點一杯咖啡外加小圓麵包和奶油。靠窗的位子全都坐了人，不過她在樂團旁邊找到空桌子，是個監視全場的好位置。這時門口飄起了一方暗藍色面紗，她的心跳不由加快起來，不過面紗主人是名精力充沛的年輕女子，她帶了兩個小蘿蔔頭推輛娃娃車，希望再次破滅。十二點到了，柯林森小姐決定認輸：她在「中央茶館」也繳了白卷。

她最後一趟是到「東方茶館」——一個特別不適合偵探工作的場所。店裡隔成三個不規則形狀的小房間，四十瓦的暈黃燈泡遮在日本燈罩底下，另外還掛了珠簾和布幔，製造出更多昏暗。柯林森小姐和先前一樣漫步走進所有的窟洞，打擾了好幾對喁喁情話的愛侶，然後才回到門邊的桌子坐下，喝起她的第四杯咖啡。十二點半了，仍然看不到布思小姐的蹤影。「應該不會來了，」柯林森小姐想著，「她得回去伺候病人吃午餐。」

她回到山景樓，但是沒有胃口享用烤羊肉。

三點半時她再度出擊，展開一連串茶宴。這一回她把里昂店以及第四家茶館也包括進去，由小鎮邊緣一路喝到巴士站。正當她在「暖暖小店」的窗口和第五頓餐點奮戰時，人行道上一個行色匆匆的人影攫住她的視線。冬日的暮色已經覆蓋下來，而且街燈不很明亮，不過她清楚地看見一名壯碩的中年護士戴著黑色面紗，罩了件披風，從店門口的人行道走過。她伸長脖子探頭望過去，看見她拔腳衝向轉角，跳上巴士，往「漁夫旅館」的方向消失了。「氣人嘛！」公車消失時，柯林森小姐說。「我八成是在哪兒錯過她了。要不也許她是在哪個人家裡喝的茶。唔，只怕今天一無所獲了。我覺得滿肚子都是茶！」

幸好老天保佑柯林森小姐有個強壯的消化系統，所以隔天早上她又重複了前一天的行程。當然，布思小姐有可能一個星期只出門兩三次，或者只在下午出去，不過柯林森小姐不打算冒險。至少她已經得知巴士站是偵測目標。這一回她於十一點進駐「暖暖小店」，不過等到了十二點還是沒有任何動靜，於是她只好打道回府。

下午三點她又回到「暖暖」。這一回女侍已經認識她了，而且對她這樣頻繁的進出頗感興味，也能接納。柯林森小姐表示她喜歡觀察人來人往，還講了幾句話誇讚起茶館以及它的服務。此外，她也很欣賞對街那棟奇特的古老客棧，有意把它素描下來。

「嗯，的確，」女孩說，「很多藝術家都為了它專程過來呢。」

柯林森小姐於是想到一個妙招，第二天她便帶著鉛筆和素描簿，專程上門來了。不過天下事慣愛和人作對，她才點了咖啡，打開素描簿，準備勾勒客棧的山形牆時，一輛巴士開過來停下，裡頭踏出了那位壯碩的護士，一身灰制服臉上罩著黑紗。她並沒有走進「暖暖小店」，而是輕快地跨步走在對街，面紗如同旗幟般飛鼓著。

柯林森小姐發出一聲懊惱的驚叫，引來那位女侍側目。

「真討厭！」柯林森小姐說。「我把橡皮擦忘在房裡了，看來非得出去買一個不可。」

她把素描本丟在桌上，邁步走向門口。

「我會幫妳把咖啡蓋好的，小姐。」女孩熱心地說。「『大熊小吃』旁邊的巴特爾文具是老牌好店。」

「謝謝，謝謝。」柯林森小姐說，然後衝出門。

黑紗仍然在遠處飄舞。柯林森小姐走在街道的這一頭，屏息跟蹤。面紗躍入一家藥店。柯林森小姐穿過馬路，和藥店隔著一段距離凝神看著一整個櫥窗的嬰兒布巾。面紗出來了，在人行道上猶豫地飛舞著，然後轉了面越過柯林森小姐蕩進一家鞋店。

「如果是買鞋帶，很快就會出來的。」柯林森小姐想著。「不過如果是試穿鞋子，也許要搞掉一整個早上呢。」她緩緩走過店門口。天公作美，正巧有個顧客選在這時候出門，柯林森小姐趁機往裡頭瞥一眼，瞧見黑紗飄進裡間消失了。她堂而皇之的把門推開。店鋪前頭有個賣雜貨的櫃台，護士走進的那扇門上標示著「女鞋部」。

柯林森小姐買下兩條棕色絲質鞋帶，一邊和自己辯論起來。她該抓住這個機會跟進去嗎？試穿鞋子通常頗為耗時。主角困坐椅中，等著店員爬上樓梯收集一大疊紙盒下來，因此要跟她搭訕確實比較容易。不過有個麻煩得對付：想要正大光明地出現在試穿部門的話，妳也得試穿才行。這會導致什麼後果呢？店員會搭走妳拎在右手的鞋叫你動彈不得，然後一溜煙跑掉。假設在這同時，妳的獵物買好鞋子要出門呢？妳是要瘋狂地單腳跳躍緊跟在後嗎？還是匆匆穿上自己的鞋子，任由鞋帶飛揚，口中一邊喃喃說著可信度甚低的什麼有個約妳忘了赴，以致引來眾人懷疑的眼光？更糟的是，假設妳處於兩棲狀態，穿了一隻自己的鞋，以及一隻鞋店的專屬物呢？如果妳突然踩著不屬於妳的物品飛奔而去的話，會留下何種印象？獵人難道不會立刻變成獵物嗎？

柯林森小姐把問題擺進腦子裡仔細衡量之後，便付了鞋帶的錢離去。她先前在茶館出過紕漏，一個早上能安然度過一次危機已是萬幸了。

說起來，男偵探擔任跟蹤工作還真特別合適，尤其如果他又打扮成工人、差役或者送電報生的話。他可以四處漫遊不至引人側目。女偵探就無法漫遊了。不過話說回來，她卻能夠緊盯著櫥窗久久不走。柯林森小姐選了一家帽店。她仔細地檢視了兩扇櫥窗所有的帽子，然後又回頭刻意凝神看起一頂優雅的展示品——垂著眼紗並且配上一對類似兔耳朵的突起物。就在旁觀者以為她終於下定決心準備進門詢問價錢時，護士卻走出鞋店。柯林森小姐惆悵地朝著兔耳朵搖搖頭，衝回另一扇櫥窗。她看著，晃著，猶疑著——然後奮力拔腳離去。

護士在她前面約莫三十碼的地方快速行進，狀似望見自己馬廄的馬兒。她又一次過街，研究起一扇堆了各色毛線球的櫥窗，想想又改變主意，繼續前行，然後便鑽入「東方茶館」的門內。

鍥而不舍的柯林森小姐心想手裡的玻璃罩這下子終於蓋住蛾了：獵物暫時沒有逃走之虞，獵人可以舒口氣了。不過現在的問題是，要如何將蛾完好取出不造成損傷。

跟蹤某人走進咖啡店和她同坐一桌其實不是難事——如果有空位的話。不過她也許會不表歡迎。她也許認為妳擺著其他空桌不坐硬要和她擠在一起，一定是心存不軌。所以妳最好能找個藉口，比方說掉了條手帕在那兒，或者提醒她手提包忘了闔上。如果這人無法提供妳任何藉口，次佳的辦法就是製造一個。

文具店只隔了幾家門面。柯林森小姐走進去，買了一只橡皮擦、三張明信片、一枝2B鉛筆以及一份行事曆，等著店員把物品包裝完畢。然後她便慢慢地踱步過街，踏入「東方茶館」。

在第一間房裡，她看到兩個女人和一位小男孩佔用了一處凹室。有位年長紳士坐在另一凹室喝牛奶，第三處則是兩名正在享用咖啡和蛋糕的女孩。

「對不起，」柯林森小姐對那兩個女人說，「請問這個包裹是妳們的嗎？我在店門口撿到的。」

年長的女人顯然採買了些東西，於是她便匆匆檢視起大大小小各種不同的包裝，一個個捏起來，好幫助自己恢復記憶。

「應該不是我的吧，不過也難說。讓我想想。那包是蛋，那包是培根——這個呢，葛蒂？是捕鼠器嗎？不，等等，這是咳嗽藥水，那個呢——那是伊迪絲阿姨的軟木塞鞋底，還有那包是冷凍炸雞塊——不對，燻鯡魚醬，這包才是雞塊——怎麼，老天在上，看來我是一不留神把捕鼠器搞丟了哪——不過應該不會才對啊。」

「沒有啦，媽，」年輕女子說，「妳不記得了嗎？捕鼠器是要連同浴室用品一起送到我們家啊。」

「當然，沒錯。嗯，這就對了。捕鼠器和兩只炒菜鍋，全都要跟著浴室用品一起送，除了肥皂以外，肥皂妳拿了對吧，葛蒂？東西不是我們的，女士，不過還是謝謝妳；應該是別人搞丟的。」

年長紳士堅決否認，不過很有禮貌，兩個女孩只是嘰嘰咕咕對著包裹傻笑。柯林森小姐繼續前行。第二間房裡，兩名年輕女子和陪坐的年輕男子頗知禮數地謝了她，不過都說包裹不是他們的。

柯林森小姐走進第三間。有個角落坐了群頗為聒噪的人，還帶了隻愛爾達犬；往後頭看去，這家店最為隱密的東方窟穴裡就坐著那位護士。她正在讀一本書。

轟吵的那群人對著包裹搖頭，於是柯林森小姐便捧著猛跳的心臟，堅決地快步走向護士。

「對不起，」她說，優雅地微笑著，「我想這只小包應該是妳的。我在店門口撿到它，也問過店裡其他所有客人了。」

護士抬起頭。她是個灰髮的年長女士，一雙好奇的藍色大眼讓人惴惴不安地逼視而來——通常這就表示眼睛的主人心緒不穩。她朝柯林森小姐微微一笑，愉悅地說：

「不，不是我的。妳真好心，不過我所有的包裹都在呢。」

她模糊地指向環繞凹室的三面牆，柯林森小姐順勢把這個動作解讀為邀請，立刻坐下來。

「奇怪，」柯林森小姐，「我原以為一定是誰進門時搞丟的呢。真不曉得怎麼處理才好。」她輕輕捏了包裹一把。「想來不值幾個錢吧，不過也難講。或許該拿到警察局才是。」

「可以交給收銀員啊。」護士提議道。「物主也許會回店裡找呢。」

「噯，真是，沒錯，」柯林森小姐呼道，「妳好機靈，想得到這點。的確，是啊，就該這麼辦。妳一定覺得我很傻，我還真沒想到呢。我這人不太實際，不過我最羨慕實際的人了。妳這行真是打死我也做不來呢，隨便出個小狀況，就會搞得我雞飛狗跳。」

護士再次微笑起來。

「主要是靠專業訓練，」她說，「當然還有自我訓練。只要我們把心智交給更高層次的力量掌管，任何小弱點都可以一一克服的——這妳信嗎？」

她催眠樣地盯著柯林森小姐的眼睛。

「也許吧，我想。」

「千萬不要誤以為，」護士鍥而不舍說下去，闔起書本擺到桌上，「心智層面的事有大小輕重之別。其實就算最最微不足道的思想和行動，也都是由更高層次的精神力量主宰的——如果我們願意敞開自己相信的話。」

一名女服務生過來招呼她們。

「噢，真糟糕！我好像佔用了妳的桌子……」

「噢，請別起來。」護士說。

「確定嗎？真的沒關係？因為我不想打斷妳——」

「一點也不會啊。我都是一個人過日子，能找到聊得來的朋友我高興都來不及呢。」

「妳真好心。我點小圓餅和奶油，小姐，還有一壺茶。這家店好溫馨，妳說是吧？……安靜寧和。只希望那群人跟他們帶來的狗別這麼吵就好了。我就是不喜歡那種大型動物……說來應該滿危險的妳說是吧？」

對方的回答柯林森小姐聽而不聞，因為她突然瞥見桌上那本書的書名，而魔鬼，或者高階天使（她不確定是哪一位），則正將一朵盛開的誘惑之花端在銀盤子上遞給她。這本書是心靈協會出版的，書名叫「亡靈能說話嗎？」。

靈光乍現的那一剎那，柯林森小姐瞥見她完美計畫的所有細節，這就表示她必須採取一連串欺瞞的行動才行——她的良心驚嚇地退縮開來，然而此事勢在必行不容耽誤。她和魔鬼於焉展開爭戰。目標雖然是為了伸張正義，但是如此邪惡的手段也能符合天道嗎？

她喃喃默唸著她覺得是尋求指引的禱告，然而唯一的回答只有她耳邊的低語：「哎啊，太棒了，柯林森小姐！」聲音的主人是彼德・溫西。

「抱歉，」柯林森小姐說，「不過我才發現了妳在鑽研靈學。實在太有趣了！」

如果世上有哪種學問柯林森小姐可以宣稱略知一二的話，應該就是靈學了。這是一朵在供膳宿舍氛圍裡大放異彩的奇花。柯林森小姐曾經一次又一次抱著姑且聽之觀之的態度，頗不以為然地經歷了降靈會的所有配備，包括來自異次元的人鬼中介，以及人鬼對談和靈界預言，還有星體、光輪以及滲出靈媒皮膚的黏性靈質。教會禁止通靈她很清楚，不過由於她曾經受雇於許多老婦擔任陪侍，因此免不了多次被迫在臨門廟內向異教的神祉跪拜（譯註：the House of Rimmon 臨門廟記載於舊約列王紀下）。

之後她又碰到了心靈研究協會一個奇特的小男人。他在布爾茅斯一家私人旅館投宿兩個星期時，她正好住在那裡。此人專精於探勘鬼屋以及找出鬧鬼的源頭。他頗喜歡柯林森小姐，因此她曾和他共度了幾個有趣的夜晚，聽他談及靈媒耍弄的花招。在他的指導下，她知道如何旋轉桌子並且製造刮響的噪音；她知道如何檢測一對封合的字板，在其邊沿找到細縫的痕跡——靈媒會將粉筆鉤上細長的鐵絲，探進縫裡書寫靈界的訊息。她也看過充了氣的橡皮手套在一桶石蠟裡留下來自靈界的掌印，若將手套的氣洩盡以後，便可靈巧地經由比孩童手腕還小的洞口把手套拉出已經硬掉的石蠟。她甚至還曉得——不過從來沒有試過——如果兩手交握反綁在背後，只要把頭一個欺瞞人眼的綁結鬆掉，之後所有的綁結就可以相繼解開；另外，如果拳頭塞滿麵粉給綁在漆黑的櫃子裡，她也可以突破重圍，拎起兩只手鼓在昏茫的房間裡翩翩起舞。人類的愚昧和邪惡，往往讓柯林森小姐瞠目結舌嘆為觀止。

護士繼續講下去，柯林森小姐則機械化地支吾著應答。

「她只是初學者，」柯林森暗自忖度，「在讀一本教科書……而且照單全收……她應該曉得寫書人老早就給揭穿了才對啊……像她這種人實在不能獨自亂跑——擺明了就是騙徒的俎上肉嘛……她講的這個克雷格太太我沒聽說過，不過這人的心思肯定跟螺絲起子一樣迂迴曲折……我得躲開克雷格太太才行，她也許知道很多內幕……可憐的呆頭鵝連這本書都信，要騙她豈不是易如反掌？」

「通靈的效果好像不錯，是吧？」柯林森太太大聲說。「不過會不會稍嫌危險了點呢？有人說我是靈媒體質呢，不過我從來不敢試。把自己完全交給超自然力量擺布，恐怕不太明智吧？」

「懂得正確方法的話，其實不危險。」護士說。「妳得學著為自己的靈魂裹上一層純淨的思想當做保護殼，這一來就百邪不侵了。我曾經和過世的親人好友談得很愉快……」

柯林森小姐往茶壺裡添滿水，並請女侍送一盤甜糕來。

「……可惜我不具備靈媒體質——還沒有，我是說。獨處的時候我收不到訊息，不過克雷格太太說，只要多加練習懂得專心，一定會有收穫的。昨晚我試過靈應盤，不過只是畫了許多螺旋圈。」

「看來是妳的意識層太活躍了。」柯林森小姐說。

「對啊，想必是這樣。克雷格太太說我的感應力其實還不錯。跟她一起召靈的時候，效果棒透了。只可惜她目前人在國外。」

柯林森小姐的心臟猛跳一下，差點打翻茶。

「說來，妳是靈媒體質囉？」護士開口道。

「聽人說啦。」柯林森小姐表示，語帶戒心。

「我在想，」護士說，「如果我們找個時間——」

她饑渴地看著柯林森小姐。

「我真的不太——」

「噢，請別推辭吧！妳這麼善解人意，看得出很有感應力，我們合作的話，效果一定很強。而且鬼魂通常都急著想要溝通呢，說來還真可憐。何況，除非對方的人格我信任，我也不敢隨便亂試哪。世風日下，騙錢的靈媒實在太多了——（「原來妳還曉得這點！」柯林森小姐暗想）不過跟妳這種人合作，絕對安全。其實妳也不用顧慮太多，到時候妳會發現人生完全改觀了呢。以前人世間的種種苦痛磨難讓我很不快樂——做我們這行的看太多了；後來心結解開是因為我發現到人死了以後還有生命，我們所有的苦難都只是考驗，要磨練我們準備進入更高的靈界哪。」

「噯，」柯林森小姐緩緩說道，「試一試倒也無妨，不過我可不敢說我是真的信。」

「會信——妳會信的。」

「當然，我的確見過一兩樣怪事，而且不可能是裝神弄鬼，因為在場的人我認識。確實很難解釋……」

「今晚就過來找我吧，拜託！」護士說服她說。「我們只要靜靜坐著等，妳能不能通靈到時候就一清二楚了。我看準了妳一定可以。」

「也好。」柯林森小姐說。「對了，妳叫什麼名字？」

「凱洛琳・布思——凱洛琳・布思小姐。我在坎多爾路那棟大宅工作，負責照料一位中風的老夫人。」

「謝天謝地。」柯林森小姐說給自己聽。然後她張嘴說道：

「我叫柯林森，名片我給妳。咦……看來是忘在房裡了。總之我投宿在山景樓。請問要怎麼上妳哪兒呢？」

布思小姐講了地址以及公車時間，並且邀她共進晚餐。柯林森小姐欣然接受，返回宿舍後馬上寫了封短箋：

親愛的彼德爵爺：

想必你正在納悶此處情況如何吧。終於有消息了！我已經攻陷要塞！今晚就要登門造訪，請靜待大事發生吧！

你誠摯的凱瑟琳・柯林森　草筆

柯林森小姐午餐後又進城去了。由於生性誠實正直，首先她是前往「暖暖小店」付清帳款取回素描本，並對店家解釋今早她是因為遇到友人給耽擱了。之後她走訪了幾家店面，選定了一只符合她需要的小金屬肥皂盒。皂盒兩側稍微凸起，如果闔上時輕輕壓著，盒子會發出清脆的喀響彈起來。她用了某種強力黏膠，花了點巧思，把皂盒固定在牢固的彈性吊襪帶上頭。盒子扣在柯林森小姐骨瘦的膝蓋時，若是猛力壓上另一隻膝蓋的話，便會發出連珠炮的喀啦聲，效果完美到連最疑心的人都會心悅誠服。柯林森小姐坐在鏡子前方，飲茶前先耽溺在一個小時的練習當中，直到身體只需極其輕微的震動就可以製造出嘎響。

另外她還買了一根黑色包皮的硬鐵絲，就像做帽緣用的那種。她將鐵絲對摺加強韌度，然後工整地扳出一上一下兩個相連的直角，並將尾端的圈圈套上手腕，如此便能搖晃輕巧的桌子了。她擔心這東西也許承受不住重型桌子的重量，不過目前可沒有時間跟鐵匠訂貨了。總之不妨試試看。此外，她也找到一件黑色的天鵝絨罩袍，袖子寬長，這一來就不愁鐵絲外露了。

六點時，她穿上這件道具，把皂盒扣到腿上，並將盒子撥到外側，以免一個不留神嚇著同車的乘客，然後便套上厚重的斗篷雨衣，拿了帽子和傘，啟程去偷蕊彭夫人的遺囑。

第十七章

晚餐結束了。她們是在一間美麗、古老的鑲板房間用餐，裡頭有個壁爐，牆上掛了幅上帝創造亞當圖，而且食物美味。此時柯林森小姐精神振奮，頗有躍躍欲試的心情。

「到我的房間坐，好吧？」布思小姐說。「只有那裡才算得上舒服——屋裡大部分地方都封起來了，當然。不過得先請妳稍坐片刻，我要上樓去伺候蕊彭夫人吃晚餐，幫她捶背按個摩讓她舒服些，然後我們就可以開始了。耗不了半個鐘頭的。」

「看來她什麼都要人幫才行囉？」

「嗯，差不多。」

「她能講話嗎？」

「算不上講話。有時候會喃喃自語，可是根本沒有人聽得懂。真叫人感慨，是吧？這麼有錢卻享受不到。只有死亡才能讓她脫離苦海了。」

「真可憐！」柯林森小姐說。

女主人領著她走進一間布置得很熱鬧的起居室，把她留在眾多印花棉布套以及飾品之間。柯林森小姐迅速掃瞄起現場的書籍，其中大部分是小說，另外則是有關靈學的經典著作，然後她就把注意力轉向壁爐台。那上頭擠滿了照片——護士族群最愛來這套。在醫院團體照以及個人照之間有一張特別顯眼，那上面寫著「滿懷感恩的病人」，照片中男子的打扮和鬍髭是九〇年代流行的樣式，他站在石砌陽台上頭，旁邊放了台腳踏車，遠方可以看到崎嶇的峽谷。銀製的相框頗有份量，而且紋飾繁麗。

「很年輕，應該不是父親，」柯林森小姐說，一邊把照片翻轉過來，拉開框緣的扣鉤，「不是情人就是哪個鍾愛的兄弟吧。哈！『給最最親愛的小琳，永遠愛她的哈瑞』。這就不是兄弟了，看來。照相館在科芬翠，或許從事自行車業吧。不過哈瑞結果怎麼了呢？顯然兩人沒成婚。死了，或者對她不忠。一流的相框，擺在正中央，而且花瓶裡插了一束溫室水仙——看來哈瑞已經過世了。下一張呢？全家福嗎？沒錯。名字就清清楚楚寫在下頭。親愛的小琳站在邊邊，爸爸和媽媽，湯姆和歌楚德。湯姆和歌楚德年紀較大，不過也許都還在世。爸爸是牧師。房子滿大的——也許是鄉間牧師會館吧。照相館的地址是少女岩鎮……等等，這張團體照也有爸爸在，跟十幾個小男生合照，也許是學校老師，或者私下收了學生。兩名男生戴著草帽，鋸齒邊的緞帶——應該是學校沒錯。這只銀杯又是什麼呢？索斯．布思以及另外三個名字——一八八三年攝於潘柏克中學。不是貴族學校。不知道爸爸反對小琳和哈瑞交往，是不是因為不喜歡自行車業？那邊那本書看來像是學校獎品。沒錯。少女岩女子學校——英國文學成績卓越。我就知道。是她回來了嗎？——不是——虛驚一場。穿卡其服的年輕男子：『愛妳的侄兒，G.布思』——啊！應該是湯姆的兒子吧，不知道他活過大戰沒？嗯——這會兒真是她回來了。

門打開時，只見柯林森小姐端坐在爐火旁邊，沉浸於《雷夢德》一書當中。

「抱歉讓妳久等了，」布思小姐說，「可憐的老親親今晚不太安寧。現在她應該可以睡上幾個小時沒問題，不過待會兒我還是得上樓看看。我們這就開始好嗎？我急著想試呢。」

柯林森小姐立刻表示贊成。

「我們通常都用這張桌子，」布思小姐說，拉來了一張竹製的小圓桌，桌腳之間有個架子。柯林森小姐心想，這輩子還沒見過這麼適合製造假象的家具呢，於是便欣然接納克雷格太太的選擇。

「我們要坐在燈光下嗎？」她詢問道。

「不能有強光照射。」布思小姐說。「克雷格太太跟我解釋過，陽光以及燈光裡的藍色光束對靈體來說太強烈了，會打散磁場能量。所以我們通常都關著燈坐在火光裡——亮度足夠讓我們做筆記就行了。妳想寫嗎，或者由我來？」

「噢，妳寫慣了，由妳來應該比較好。」柯林森小姐說。

「行。」布思小姐拿了枝鉛筆以及小本子，並且把燈關掉。

「現在我們就坐下來，把拇指還有其他指尖輕輕放上桌沿。最好能夠圍坐成一圈，不過兩個人沒辦法。另外，一開始的時候，我想還是不要講話——要先建立起親密的感覺，妳知道。妳想坐哪邊呢？」

「噢，這邊就可以了。」柯林森小姐說。

「妳不介意火光在妳背後嗎？」

柯林森小姐百分之百不介意。

「嗯，這麼坐其實挺好的，因為可以擋著火光不要照到桌上。」

「我就是這麼想。」柯林森小姐真心說道。

她們把大拇指和其他四個指尖擱在桌上，等著。

十分鐘過去了。

「妳感覺到什麼動靜了嗎？」布思小姐耳語道。

「沒有。」

「有時候是得花點時間才行。」

靜默。

「啊！我好像有點感覺了。」

「我覺得指頭上好像有針在刺呢。」

「我也是。應該很快就有感應了。」

無語。

「妳想休息一下嗎？」

「我的手腕好痛。」

「習慣的話就不會痛了。這是靈界的力量在運作。」

柯林森小姐抬起手指，輕輕揉起兩只手腕。細小的黑鉤子安靜地滑到她黑天鵝絨袖子的邊緣。

「我很肯定靈力已經環繞在我們周圍。我可以感覺到脊椎上有股颼颼的涼意哩。」

「繼續進行吧，」柯林森小姐說。「我休息夠了。」

靜默。

「我覺得，」柯林森小姐耳語道，「好像有個什麼揪住我頸背呢。」

「別動。」

「而且我兩隻膀子從手肘以上都麻掉了。」

「噓！我也一樣。」

如果知道怎麼稱呼某部位的話，柯林森小姐大可補充說，她的三角肌也很痛——這是拇指和四隻指頭都放在桌上而沒有手腕支撐的正常結果。

「我從頭麻癢到腳呢。」布思小姐說。

這時候桌子陡地猛搖一下。柯林森小姐高估了撼動竹製家具所需要的力道。

「啊！」

短暫停歇一會兒之後，桌子又開始動了，不過比較緩和，最後是以頗有規律的翹翹板方式搖晃起來。柯林森小姐發現，如果稍微抬起一隻堪稱頗大的桌腳的話，腕上鐵鉤所承受的重量幾乎就可以完全移除。這點值得慶幸，因為她很懷疑細小的鉤子能否硬撐下去。

「要跟它講話嗎？」柯林森小姐問。

「等一下，」布思小姐說，「它想往左右搖呢。」

這句話讓柯林森小姐吃了一驚，因為這表示說話人的想像力確實豐富，但她還是乖乖地把施加到桌子的力量改為稍稍往左右擺動。

「我們要站起來嗎？」布思小姐提議道。

這話叫人頗為困擾，因為弓著腰單腳站立的話，很難讓桌子隨己意晃動。柯林森小姐決定進入起乩狀態。她把頭垂到胸前，發出細微的呻吟聲。在這同時，她抽回了兩手，鬆掉鉤子，桌子則繼續顫抖著繞轉，迴旋於她們的手指底下。

爐火中有塊煤炭碰聲落下，噴出明亮的火焰，驚動了柯林森小姐，桌子於是停止轉動，並發出小小的撞擊聲落在地上。

「噢，老天！」布思小姐呼道。「火光打散了磁場。妳還好吧，親愛的？」

「噯，還好，」柯林森小姐含糊地說。「發生了什麼沒有？」

「靈力好大，」布思小姐說，「我從來沒有這麼強烈的感覺。」

「看來我一定是睡著了。」柯林森小姐說。

「妳進入恍神狀態了，」布思小姐說，「是人鬼中介控制了妳。妳會不會很累？可以繼續下去嗎？」

「我很好，」柯林森小姐說，「只是有點睏。」

「妳的靈媒體質很強。」布思小姐說。

柯林森小姐暗暗拉了拉腳踝的肌肉。這句話她頗為贊同。

「我們拉個屏風遮在爐火前面吧。」布思小姐說。「嗯，好些了。開始吧！」
四隻手重新擺回桌上，桌子幾乎馬上就開始搖晃起來。
「不能再浪費時間了。」布思小姐說。她稍微清清喉嚨，對著桌子發問。
「這兒可有靈體在嗎？」
喀啦！
桌子停止擺動。
「請你敲一下表示『肯定』敲兩下表示『否定』好嗎？」
喀啦！
這種質詢方式的好處是，提問人必須全權主導提問的方向。
「你是剛過世的鬼魂嗎？」
「是。」
「你是費朵拉嗎？」
「不是。」
「你是曾經拜訪過我的鬼魂嗎？」
「不是。」
「你對我們友善嗎？」
「是。」
「你很高興看到我們嗎？」

「是。是。是。」

「你快樂嗎？」

「是。」

「你來這兒是要為自己求問什麼嗎？」

「不是。」

「你是打算親自幫我們解決問題嗎？」

「不。」

「你是要代替別的鬼魂說話嗎？」

「是。」

「他想跟我的朋友說話嗎？」

「不。」

「那就是要跟我說話了？」

「是。是。是。是。」桌子大力晃動。

「是女人的鬼魂嗎？」

「不。」

「男人嗎？」

「是。」

小聲的喘息。

「是我一直想要接觸的鬼魂嗎？」

「是。」

停頓一下，桌子上下抖了抖。

「請你藉由拼字方式跟我們講話好嗎？敲一下表示A，兩下表示B，以此類推。」

（「醒悟得稍嫌晚了些。」柯林森小姐想著。）

喀啦！

「你叫什麼名字？」

八聲敲響，以及長吸一口氣。

一聲敲響——

「H——A——」

長長一串敲響。

「是R嗎？你速度太快。」

喀啦！

「H——A——R——對嗎？」

「是。」

「是哈瑞（Harry）嗎？」

「是，是，是。」

「噢，哈瑞！終於！你好嗎？你快樂嗎？」

「好——不快樂——孤單。」

「不是我的錯啊，哈瑞。」

「是。太軟弱。」

「唉，不過我得考量自己的責任啊。還記得是誰介入我們之間嗎？」

「記得。F——A——T——H——E」

「不，不，哈瑞！是母——」

「——親！」桌子勝利地發出結語。

「你講話怎的這麼不留情呢？」

「因為愛情至上啊。」

「我現在懂了。不過當年我只是個小女孩。你難道就不能原諒我嗎？」

「一切都原諒了。母親也原諒。」

「我真高興。你目前於所在之處做什麼呢，哈瑞？」

「等待。助人贖罪。」

「你有什麼特別的訊息要給我嗎？」

「去科芬翠吧！」（此時桌子猛力搖撼。）

這個訊息似乎讓求問者大為震驚。

「噢，真的是你囉，哈瑞！你還沒忘記我們那個老笑話哪。告訴我——」

桌子這時候呈現出異常興奮的跡象，傾倒出一連串無法解讀的字母。

「你想要什麼呢？」

「G——G——G——」

「一定是有別人在干擾，」布思小姐說。「請問是哪一位？」

「G——E——O——R——G——E」（速度極快。）

「George（喬治）？我不認識什麼喬治啊，只除了湯姆的兒子。該不會是他出了什麼事吧。」

「哈！哈！哈！不是喬治・布思啦，是喬治・華盛頓。」

「喬治・華盛頓？」

「哈！哈！」（桌子猛烈抽搐起來，力道大到靈媒似乎也難以掌控了。布思小姐原本一直在做筆記，這會兒她把手放回桌上，於是桌子便停止跳躍動作，開始搖晃。）

「現在這位是誰呢？」

「澎哥。」

「澎哥是誰呢？」

「妳的中介。」

「剛才講話的那位是誰？」

「惡靈。走了。」

「哈瑞還在嗎？」

「走了。」

「還有別人想講話嗎？」

「海倫。」

「姓什麼的海倫？」

「妳不記得嗎？少女岩鎮。」

「少女岩？噢，你是說愛倫．佩特嗎？」

「是的，佩特。」

「真是太意外了！晚安，愛倫。真高興有妳的消息。」

「記得吵架。」

「妳是說宿舍裡那次大吵嗎？」

「壞壞凱特。」

「奇怪，我不記得有什麼凱特啊，只除了凱特．荷莉。你該不會是說她吧？」

「頑皮鬼凱特。燈光熄掉。」

「噢，我知道她想講什麼了。燈光熄掉以後偷吃蛋糕。」

「沒錯。」

「妳的拼音還是很糟，愛倫（譯註：蛋糕的拼音為cake，凱特為Kate）。」

「密西——密西——」

「密西西比嗎？妳還沒學會怎麼拼這個字啊？（譯註：英美訓練小學生練習拼字時常會以密西西比Mississippi為例，因為背這個單字必須記住s的音必須拼出兩個s，p音則要拼出兩個p）」

「不好笑。」

「我們班上有很多人跟妳在一起嗎？」

「愛麗絲和梅寶。向妳問好。」

「真窩心。也代我向她們問好。」

「好。充滿愛。花朵。陽光。」

「妳都做些——」

「P。」桌子說，很不耐煩。

「又是澎哥（Pongo）了嗎？」

「是。累。」

「妳要我們停下嗎？」

「是。改天吧。」

「也好，晚安。」

「晚——安。」

靈媒朝後往椅背倒去，一副筋疲力竭的模樣——這點她可是理直氣壯。馬不停蹄拼出一串串字母確實非常耗神，而且她也擔心肥皂盒會滑開。

布思小姐把燈打開。

「太棒了！」布思小姐說。

「妳得到想要的答案了嗎？」

「嗯，的確。難道妳沒聽見嗎？」

「沒有全聽見。」柯林森小姐說。

「一邊還得數數兒，確實有點困難，不過習慣了就好。妳一定累慘了。我們這就停下來，我去泡茶。下回也許可以玩靈應盤——不需要花那麼久時間才要得到答案。」

柯林森小姐想了想。玩靈應盤當然不會那麼累人，不過她不確定自己是否懂得操作。

布思小姐把茶壺放在爐火上，瞥了瞥鐘。

「天老爺！快十一點了呢。時間過得真是飛快！我得上樓去看我的老親親。妳要不要翻閱一下剛才的問與答呢？我應該不會去太久的。」

到目前為止效果還算不錯，柯林森小姐想著。信任的基礎已經打穩，幾天之內她就可以執行既定計畫了。不過剛才講到喬治還真差點穿幫，提起「海倫」也是不智之舉，妮莉（Nellie）的效果應該比較好——四五十年前，每個學校都會有個妮莉。不過說起來，其實不管講什麼都無所謂，因為對方一定會幫妳解圍。剛才她的腿和手臂痛得實在要人命，她疲憊地想著自己是否已經錯過了最後一班公車。

「怕是錯過了呢。」布思小姐回來時聽她這一說，便答道。「不過我可以打電話叫計程車。錢我付，當然，親愛的。這我堅持，因為妳大老遠特地跑來，就是為了讓我高興，真叫人過意不去。剛才的溝通真神奇啊，妳說是吧？哈瑞以前從來沒找過我呢——可憐的哈瑞！當年是我負心在先。他後來娶了別人，不過妳也聽到了，他一直忘不了我。他以前住在科芬翠，我們老愛拿這來取笑——他剛說要我去那兒就是在逗我（譯註：英文有句成語 send someone to Coventry把某人送去科芬翠，意思是要和某人冷戰以示懲罰）。不知道愛麗絲和梅寶到底是誰。以前認識過一位愛麗絲・吉本還有一位愛麗絲・羅區，兩個都是好女孩；我想梅寶應該是梅寶・漢瑞奇吧。她嫁了人，多年前去印度了。我想不起她夫家的姓，之後也都沒有她的消息，不過看來她是歸天了。澎哥是新來的中介。下回一定要問清他的身分。克雷格太太的中介名叫費朵拉——她是波比亞（譯註：波比亞Poppaea是羅馬皇帝尼祿Nero的妻子）宮廷裡的女奴。」

「真的麼！」柯林森小姐說。

「有一晚她跟我們說了她的身世。非常浪漫。她是基督徒，而且不肯和尼祿皇帝扯上關係，所以就給丟去餵獅子了。」

「滿有趣的。」

「可不是。不過她的英文不太好，有時候還真難聽懂哩。而且偶爾她會讓閒雜人等插嘴進來。澎哥就不同了，瞧他把喬治・華盛頓趕走有多乾脆。妳會再來吧？明晚可以嗎？」

「沒問題，如果妳要的話。」

「當然要，拜託。到時候妳也可以為自己求問訊息呢。」

「嗯，也對，」柯林森小姐說。「真是大開眼界——好棒的經驗。我做夢也沒想到我有這種才華哩。」

這是真心話。

第十八章

柯林森小姐當晚去了哪裡，做了什麼，自然休想瞞過供膳宿舍的眾多女士。她半夜三更搭著計程車回去，已經引起好大一陣騷動，所以她就坦誠相告，免得被人誤以為做了什麼天大壞事。

「親愛的柯林森小姐，」珮格樂太太說，「想來妳應該不會當我在干涉，不過我還真得提醒妳，不要跟克雷格太太或者她的朋友扯上任何瓜葛。當然啦，布思小姐本身品行是非常端正，不過我不喜歡她交往的圈子。而且我也不贊成通靈。他們窺探凡人不該干涉的事務，很可能會惹出事端。如果妳結了婚，我還可以把話講得更明白，總之聽我的絕對沒錯，迷戀這種東西有可能對品格造成不只一種嚴重的影響呢。」

「噢，珮格樂太太，」愛瑟吉小姐說，「這話不太公平吧。我認識一位靈媒，高雅迷人，無論生活處事或者對人的影響都符合聖徒標準，能結交到她那種朋友還真是人生一大福氣呢。」

「很有可能，愛瑟吉小姐，」珮格樂太太回答說，壯實的體型拉到了最為挺直的傲人狀態，「不過重點不在這裡。我無意指稱靈媒一定品行不端。我的意思是，大部分靈媒都叫人無法苟同，而且善於欺瞞人心。」

「我這輩子湊巧碰過幾個所謂的靈媒，」隄歐小姐同意道，語氣尖酸，「他們當中沒一個例外，背著人做的事情我都信不過——不過當著人面也不見得有多規矩喔。」

「絕大多數靈媒確實是這樣沒錯，」柯林森小姐說，「我相信在座的諸位絕對沒有誰會比我更有資格來評斷。不過我認為——而且衷心希望——他們當中有些人就算是口出妄言，也是出於無心之過。妳覺得呢，莉菲太太？」她補說一句，扭頭看著本棟機構的老闆娘。

「呃——呃，」莉菲太太說——基於職業需要，她必須盡可能同意所有人士的意見。「我必須說，根據我所讀過的東西——說來實在不多，因為我能撥來閱讀的空閒實在很少——總之，我歸納出來的結論是，的確有某些證據顯示，由於某些案例確實經過了嚴格的檢驗與監控，所以靈媒的指稱或許多少有些事實根據。不過這可不表示我打算親自介入這種事情。正如珮格樂太太所說，我對喜好通靈的人通常都敬而遠之，雖然他們當中應該還是有不少好人。總之，我覺得這種問題應該交給這方面的專家深入調查才是。」

「這話我贊成。」珮格樂太太說。「克雷格太太之輩侵犯到凡人理當視為神聖的領域，我的厭惡實在難以形容。各位想想看，這個女人我既不認識，也不打算認識，有一回竟然厚著臉皮寫信告訴我說，在她舉行的降神會裡頭——她是這麼稱呼的哪——她收到了據說是我親愛的丈夫捎來的訊息。我還真說不出當時的感覺呢，將軍的名字就那樣公然給講出來，而且是夾雜在一派惡意的胡言裡頭！當然，那種話完全是空穴來風，因為將軍生平最討厭呼靈喚鬼的勾當。『瞎搞混弄根本就是鬼打架。』他一向就是這樣義正詞嚴地痛批那種行徑。而且竟然會找上我——他的遺孀，明目張膽地說他跑到克雷格女人的屋子，還在那兒彈起手風琴，並且希望大家能特別為他禱告，將他的靈魂從煉獄引渡出來。這不是刻意算計好了侮辱我麼？將軍生前固定上教堂，完全不信為亡靈禱告或者羅馬天主教的那一套；至於說他目前處在人神共棄之處，那就更胡扯了，因為他生前是個善人，只不過偶爾稍嫌莽撞而已。至於手風琴呢，我希望他現在不管人在哪裡，手頭上都有更好的事能做。」

「真真厚顏無恥。」隄歐小姐說。

「這位克雷格太太到底什麼來歷呢？」柯林森小姐問。

「沒有人知道。」珮格樂太太說，語帶玄機。

「聽說是個醫生的遺孀。」莉菲太太說。

「依我看，」隄歐小姐說，「這人心術不正滿肚子壞主意。」

「她這種年紀的女人，」珮格樂太太說，「竟然會把頭髮染得紅紅黃黃，耳環還拖了一呎長——」

「奇裝異服到處跑。」隄歐太太說。

「住在她家的都是些稀奇古怪的人。」珮格樂太太說。「妳還記得那個黑人吧，莉菲太太？紮條綠頭巾，老愛在前花園喃喃禱告，後來還是警察介入才停止的。」

「我倒想知道，」隄歐小姐說，「她的錢是從哪兒來的。」

手段騙銀子。」

「依我說啊，親愛的，這個女人是在行騙江湖。天知道她在那些降靈會裡頭，耍了什麼

「不過她到溫德鎮又是為什麼呢？」柯林森小姐問。「照妳們的描述聽來，我覺得倫敦或者哪個大城應該比較適合她發展啊。」

「如果她是在避風頭的話，我可不驚訝。」隄歐太太神祕兮兮地說。「一定是哪個地方風聲緊得她待不下。」

「妳們異口同聲發出的譴責，我雖然不完全贊同。」柯林森小姐說。「不過我得承認，探究靈界的事如果落錯了人手，是會造成很大的危險沒錯，照布思小姐所說的看來，我的確很懷疑克雷格太太有意正確引領初學者。我覺得我有責任提醒布思太太小心防範，目前我就是在朝這個方向努力呢，不過妳們也曉得，做這種事得琢磨著點技巧，要不然也許會弄巧成拙。總之，首先我得取得她的信任才行，然後也許就可以慢慢矯正她的看法吧。」

「這話不假。」愛瑟吉小姐小姐熱切地說，淡藍色的眼眸幾近帶著活力亮起來。「我曾經險些就落入一個大騙子的圈套無法自拔哪，還好有個好友為我指點迷津才逃過一劫哩。」

「這話雖然沒錯，」珮格樂太太說，「不過依我看啊，這種事真的還是不碰為妙。」

這句耿耿忠言並未阻擋柯林森小姐的決心，她仍然準時赴約。桌子精神抖擻地猛晃一陣之後，澎哥表示願意用靈應盤進行溝通，不過起先他操作的手法頗為笨拙。關於這點，他的解釋是，活在世上時他從來沒學過寫字。問到身分時，他表示他是文藝復興時期義大利一名雜耍演員，全名叫澎哥切利，曾經縱情聲色過著放蕩的生活，不過佛羅倫斯大瘟疫期間，他

英勇地守住一名病童拒絕棄他於不顧，所以消除了自己的一些罪業。後來他染上瘟疫死亡，目前則處於淨化過程當中，藉由擔任其他靈體的嚮導以及詮釋者來贖罪。故事說得很是感人，柯林森小姐頗感自豪。

喬治．華盛頓很愛插嘴；此外，降靈會還出現過幾次神祕的干擾，澎哥說那是「某個忌妒的靈」在作祟。雖然如此，哈瑞還是再次出現了，並且傳達了幾則撫慰人心的訊息，之後則是梅寶．漢瑞奇前來致意，她生動地描述了她在印度的生活。大體言之，這個晚上雖然歷經了某些險阻，不過成果還算斐然。

星期天沒有舉辦降靈會，原因是靈媒的良心提出抗議。柯林森小姐覺得她無法，實在無法勉強自己去通靈。她上了教堂，心不在焉地聽著聖誕節的佈道訊息。

不過星期一時，兩位求問者又在竹桌旁邊坐下來了。以下便是這次降靈會的內容，由布思小姐負責記錄。

晚上七點半

這次召靈，一開始就是以靈應盤的方式進行；兩人坐定後才幾分鐘，便傳來一連串敲響，宣布靈媒的中介已經到場。

問：晚安。請問是哪位？

答：澎哥我啊。晚安！老天保佑兩位。

問：很高興有你同在，澎哥。

答：好——很好。大家又到齊了！

問：是你嗎，哈瑞？

答：是，專程前來致意。人真多。

問：越多越好。很高興和朋友相會。我們能為你效勞嗎？

答：請專心聆聽。遵行靈界指示。

問：我們會盡力而為，請你下達指示。

答：下油鍋去吧！

問：走開，喬治，我們不要你在場。

答：滾開啦，笨蛋。

問：澎哥，你能把他請走嗎？

（此時鉛筆畫出一張醜臉。）

問：這是你的長相嗎？

答：是我。G.W.（譯註：喬治・華盛頓George Washington的起首字母）。哈，哈！

（鉛筆猛力彎扭，把靈應盤擠到桌邊推下去。將筆擺回原位後，它又開始以我們認為是澎哥的筆跡寫起來。）

答：我已經把他請走了。今晚真吵。費朵拉非常忌妒，所以派了他來干擾。無須在意。澎哥更有能力。

問：你剛才說是誰在忌妒啊？
答：不用在意。壞人。
問：哈瑞還在嗎？
答：不在了。有事。這兒有個靈體需要妳們幫助。
問：是誰？
答：很難。等等。
（鉛筆畫出一連串大圓圈。）
問：這是什麼字母啊？
答：別吵！要有耐性。有點困難。我再試一次。
（鉛筆草草畫了幾分鐘，然後寫了個很大的C。）
問：看來是字母C。對吧？
答：C——C——C。
問：看到是C。
答：C–R–E
（此時又有一次劇烈的干擾。）
答：（以澎哥的筆跡）她在嘗試，不過有阻力。請妳們正向思考。
問：要我們唱條讚美歌嗎？
答：（又是澎哥，很生氣）笨哪！安靜！（此時筆跡又變了）M–O–

問：是同一個字嗎？

答：R—N—A

問：你是說Cremorna（克里蒙娜）？

答：（是新加入者的筆跡）克里蒙娜，克里蒙娜。任務達成。高興，高興，高興！

布思小姐扭頭看著柯林森小姐，困惑地說：「真奇怪。克里蒙娜是蕊彭夫人年輕時的藝名。真希望——她應該不可能突然就斷了氣吧。我剛離開時，她還好好的呢。也許我該上去看看？」

「搞不好是另外一個克里蒙娜吧？」柯林森小姐提議道。「不過這個名字實在很少見。」

「怎的不問問她是誰呢？」

問：克里蒙娜——妳姓什麼？

答：（鉛筆飛舞）蘿絲蓋登（譯註：蘿絲Rose的意思是玫瑰，蓋登Garden則為花園）——現在寫起來容易些了。

問：我不懂。

答：蘿絲——蘿絲——蘿絲——笨哪！

問：噢！——老天，她是把兩個名字混在一起了——妳是說說克里蒙娜．蓋登嗎？

答：對。

問：也就是羅珊娜．蕊彭嗎（譯註：羅珊娜Rosanna是蘿絲Rose衍生出來的名字）？

答：對。

問：妳過世了嗎？

答：還沒有。放逐中。

問：妳還在自己體內嗎？

答：既不在體內，也不在體外。等候。（澎哥插入）當妳們所謂的心智離開時，靈魂便處於放逐狀態，等候巨變發生。妳們怎麼聽不懂呢？快點進行。阻礙很多。

問：真抱歉。妳是為了什麼感到困擾嗎？

答：極大的困擾。

問：希望不是布朗先生的治療有問題，或者是我——

答：（澎哥）別傻了。（克里蒙娜）我的遺囑。

問：妳想更改遺囑嗎？

答：不。

柯林森小姐說：還好，因為這麼做應該不合法。妳希望我們怎麼做呢，親愛的蕊彭夫人？

答：把遺囑寄給諾曼。

問：寄給諾曼．烏庫哈特先生嗎？

答：對。他知道。

問：他知道該怎麼處理遺囑嗎？

答：他想要遺囑。

問：好的。妳能告訴我們遺囑在哪裡嗎？

答：我忘了。去找。

問：在屋子裡嗎？

答：我說過我忘了。深水之中。沒有安全。沉下，沉下……（此時筆跡變得凌亂模糊。）

問：請盡量回想吧。

答：在B—B—B—（一陣混亂，鉛筆狂亂揮掃）——沒辦法了。（突然，筆跡改變，筆力沉重）離開這裡，離開這裡，離開這裡。

問：那是誰？

答：（澎哥）她走了。惡靈回來。啐，啐！走開！結束了。（鉛筆跳脫靈媒的掌控之後又回到桌上，不過它不願意再回答任何問題。）

「真叫人火冒三丈！」布思小姐叫道。

「想來妳是不曉得遺囑在哪兒囉？」

「毫無概念。她剛才說『在B——』那會是什麼意思呢？」

「銀行（Bank）吧，也許。」柯林森小姐提議道。

「有可能。如果真在銀行的話，就只有烏庫哈特先生才能拿出來。」

「那他怎麼不去拿呢？她說他想要遺囑啊。」

「也對，所以遺囑應該是擺在家裡某個地方了。B會代表什麼呢？」

「盒子、袋子、書桌（Box，Bag，Bureau）——？」

「床（Bed）？什麼都有可能。」

「可惜她沒辦法把訊息講完。」

「我們要再試一次嗎？或者把可能的地方都找一遍再說？」

「先找找看吧，如果還是找不到，可以再試。」

「好主意。書桌的抽屜裡有幾把鑰匙，可以打開她一些盒子什麼的。」

「那就先試試看如何？」柯林森小姐大著膽子說。

「可以啊。不過妳會上去幫忙找吧？」

「如果妳覺得可行——因為我跟她不認識，妳曉得。」

「訊息不只傳給我，也傳給了妳。陪我去吧，而且妳也許能提些建議。」

柯林森小姐沒再多說半句廢話，便跟著上樓了。感覺非常詭異——等於是為了某個從未謀面的人，行搶一名無助的女人。真怪。不過這個動機出自彼德爵爺，所以一定是好的吧。

樓梯畫出廣闊的圓弧，看來氣派美麗，樓梯口引向一條寬大的長廊，長廊兩邊的牆面從地板到天花板都掛滿了肖像、素描、鑲框的簽名信、節目單、以及演員化妝室裡可能擺設的各種小玩意。

「她的一生都收羅在樓上的兩個房間裡。」護士說。「如果把那些收藏拿去拍賣的話，準定可以賺到一大筆——我想總有一天應該會賣掉吧。」

「錢會落到誰手裡，妳知道嗎？」

「呃，我一直認為會由諾曼・烏庫哈特先生接收。他是她的親戚，而且應該是唯一的親戚吧，不過從來沒聽人提起過。」

她推開一扇高門，門上鑲著線條優美的門板以及雅緻的嵌線。她打開燈。

眼前是個豪華的大房間，有三面高闊的窗子，天花板的嵌線雕飾著繁花和華麗的燭台；然而這純淨的線條卻被破壞無遺：恐怖的壁紙印滿了玫瑰藤架，沉重的猩紅色絲絨窗簾滾上粗厚的金邊並配上金色拉繩，如同維多利亞劇院的垂幔。每一吋空間都密密實實地塞滿家具：嵌了寶石的手工櫃子和紅木西洋五斗櫃很不協調地挨蹭著；古董桌上散置著沉重的德國大理石雕和青銅製品，它們的基座堆滿了各種小飾品；另外還有漆器屏風、英式古董寫字檯、椅子、中國花瓶、雪花石膏製的檯燈，以及形狀、顏色不一而且分屬不同時期的腳凳，全都亂糟糟地擠在一起，像是奮力求取生存空間的熱帶叢林植物。這個房間的女主人既沒有品味，也不懂得節制，她來者不拒又不肯鬆手，對她來說，「擁有」本身已經成了這個充滿失落與變化的世界中唯一不變的真實。

「遺囑應該放在這兒或者臥室吧。」布思小姐說。「我去拿鑰匙。」

她打開右邊一扇門。永遠保持求知狀態的柯林森小姐墊起腳尖跟在後頭走進去。

臥房比起居間還要醜怪可怖。一盞小小的閱讀燈在床邊打出黯淡的光，龐大的床鋪鍍了金，玫瑰織錦的床帳打著縐褶瀑布樣地從高處頂篷垂下來，支撐頂篷的則是肥滾滾的金色邱比特。窄小的光圈外頭，簇立著妖魔似的衣櫃以及許多櫥子和高聳的五斗櫃。垂墜著荷葉縐褶布邊的梳妝台上是一面寬大的三折鏡，而房間正中則立著一面醜怪的穿衣鏡，隱隱反射出高聳家具影幢幢的的輪廓。

布思小姐打開最大那座衣櫥的中扇門。門咯吱一聲晃向裡面，猛然薰來一股濃烈的雞蛋花香氣。顯然，這個房間自從靜默與痲痺擊倒它的主人以後，一直都沒有改變。

柯林森小姐輕輕移向床鋪。直覺驅使她踩著謹慎的貓步，雖然床上的人顯然已經完全不會被外界驚擾了。

一張衰老至極的臉孔襯托在龐大的床單以及枕頭上面，看來渺小得有如洋娃娃，那上頭的眼睛一眨不眨，視而不見地往上盯著她。這張臉密密布滿細紋，如同沾滿肥皂泡的手，然而所有被經驗雕琢出來的粗大紋路卻都因為肌肉無力的鬆弛而撫平了。這是一張膨大卻又皺縮的臉，讓柯林森小姐想起孩童粉紅色的氣球，幾乎所有的氣都漏光了。氣息從鬆弛的嘴唇之間呼嚕呼嚕吐出來，發出窸窣打鼾的聲響，也因此更像洩了的氣球。褶邊睡帽底下露出幾撮細長的白色髮絲。

「說來有趣，不是嗎？」布思小姐說。「她這樣人事不知地躺著，可是靈魂卻可以和我們溝通。」

柯林森小姐猛然生起褻瀆神明的感覺。她是費了很大的勁，才克制住坦承事實的衝動。她先前已經把連著吊襪帶的皂盒拉到膝蓋上方以免發出聲響，這會兒鬆緊帶卻箍著大腿讓她疼痛不堪——彷彿在提醒她，她犯了罪。

不過這時候布思小姐已經轉過身，拉開一張寫字檯的抽屜。

兩小時以後，她們還在搜找——字母B打開了無邊無際的可能。柯林森小姐正是為了這個原因才選擇B的，她的先見之明得到了回饋：只要耍一點小聰明，這個有用的字母可以套用上屋裡幾乎所有的藏處。某樣東西如果不是寫字檯、床鋪、袋子、盒子、籃子或者置放飾品的桌子（bureaux，beds，bags，boxes，baskets，bibelot-t—les），也一定可以形容為龐大、黑色、棕色或者是鑲嵌細工（big，black，brown or buhl），再不然，也能稍加延伸說成是臥室或者閨房（boudoir）的家具，不過因為所有空間裡的架子、抽屜和小洞都塞滿了剪報、信件以及各種紀念品，搜尋者沒多久後就覺得自己的頭、腿、背都因為使力在發痛。

「真沒想到，」布思小姐，「會有這麼多地方可以藏東西。」

柯林森小姐疲倦地點著頭同意，此時她已經披頭散髮坐上了地板，保守的襯裙也往上拉到逼近皂盒之處。

「真是把人累壞了。」布思小姐說。「妳要不要歇手休息呢？我可以明天再搜。這樣子拖累妳實在過意不去。」

這話柯林森擺進腦子裡轉了轉。如果遺囑背著她寄給諾曼．烏庫哈特的話，莫金森小姐能否在它被藏起來或者毀掉之前就拿到手呢？難說。

想必會給藏起來，而非銷毀。如果遺囑是由布思小姐寄去的話，這就有了人證，所以律師不可能將它毀屍滅跡。不過他或許可以神鬼不覺地把它藏上好一段時間——而這次冒險的主要目的正是爭取時間。

「噢，我一點也不累呢。」她神采奕奕地說，臀部抬起蹲坐著，把髮型恢復到它慣常的整齊模樣。她捧著從日本櫃子裡搜出來的黑色記事本，機械化地翻著頁。有一行數字攫住她眼睛：2，18，4，0，9，3，15，她恍惚著納悶起這些數字指的是什麼。

「我們已經搜過這裡所有的東西啦。」布思小姐說。「應該沒有漏掉什麼吧，我想——除非哪裡藏了個祕密抽屜。」

「妳說會不會夾在書裡呢？」

「書！怎麼，當然有可能。我們還真傻，竟然沒想到！偵探故事裡，遺囑都是藏在書裡啊。」

「真實生活可不一樣。」柯林森小姐想著，不過她只是站起來撣掉身上的灰，愉快地說：「說的也是。這裡有很多書麼？」

「成千上萬本，」布思小姐說，「就在樓下的書房。」

「不過依我看，蕊彭夫人不像多愛念書的人。」

「嗯，我同意。烏庫哈特先生告訴我，那些書是當初買房子的時候附送的。幾乎全是舊書，妳知道——皮裝磚頭書。枯燥得很。我從來沒找到一本能看的。不過要藏遺囑的話，它們卻是再適合不過。」

兩人踏上甬道。

「對了，」柯林森小姐說，「我們在屋子裡四處漫遊搞到這麼晚，僕人會不會覺得很納悶？」

「不礙事，他們都睡在另一頭的廂房呢，何況他們也知道我偶爾會招待訪客。我和克雷格太太一起進行降靈會時，她常常待到這麼晚。這裡有間臥室我可以隨意用來當成客房。」

於是柯林森小姐便沒有再表示反對。兩人下了樓，穿過前廳走進書房。這個房間很大，牆面以及凹室都密密匝匝地排滿書籍——叫人心碎的景象。

「說來，」布思小姐表示，「如果剛才召靈時，對方沒有堅持以Ｂ開頭的話——」

「怎麼？」

「噯——我會覺得這兒的保險櫃應該收了些文件。」

柯林森小姐暗自呻吟起來。這是最明顯的地方，當然！所謂聰明反被聰明誤啊——不過沒關係，只要懂得隨機應變就行。

「那就看看吧，」她提議道。「字母Ｂ指的或許是很不一樣的東西，也或許是喬治・華盛頓搗的鬼也不一定。他那人會用到以Ｂ開頭的字其實還滿正常的，妳說對吧？」

「不過如果遺囑放在保險櫃裡，烏庫哈特先生應該知道才對啊。」

柯林森小姐開始覺得她編出來的謊言也未免太有權威性了。

「確定一下總沒害處吧。」她提議道。

「不過我不曉得對號鎖的號碼，」布思小姐說，「烏庫哈特先生一定知道，我們可以寫信問他。」

柯林森小姐突然靈機一動。

「搞不好我知道，」她叫起來，「我才剛看到呢，那個黑色記事本裡列出了七組數字。原先我還在想，它們也許是備忘錄之類的。」

「黑色的書（Black Book）！」布思小姐叫道。「怎麼，這就對了！我們怎的那麼笨！沒錯，蕊彭小姐是想告訴我們該在哪兒找到組合碼！」

柯林森小姐再次衷心感謝字母B的應用如此廣泛。

「我這就上樓去拿。」她表示。

她再次下樓時，只見布思小姐站在一排書架前方：書架從牆面拉開來，露出內嵌式保險櫃綠色的門。柯林森小姐兩手發顫，握著凹槽門把轉動起來。

頭一次嘗試失敗了，原因是本子並沒有註明門把該先轉向哪一邊，不過第二次嘗試時，指針於第七組數字轉動過後，發出令人滿意的喀響。

布思小姐抓住門把，沉重的櫃門應聲而開。

裡頭平躺著一疊文件。最頂上，直直瞪著她們的，是個黏合住的長信封。柯林森小姐立刻伸手攫取。

羅珊娜・蕊彭的遺囑

一九二〇年六月五日。

「哇，真神奇是吧！」布思小姐呼道。整體來說，柯林森小姐算是同意。

第十九章

柯林森小姐當晚在客房過夜。

「依我看，」她說，「最好還是由妳寫封短箋給烏庫哈特先生，解釋降靈會的過程吧，而且要註明，妳覺得把遺囑寄給他是比較穩妥的做法。」

「他會嚇一跳的。」布思小姐說。「真不知道他會怎麼說呢。當律師的人通常都不相信靈界溝通的事，而我們竟然可以想出法子打開保險櫃，他一定覺得很奇怪。」

「嗯，不過是靈體直接引領我們找到組合碼的，不是嗎？這種訊息他總不至於奢望妳能置之不理吧？乾脆就把遺囑直接寄給他吧，也好證明妳誠實不欺，我覺得妳也可以請他來這兒檢查保險櫃裡其他的東西，順便更換鎖的組合碼。」

「我收妥遺囑以後請他過來拿，不是更好嗎？」

「不過他也許急著想要呢？」

「那他先前怎麼不來拿啊？」

柯林森小姐頗為懊惱，因為她發現涉及的事如果和靈界訊息無關，布思小姐都會顯示出獨立判斷的能力。

「或許他還不知道自己想要，也或許是靈體預見了他明天才會感覺到的迫切需要啊。」

「噢，是，的確很有可能。真希望大家都能全心接納來自靈界的指引，這就可以預知很多事情哪，而且想要的東西都會送上門呢！嗯，妳說的沒錯，我會找個大信封裝妥遺囑並且附上解釋，明天趕早就寄給他。」

「最好寄掛號，」柯林森小姐說。「如果妳信得過我的話，明天一早我拿到郵局去。」

「真的？那我就不用掛心了。說起來，妳應該跟我一樣累了吧。我去燒壺水裝熱水瓶，然後我們就可以上床。請妳先到我的起居間小歇一下好嗎？我只消幫妳鋪個床就行。嗄？不了，真的不用，我動作很快，不用麻煩妳。床我可是鋪慣了。」

「那我就幫妳看著燒水壺吧，」柯林森小姐說，「我一定得做點事才安心。」

「也好。不用等太久的，廚房鍋爐裡的水已經很熱了。」

柯林森小姐獨自留在廚房裡，水壺哼哼唱唱又蹦又跳就要燒開了。她沒有浪費半點時間，馬上躡手躡腳急步踏出房門，豎起耳朵站在樓梯腳，仔細聽著護士的腳步聲啪噠啪達消失到遠處。她溜回小間起居室，拿起包藏遺囑的信封以及一把她早已看準了可以派上用場的細長裁紙刀，然後匆匆走回廚房。

委實不可思議啊，看來已在沸滾邊緣的水壺，竟然要花如此漫長的時間才從壺嘴穩定地噴出心中企盼的那道水氣。對觀者來說，水壺之歌當中欺人耳目的小噴霧以及短暫的停頓真是永無止盡的折磨。依柯林森小姐想來，當晚水燒開以前的時間都可以用來鋪上二十張床了，不過話雖如此，就算被盯著的水壺也無法永無止盡地吸收熱氣（譯註：英文有句俗話是 a watched pot never boils 被盯著的水壺永遠燒不開，意思是越希望發生的事情，越是要等很久才會發生）。經過彷彿一個鐘頭但其實約莫是七分鐘的時間之後，柯林森小姐偷偷摸摸滿懷罪惡感地捧著信封，站在炙熱的蒸汽前方把封口湊上去。

「我絕對不能趕，」柯林森小姐說：「噢，天上的聖徒，我絕對不能趕，否則會撕壞的。」她撈著裁紙刀擱在封口下方，等著它掀起來。她平整地打開封口時，走道迴響起布思小姐的腳步聲。

柯林森小姐熟練地把裁紙刀放在爐子後方，並將信封塞入牆上一個鍋蓋的後面——封口往後折，以免重新黏上。

「水準備好了！」她活力充沛地說。「水瓶呢？」

她的鎮定本事確實一流，能夠穩著手往瓶子裡灌滿水。布思小姐謝了她，然後兩手各捧一只水瓶，離開廚房上樓去。

柯林森小姐把信封抽出它的藏身處，並從裡頭取出遺囑，快速地掃瞄一遍。不是冗長的文件，雖然有些法律術語，內容倒是簡單明瞭。三分鐘內，她已經把遺囑插回信封，舔了封口，並將信封黏好。她把信封塞進襯裙口袋——她的老式穿著極富功能性——然後走進食品儲藏間進行搜找。布思小姐回來時，她正氣定神閒地在烹茶。

「辛苦了大半天，應該喝個茶慰勞自己才是。」她表示。

「好主意，」布思小姐說，「其實，我原本就有這個打算呢。」

柯林森小姐捧著茶壺走進起居間，布思小姐捧著放了茶杯、牛奶以及糖的托盤尾隨在後。此時茶壺成了兩個人的焦點，遺囑則再次無邪地躺在桌面上。柯林森小姐不由展露笑顏，舒緩地呼吸起來——她的任務已經達成。

*

柯林森小姐寫給彼德·溫西爵爺的信。

一九三〇年一月七日　星期二

親愛的彼德爵爺：

正如今早寄給你的電報所說，我已經大功告成！雖然採用的手段還真通不過良心檢驗，不過我相信教會應該能夠體諒某些行業所行的必要之騙吧——比如警探，或者戰爭時期的間諜。總之，我認為我的做法容或可以套用在這種分類之下。不過想當然耳，你對我的宗教考量一定沒有興趣，所以我還是略過不談，直接告訴你我的最新發現吧！

我於上一封信解釋過我擬定的計畫，以便讓你知道如何處理遺囑本身——今早我趕著將其掛號寄出，收件人為諾曼·烏庫哈特先生，他收到時想必會大驚失色！布思小姐寫了封極其精采的附函，郵寄以前我讀了一遍，裡頭解釋了前因後果，但並未提及任何名字！此外，我也發了通電報給莫金森小姐，請她要有心理準備，希望遺囑寄到時，她能於拆信之時親臨現場，以便成為遺囑的另一人證。總之，我想他應該不至於貿然更改遺囑。此外，但願莫金森小姐能有機會詳讀遺囑內容，因為先前時間緊迫，我無法細看（搜找過程委實驚險萬分！我正殷殷企盼能及早回去跟你報告全部經過）。不過由於她有可能無法過目，所以我還是在此先說明大概的內容吧。

遺產包括房屋、土地以及personalty（譯註：personalty意為動產，口語的說法是personal estate）——瞧我還算精通法律名詞吧？只是動產的金額我無法算出正確的數字。總之，遺囑的大要如下：

房地產留給飛立普·波耶斯，毫無異議。

五萬鎊也是留給飛立普·波耶斯，現金支付。

剩餘部分（專有名詞應是residue吧？）則留給諾曼·烏庫哈特，他也是唯一指定的遺囑執行人。

另有幾筆小數額則是留給舞台慈善基金，不過相關細節我並沒有特別記下來。

有個段落特別解釋說，財產的絕大部分都留給飛立普·波耶斯，以表明立遺囑人已經原諒他的家人對她曾經非常不公，並認為他無須為此負責。

立遺囑日是一九二〇年一月五日，人證為管家伊娃·古本斯與園丁約翰·布里格。

親愛的彼德爵爺，希望這些資訊足以助你達成目標。原本我以為布思小姐雖然已將遺囑裝入信封黏好，也許我還是可以取出遺囑，另找時間細看，不過不幸的是，她為了確保安全，拿了蕊彭夫人的私人印璽封住，而我又沒有足夠的技巧可以於拆信之後毫無痕跡的將其歸回原貌——雖然我知道，炙熱的刀子應該可以達到目的。

目前我無法離開溫德鎮，還要請你體諒——這次靈異事件才剛結束，我如果馬上離開，只怕會引人起疑。此外，我也希望能在未來一系列的「降靈會」中，警告布思小姐小心克雷格太太以及她的「中介」費朵拉，因為我確信這人和我一樣是個大騙徒！——但卻少了我博愛利他的動機！總之，如果等了，比方說，一個星期左右而我卻仍未返城的話，請你無須驚訝。當然，我是有點擔心如此一來會有額外支出，不過如果你認為不必為了安全起見多此一舉的話，請通知一聲——我會遵照你的意思改變行程。

祝一切順利，親愛的彼德爵爺

你誠摯的 凱瑟琳．柯林森

又及：這件「工作」雖然略微超出你預定的一個星期期限，但我已盡了全力。抱歉未能於昨天完工，不過我實在擔心趕著辦完反而會壞了大事！

＊

「邦特！」彼德爵爺讀畢此信後，抬眼說，「我就知道那份遺囑有蹊蹺。」

「是的，爵爺。」

「遺囑總難免引人露出最最醜惡的一面。有些人處在正常狀況時，既正直又和善，然而只要一聽到『我立意分發財產如下』時，他們便會口吐白沫，惡膽橫生。對了，說起來我還真該拿個銀杯喝點香檳慶功才是啊。拿瓶波莫瑞來吧。還有，告訴帕克探長我樂於和他一談。另外，別忘了把阿布納特先生的筆記拿來。噢，還有啊，邦特！」

「爵爺？」

「打電話給克羅富先生，代我向他致意，告訴他我已經找到人犯以及動機，並且希望能夠馬上提出證據說明犯案手法——如果他能將本案的審理延後一個星期左右的話。」

「是的，爵爺。」

「不過啊，邦特，我其實還不知道犯案手法呢。」

「答案無疑會在不久之後自動浮現的，爵爺。」

「噢，是啊。」溫西輕快地說。「當然。當然。這種小事我可一點也不擔心哪。」

第二十章

「嘖！嘖！」彭德先生說，舌頭猛咂牙齒。

莫金森小姐從打字機前抬起眼來。

「有什麼問題嗎，彭德先生？」

「沒事，沒事，」首席助理暴躁地說。「是妳們愚蠢的女性成員之一寄來了一封其蠢無比的信，莫金森小姐。」

「這沒什麼稀奇啊。」

彭德先生皺皺眉，心想這名屬下的語氣委實無禮。他拾掇起這封信以及附件，拿進裡間辦公室。

莫金森小姐快步越過房間走向他的辦公桌，瞥一眼躺在上面的掛號信封，只見封口打開，郵戳上印著「溫德鎮」。

「運氣不錯，」莫金森小姐沉吟著，「比起我來，彭德先生會是更好的人證。真高興他把信拆了。」

她返回座位。幾分鐘之內，彭德先生面露微笑再度出現。

五分鐘後，原本對著速記本猛皺眉頭的莫金森小姐站起身來，走向他。

「你懂得怎麼看速記嗎，彭德先生？」

「不懂，」首席助理說，「我年輕的時候，速記根本不受重視。」

「這道線條我看不懂，」莫金森小姐說。「看來像是『予以應承』，不過也有可能是『予以考慮』。兩者不同，對吧？」

「當然囉。」彭德先生冷冷地說。

「最好還是別冒險，」莫金森小姐說，「今早就得寄出去，問問他比較保險。」

彭德先生對女性打字員的粗心大意甚表不屑——不是頭一回了。

莫金森小姐踩著輕快的腳步穿越房間，沒敲門便走進裡間辦公室——如此不拘小節，又讓彭德先生呻吟一次。

烏庫哈特先生背對門口站在壁爐旁邊，正在做個什麼事情之類。他猛轉過身，懊惱地輕呼一聲。

「我早就講過，莫金森小姐，希望妳進來以前能先敲門。」

「非常抱歉，我忘了。」

「下不為例。有什麼事呢？」

他還是倚著壁爐站著，沒有走回書桌。他油亮的頭髮後面是黯淡的鑲板牆面，頭稍微往後甩，彷彿——莫金森小姐覺得——正在保護或者違抗什麼人一樣。

「你寫給崔克與皮巴地公司的信，我有一行速記看不太懂，」莫金森小姐說，「我覺得最好跟你確認一下。」

「我希望，」烏庫哈特先生說，眼光凌厲的看著她，「在我口述的時候，妳能夠認真做好筆記。如果我的速度太快，應該馬上告訴我才是，免得浪費大家時間，對吧？」

莫金森小姐想起彼德．溫西爵爺曾經半開玩笑地提供了一套行事小準則給「愛貓園」做為工作指南，此時她對準則七特別有感覺。其內容如下：「絕對不能信任直視你眼睛的人。他是想阻止你看見某物。找出該物。」

她在雇主的注視下轉移視線。「下不為例。」她喃喃道。律師頭顱後方的鑲板邊沿有一道奇怪的暗紋，彷彿是鑲板沒有完全契合。這條紋路以前她從沒注意到。

「說吧，問題在哪兒？」

莫金森小姐提出疑問，得到回答，然後便退下了。她離開時，往書桌上方瞥一眼。遺囑不在上面。

她走回打字機，把信處理完畢。她拿了信進門請律師簽名時，抓住機會又看了鑲板一眼。暗紋不見了。

莫金森小姐於四點半準時離開辦公室。她覺得在事務所附近逗留並非明智之舉。她輕快地穿過漢德巷，右轉踏上霍本街，再度右轉進入羽毛石大樓急步而出，繞個彎穿過紅獅街邁向紅獅廣場。五分鐘不到，她已經踏上她慣常走的廣場老路，步上普林斯頓街。沒多久後，她從安全的距離以外看著彭德先生走出來——瘦僵僵的駝著身，沿著貝德福路挪往千瑟里巷的地鐵站去了。過沒好久，烏庫哈特先生也露臉了。他在門檻上站了一會兒，朝左朝右瞥了瞥，然後直直過街走向她。有那麼一下子，她以為他看到她了，便匆匆躲到一輛停在路沿的卡車後面。她在卡車的庇護之下往街角挪去，因為那兒有家肉店，然後便逡視起整整一櫥窗的紐西蘭羊肉以及冷凍牛肉。烏庫哈特越走越近。他的腳步聲越來越響——然後停下來。莫金森小姐的視線黏住一團肉塊，那上頭標著四又二分之一磅，四先令三便士。有個聲音說：

「晚安，莫金森小姐。在挑選晚餐要用的肉排嗎？」

「噢！晚安，烏庫哈特先生。是的——我正想著，真希望老天保佑，能多多提供比較適合單身男女食用的肉排呢。」

「是啊——牛肉和羊肉吃得還真膩。」

「而且豬肉又不好消化。」

「沒錯。說來，妳也該結束單身生活了，莫金森小姐。」

莫金森小姐咕咕笑起來。

「噢，我真是受寵若驚呢，烏庫哈特先生。」

烏庫哈特先生長了奇怪雀斑的皮膚底下泛出紅色。

「晚安。」他突然說，語氣極端冷淡。

他邁步離開時，莫金森小姐暗自竊笑。

「就知道他會落荒而逃。跟屬下講話太過隨便可是犯了大忌——他們會佔你的便宜喲。」

她盯著他消失在廣場另一頭，然後就回到普林斯頓街，跨步走向貝德福路。她再次進入辦公大樓時，清潔婦正在下樓。

「嗨，霍吉斯太太，我又來了哪！讓我進去好嗎？我把真絲樣品搞丟了。應該是在我的書桌裡頭，或者掉在地板上了。妳看到了沒有？」

「沒有哪，小姐。我還沒打掃妳的辦公室呢。」

「那我就仔細找找看囉，我想趕在六點半以前把樣品拿到波恩百貨。唉，真麻煩。」

「是啊，小姐，而且巴士什麼的老是擠死人。請進吧，小姐。」

她打開門，莫金森小姐快步入內。

「要我幫忙找嗎，小姐？」

「不用了，謝謝，霍吉斯太太，妳忙妳的。東西應該不會跑遠的。」

霍吉斯太太拿起水桶，走到後院的水龍頭下裝滿水。她沉重的腳步聲再次響上三樓時，莫金森小姐朝裡間辦公室走去。

「我非得看看那塊鑲板後面到底是什麼。」

貝德福路的房子都是何嘉斯式風格，高大、對稱，充滿美好舊時代的風華。烏庫哈特先生房裡的鑲板因為上了很多道漆而給毀了容，不過設計倒是頗為優雅。此外，壁爐台上的牆面還雕飾了一排花和水果——以當時的品味來說稍嫌花俏——正中央則雕了個打著緞帶結的竹籃。如果鑲板是由暗藏的彈簧控制的話，移動鑲板的按鈕或許就隱身於這件飾品裡頭。莫金森小姐拉了把椅子到壁爐前面，手指迅速地移行於花果雕上面，兩手又推又壓，一邊豎起耳朵以防有人闖入。

這類調查對專家來說易如反掌，不過莫金森小姐對隱密窩藏處的了解全部來自奇情小說；她找不到其中機關。經過約莫一刻鐘的掙扎，她開始沮喪起來。

砰——砰——砰——霍吉斯太太下樓來了。

莫金森小姐猛地從鑲板彈開。椅子滑開來，她趕緊使力扶住牆壁才不至跌倒。她跳下來，把椅子移回原位，朝上瞥了瞥——看到鑲板開了個大口。

起先她以為是奇蹟出現，不過馬上就醒悟到是椅子滑開時她側身撞到鑲板的框。一塊木製小方格往旁邊滑開，露出裡面另一片鑲板，板子正中則是鑰匙洞。

霍吉斯太太的腳步聲在外間辦公室響起，不過她太興奮了，無暇顧及霍吉斯太太的想法。她拖了張沉重的椅子堵到門口，如此一來，想進門的人就得費盡力氣，還會發出噪響。沒兩下矇眼比爾的鑰匙便在她手裡了——幸好她還沒物歸原主！也幸好烏庫哈特先生大大倚仗了鑲板的隱藏功能，並沒有想到應該弄個貨真價實的鎖守護寶窟！

鑰匙迅速舞動了沒多久後，鎖便轉動起來。她把小門拉開。

裡頭有一疊文件。莫金森小姐翻了一遍——起先很快，然後滿臉困惑又翻一次。債券的收據——股票存單——麥格希里信託——這些投資的名稱非常眼熟，當然——她以前是在哪兒……？

莫金森小姐碰個坐下來，覺得有點頭昏，手裡還握著那疊文件……

她領悟到蕊彭夫人的錢流向哪裡——是諾曼·烏庫哈特先生假借那份財產委託書操作掉

了；而且她也了解到為什麼遺囑事關重大。她頭暈目眩。她從書桌上拿起一張紙，開始以速記方式快筆寫下這些文件指證的各項交易細節。

有人猛敲起門。

「妳在裡頭嗎，小姐？」

「等一下就好，霍吉斯太太。想來我一定是把樣品搞丟在這兒的地板上哪。」

她狠命猛推那把大椅子，成功地關上門。

她得趕快。總之她寫下的筆記已經夠多了，足以讓彼德爵爺信服烏庫哈特先生的業務確實需要調查。她把文件擺回櫃子裡的原位。遺囑也在裡面，她注意到，單獨躺在一邊。她探眼往裡看——有個什麼塞在後頭。她伸手拉出神祕物件。是個白紙包，標籤上印著一個國外藥劑師的名字。尾端曾經打開又折回去。她把紙包拆開後，看見了約莫兩盎司的白色粉末。

一包不知名的白粉就和寶藏及神祕文件一樣，最是充滿了擾動人心的暗示。莫金森小姐隨手抓來一張乾淨的紙，將微量粉末倒上去，再將紙包擺回櫃子最裡頭，然後用萬能鑰匙鎖上櫃門。她抖著手指把鑲板推回原位，特別留意到要密合關上，以免露出啟人疑竇的暗紋。

她把椅子推開門邊，愉悅地叫道：

「找到了哪，霍吉斯太太！」

「終於！」霍吉斯太太出現在門口。

「說來好笑！」莫金森小姐說，「烏庫哈特按鈴叫我時，我正在檢查樣品，這玩意兒八成是黏到我的工作服以後又掉到這兒的地板上。」

她得意洋洋地舉起一小片絲布。這是她今天下午才從手提包的襯裡撕下來的，足可證明（如果有必要證明的話）她對自己的工作全心投入——因為這個包包品質頗佳。

「天老爺，」霍吉斯太太說，「妳找到了還真走運，是吧，小姐？」

「差點就找不到呢，」莫金森小姐說。「跑到烏漆麻黑的角落裡了。這會兒我得趕在店子打烊以前飛過去才行。晚安，霍吉斯太太。」

不過早在親切的波恩與霍林渥斯先生關上店門以前，莫金森小姐便已現身在皮卡迪里大道十一號C座了。

＊

她發現該處正在進行會議。與會者包括弗瑞迪．阿布納特先生——看來和藹可親，帕克探長——看來憂心忡忡，彼德爵爺——看來睡眼惺忪，以及邦特——他將她介紹給大家後，便退到會場周邊盤桓不去，看來舉止得宜。

「妳帶來什麼消息了嗎，莫金森小姐？倘或如此，妳可真是趕在群鷹匯集的時候呢。阿布納特先生、帕克探長，還有莫金森小姐，那麼現在我們就都坐下來開同樂會吧。妳用過茶了嗎？或者想吃點什麼呢？」

莫金森小姐謝絕了點心。

「好吧！」溫西爵爺說。「病人拒絕飲食。她的眼睛發出狂野的光芒。面露焦急的表情。雙唇張開。手指摸索著皮包上的搭釦。種種徵兆在在指出她是躍躍欲言的病症急性發作。再壞的消息也請講出來吧，莫金森小姐。」

莫金森小姐無須旁人催促。她一五一十道出冒險歷程，聽眾如飢似渴把每個字都吞進肚裡，讓她非常滿意。等她最終掏出那個包藏白粉的紙團時，與會人士的情緒於焉爆發成一陣鼓掌聲，邦特也含蓄地加入其中。

「說服你了嗎，查爾斯？」溫西問。

「我承認我確實大感震驚，」帕克說。「不過還是得化驗白粉的成分——」

「當然，謹慎是第一守則。」溫西說。「邦特，把托架和指捻螺釘準備好。邦特曾經上過馬許測試的課程，表現得可圈可點。這個方式你也很清楚對吧，查爾斯？」

「粗略的測試我還算懂。」

「那就著手進行吧，孩子們。在這同時，我們何不總結各自的看法呢。」

邦特走出去，而帕克——原先還在筆記本上登錄事項——則清了清喉嚨。

「嗯，」他說，「依我看，事情是這樣的。你認為范恩小姐無罪，也決定要提出可信的論證控告諾曼．烏庫哈特以證明你的說法。截至目前為止，你蒐羅的不利於他的證據幾乎全部和動機有關，並且以他有意誤導偵查方向來支持你的觀點。你說你針對烏庫哈特所做的調查業已深入到警方可以，而且應該，介入的程度，這點我是舉雙手贊成。不過我要提醒一聲，目前你還是得找出證據，說明他犯案的方式以及時機才行。」

「這個我曉得。講點新的吧。」

「嗯，只要你清楚就好。且聽我說了。飛立普．波耶斯和諾曼．烏庫哈特是蕊彭夫人

（或者克里蒙娜·嘉登）僅剩存活的親戚，而她又是可以留下大筆遺產的富婆。幾年前，蕊彭夫人把她所有的財務都交給烏庫哈特的父親處理——他是家族裡她唯一還保持良好關係的人。諾曼·烏庫哈特先生於他父親死時，接管了她所有的財務，而一九二〇年時，蕊彭夫人又開立了一份委託書，把她的財產全部授權給他處理。另外她也立下一份遺囑，把財產不平均地分給兩個姪孫：飛立普·波耶斯分得所有不動產以及五萬英鎊，諾曼·烏庫哈特則繼承所有剩餘財產，同時也是遺產執行人。諾曼·烏庫哈特被問及遺產時，向你謊稱絕大部分現金都留給他，甚至還提供一份文件，指稱是那份遺囑的草稿。這份草稿所捏造的開立日期要比柯林森小姐找到的那份來得晚，不過不用說，草稿本身是烏庫哈特自己寫就的，時間必定在最近三年之內，甚至有可能是最近這幾天。此外，真正的遺囑雖然烏庫哈特隨時可以拿到手，不過他並沒有加以銷毀，所以我們可以推斷說，其實並沒有新的遺產配置方法取代它。可是我說啊，溫西，他幹嘛不乾脆毀掉那份遺囑一了百了呢？身為唯一存活的繼承人，他接收遺產應該不會引起公論啊。」

「也許他沒有想到這點吧。也或許是還有別的親戚在世。他不是有個住在澳洲的叔叔嗎？」

「的確。總之他沒把遺囑滅跡就是了。一九二五年時，蕊彭夫人全身癱瘓而且神智不清，已經不可能再詢問自己的財產怎麼分配，也不會再立新遺囑了。

「約莫就在此時——據阿布納特先生所說——烏庫哈特開始投入大風險的投機生意。他犯了錯，賠了錢，投入更多以便翻本，麥格希里信託慘烈的倒閉他介入範圍很廣。不用說，他賠掉的錢遠比他能負擔的多太多了，而根據莫金森小姐的調查——老天明鑒，她使用的方法我可不想以官方立場介入——我們又得知他一逕都在濫用他身為受託人的特權，把蕊彭夫人的錢挪來進行私人投資。他抵押她的財產申請鉅額貸款，將大把大把的銀子撒進麥格希里以及其他違法經營裡頭。

「若是蕊彭夫人不死，他就還算安全。他只要交出足夠維持她房子以及家計的數額就行了。事實上，由於他是她的財產委託人，她所有的家用帳單等等都是由他代付，所有的薪水也由他發放。這些事他如果都打點好的話，任誰也無法過問他是怎麼處理她龐大的資金；不過一旦蕊彭夫人去世，他就得對另一位繼承人飛立普．波耶斯交代他濫用的資金去向。

「一九二九年，約莫就在飛立普．波耶斯和范恩小姐發生爭執的時候，蕊彭夫人的病情急遽惡化，鬼門關前走了一遭。雖然她安然度過危機，不過大病隨時可能復發。緊接著才沒多久，他便開始和飛立普．波耶斯密切往來，而且邀他同住。和烏庫哈特同住期間，波耶斯發過三次病，醫生認為都是胃炎引起的，但是症狀和砒霜中毒相同。一九二九年六月，飛立普．波耶斯前往威爾斯散心，健康也因此有了起色。

「就在波耶斯度假期間，蕊彭夫人再次嚴重發病；烏庫哈特急忙趕往溫德鎮，有可能是打算在萬不得已的情況下銷毀遺囑。最壞的狀況並沒有發生。之後他回到倫敦，及時趕上波耶斯從威爾斯返回。那天晚上波耶斯發病，症狀和去年春天病發時一樣，不過嚴重許多。三天之後，他死了。

「烏庫哈特現在可以高枕無憂了。身為剩餘遺產繼承人，他有權在蕊彭夫人過世以後，接收所有留給飛立普・波耶斯的遺產。只是事實上他並不會拿到半毛錢，因為財產他都挪做他用而且賠光了，不過這一來他就沒有必要交出遺產，詐欺行為也不至於曝光。

「截至目前為止，有關動機的證據確實極具說服力，而且比不利於范恩小姐的證據可信許多。

「不過有個問題，溫西。毒藥是什麼時候以什麼方式施加的呢？我們知道范恩小姐持有砒霜，也知道她可以輕易在沒有目擊者的情況下毒死他。然而烏庫哈特唯一的機會就是他和波耶斯共享的晚餐，本案如果有任何可以確定之處，那便是毒藥並非他們進餐時下的。波耶斯用過的每道餐點，烏庫哈特和僕人也都入了肚，唯一的例外就是勃艮地，不過剩酒並沒有倒掉，化驗之後證實了無害人體。」

「我曉得，」溫西說，「不過疑點就在這裡。你可聽說過哪頓餐點會給人監控得如此嚴密？違反常情啊，查爾斯。先是雪莉酒——由女僕從原裝的酒瓶倒出來——還有湯、魚以及燉雞——都是不可能只在某部分下毒的飲食——而煎蛋捲呢，則是昭告天下樣的由受害者在餐桌上親手烹調——喝剩的勃艮地給封好了印上戳記——剩菜也在廚房吃得精光——任誰都會說，這人為了製造清白無瑕的餐點還真是大費周章呢。這頓飯之所以不可思議，勃艮地是畫龍點睛的關鍵之處。你倒說說看，起先大家都還認為波耶斯發病並無蹊蹺，親情洋溢的表兄也應該為病人大大操心的時候，有哪個清白的人會心生疑慮，擔憂別人說他下毒呢？這樣自然嗎，可信嗎？如果他本身無辜，那麼他應該是起了疑。如果他起了疑，又為什麼不直接要求醫生檢測病人的分泌物之類的呢？既然沒有人提出指控，他為什麼想要避嫌？——除非是他知道這種指控並非無中生有。何況護士也說了些話。」

「沒錯。護士的確起了疑。」

「當初如果他知道護士疑心，就應該採取行動提出合理的反駁啊。不過，我看他是不知道。日前警方已經再度聯絡上那位護士威廉絲小姐，她告訴他們說，諾曼．烏庫哈特當初可是費盡苦心，刻意避免和病人單獨相處哩，就連她本人在場的時候，他也不肯親手餵他食物或者湯藥呢。這不分明是心裡有鬼嗎？」

「絕對沒有哪個律師或者陪審會採信你這種說法的，彼德。」

「沒錯，不過且聽我說，有件事你一定會覺得很古怪。莫金森小姐，妳也聽聽。有一天，威廉絲護士在房裡做個什麼，藥品就擺在壁爐台上，她隨口說聲服藥的時間到了，波耶斯馬上回道：『不用麻煩妳了，小姐。諾曼可以幫忙。』諾曼可有像正常人一樣，馬上說：『沒問題，老弟』嗎？沒有！他說的是：『不行，還是由護士來吧——我會搞砸的。』挺沒道理的，對吧？」

「許多人一碰上照顧病患，就心裡發毛，」莫金森小姐說。

「沒錯，不過大部分人都可以把藥水從瓶子倒進玻璃杯吧？波耶斯又沒in extremis（譯註：拉丁文，瀕臨垂死邊緣）——他說話有條有理，神智清楚得很。依我說，那人是刻意要保護自己。」

「也許吧，」帕克說，「不過問題在於，老兄，他到底是什麼時候下的毒呢？」

「也許根本不是那頓晚餐呢，」莫金森小姐說。「正如你講的，事前防範太明顯了，有可能是刻意要讓大家把焦點集中在晚餐上，而忘了其他可能性。波耶斯抵達他家時或者臨走前，有喝下威士忌或者其他什麼飲料嗎？」

「唉，就是沒有啊。說來邦特還真把漢娜・衛絲洛調教到幾乎忘了誰才是她的主人呢。她的說法是，波耶斯到訪是她開門迎接的，他直接上樓到他房間，而當時烏庫哈特還出門在外，直到晚餐前一刻鐘才回到家，她說他倆在書房碰頭然後喝下頂級雪莉酒。書房和餐廳之間的摺門當時打開了，漢娜該段時間從頭到尾都在忙著擺放餐具，而且她很確定，波耶斯除了雪莉以外什麼都沒碰。」

「連一粒消化丸也沒吃嗎？」

「什麼也沒吃。」

「晚餐過後呢？」

「兩人吃完煎蛋捲後，烏庫哈特提到咖啡。波耶斯看看錶說：『沒時間了，老哥。我得趕去竇提街。』烏庫哈特說他要打電話叫計程車，然後就上別間打了。波耶斯摺好餐巾起身走到玄關。漢娜跟著他，幫他穿上外套。計程車開到前門。波耶斯直接上了車離開，沒再跟烏庫哈特道別。」

「依我看啊，」莫金森小姐說，「烏庫哈特辯稱無罪，漢娜確實是他極為重要的人證。依你說——我實在不想這麼講——不過你看邦特會不會存了私心，所以判斷有誤呢？」

「他說了，」彼德爵爺表示，「他相信漢娜是虔誠信主的教徒。他和她一起做過禮拜，也共用了她的詩歌本。」

「不過她也許只是惺惺作態啊，」激進的理性主義者莫金森小姐如此說道，不過語氣還算溫和。「肉麻的人我信不過。」

「我剛才那麼說，要證明的不是漢娜的美德，」溫西說，「而是邦特刀槍不入的心哪。」

「不過他自己長得可就跟教堂執事一樣啊。」

「妳沒看過邦特下工以後的模樣。」彼德爵爺繃著臉說。「我見過，而且我可以跟妳保證，他的心抵擋讚美詩的本事，就跟英屬印度人的肝抵擋純威士忌一樣厲害哩。總之，如果邦特說了漢娜誠實，漢娜就是誠實的人沒錯。」

「所以非得排除飲料和晚餐的嫌疑了，」莫金森小姐沒被說服，不過她願意保持開放的心。「不過臥室的水瓶呢？」

「魔鬼在上！」溫西呼道。「這個功勞算妳的，莫金森小姐。這點我們都沒想到。水瓶——沒錯——確實大有探討空間。你還記得吧，查爾斯，布魯瓦的案子裡，據說就是有個不滿雇主的僕人在水瓶裡擺了酒石酸氫鉀催吐劑呢。邦特，聽好了！下回你握著漢娜的手時，請你問清楚，波耶斯先生餐前有沒有喝下他臥室水瓶裡的水好嗎？」

「抱歉，爵爺，這項可能性我已經考慮過了。」

「是嗎？」

「是的，爵爺。」

「你忽略過任何事嗎，邦特？」

「我一向竭力要博取您的歡心，爵爺。」

「那麼講話就別跟吉甫斯（譯註：Jeeves是英國小說家P.G. Wodehouse創造出來的喜劇人物，邦特便是本書作者刻意模仿Jeeves打造出來的角色）一個樣吧，聽了好惱。水瓶的事結果怎麼樣？」

「爵爺，這位女士方纔抵達時，我正要說明水瓶的事我已探知有些蹊蹺。」

「這下子總算有眉目了，」帕克說，把筆記本翻到下一頁壓平。

「小的覺得沒有那麼樂觀，先生。漢娜告訴我說，波耶斯先生抵達後，她領他進入他的臥室，然後便謹守分寸地退下了，不過她才抵達樓梯口，波耶斯先生便從房門探出頭來請她回去。原來他是要她把瓶子的水裝滿。這項要求她聽了大感震驚，因為她記得清清楚楚，先前整理房間時已經裝滿水了。」

「會不會是他自己倒空的？」帕克急切追問。

「沒有倒進他自己的肚子裡就是，先生——時間不夠。而且水杯也沒有使用過。何況，瓶子不只是空的，裡頭甚至還是乾的。漢娜道歉說她疏忽了，然後馬上清洗瓶子，拿到水龍頭底下裝水。」

「真怪，」帕克說。「不過很有可能是她原先根本就沒裝吧。」

「恕我直言，先生。這個事件漢娜大感不解，所以她還跟廚娘派娣根太太提過；派太太說，她記得一清二楚，當天早上親眼看她裝了水。」

「嗯，這麼說，」帕克表示，「應該是烏庫哈特或者哪個人倒空水瓶又弄乾了。問題是，原因何在？如果水瓶空了，一般人的第一個反應會是什麼呢？」

「按鈴叫人。」溫西立刻接口說。

「或者大聲呼救。」帕克補充道。

「或者，」莫金森小姐說，「如果不習慣有人服侍的話，也許可以改喝臥室水罐的水。」

「啊！……沒錯，波耶斯其實滿習慣波西米亞式的邋遢生活。」

「不可能吧，」溫西說，「那樣也未免拐彎抹角太白癡了。直接在瓶子裡的水下毒要乾脆多了，幹嘛刻意把事情搞得這麼複雜，徒然招惹注意呢？何況，受害者會不會用到水罐也很難講——事實上，他沒有啊。」

「總之他的確給下了毒，」莫金森小姐說，「所以毒藥既不在水罐也不在水瓶裡。」

「沒錯，只怕水罐和水瓶都吐不出半點東西了。空啊，空啊，空即是美，旦尼生。」

「總而言之，」帕克說，「勃艮地酒是關鍵。溫西說的沒錯，晚餐太過滴水不漏了：防範如此嚴密完美，確實異常。」

「天老爺，」溫西說，「我們已經說服查爾斯．帕克了呢。這就萬事不缺了。他可是比陪審團還要頑固不化。」

「沒錯，」帕克謙遜地說，「不過我比較合邏輯，也沒那麼容易被檢察官嚇到。若能見到屬性較為客觀的小證據，我會更加快樂。」

「那當然。你要的是貨真價實的砒霜。邦特，你說怎麼樣？」

「儀器已經準備好了，爵爺。」

「很好，我們就著手進行吧，看看能否滿足帕克先生的需求。請帶路。」

這是一間邦特專門用來洗照片的小公寓，裡頭有個水槽、一張板凳以及一只本生燈，檢驗砒霜的馬許測試所需要的工具都齊聚於此。蒸餾水在細頸瓶裡緩緩沸滾，邦特將橫在本生燈火焰上的小試管拎起來。

「正如你所見，爵爺，」他表示，「試管並未受到污染。」

「我什麼也看不到。」弗瑞迪說。

「這，正如夏洛克・福爾摩斯所說，便是空無一物時你所見到的景象，」溫西慈藹地說。「查爾斯，請你鑑定一下水和細頸瓶以及試管，還有湯姆・科比里老叔叔（譯註：old Uncle Tom Cobley 出自英國歌謠〈維德蔻市集〉，歌中主角打算借匹老母馬載送多人去趕集，然後便咿咿啞啞唱出一長串姓名，並以湯姆・科比里老叔叔等等來收尾。結果可想而知，老母馬臉色慘白，寫下遺囑）等等全都沒有沾染到砒霜好嗎？」

「好的（譯註：原文為 I will，在不同情境中也可翻譯為我願意，此為基督教婚禮中，主婚牧師詢問是否願與伴侶患難與共時，準新娘與新郎的標準答案）。」

「你可願意疼愛、珍惜她，無論是貧是病，你都——啊，抱歉，連翻了兩頁。白粉在哪裡？莫金森小姐，妳可否指證這只密合的信封便是妳從辦公室拿來的那封，內含從烏庫哈特先生的寶庫內取得的神祕白粉？」

「可以。」

「請親吻聖經吧。謝謝（譯註：在英國法庭上，證人宣示將於證人席上說實話後，法官會說這句話）。那現在我們就——」

「等一下，」帕克說，「你還沒有單獨測試信封呢。」

「此話不假。忙中總是難免有錯。說來，莫金森小姐，妳該不會還有一張辦公室的信封吧？」

莫金森小姐紅了臉，在手提包裡摸索起來。

「噯——今天下午我草草寫了幾句話給我朋友——」

「佔用公家時間，用的還是公家紙張，」溫西說，「怪不得戴奧吉尼斯（譯註：Diogenes為古希臘哲人，曾提著燈籠說要找個誠實的人）提著燈籠說要找個誠實的打字員呢！也罷，那就請妳拿出來吧。設定目標者為我，手段之採行我難辭其咎。」

莫金森小姐掏出信封，將裡頭的紙條清出。邦特必恭必敬地把信封放上顯影盤切成小片，然後丟進細頸瓶。水輕快地沸滾著，不過小試管從頭到腳仍然毫無污漬。

「應該就快有個動靜了吧？」阿布納特先生詢問道。「因為我覺得這場表演稍稍有點冷場了。」

「再不乖乖坐著，就要把你架出去。」溫西斥責道。「繼續進行，邦特。信封已然通過檢驗。」

邦特於是打開第二張信封，輕巧地將白粉倒進細頸瓶的大口。五顆頭顱急忙彎向測試器。沒多久後，很明顯地，一塊薄薄的銀斑如同變魔術一樣開始在試管接觸火焰的部位成形。一秒秒過去，斑點擴散並且暗化為深棕黑的外環，正中央則是閃亮的金屬色澤。

「噢，美啊，真是美。」帕克發出職業性的讚嘆。

「你的燈在冒煙啊什麼的哩。」弗瑞迪說。

「是砒霜嗎？」莫金森小姐小聲喘著氣說。

「希望如此。」溫西說，將試管緩緩移開，然後湊向光源。「不是砒霜便是銻金屬。」

「容我說明，爵爺。只要再加上小量的氯化萊姆溶液，便可以排除所有吹毛求疵的質疑，確定真相。」

他在一片焦慮的寂靜中展開進一步測試。污漬逐漸熔化，在漂白液中消失無形。

「那麼就是砒霜了。」帕克說。

「噢，沒錯，」溫西輕描淡寫地說，「當然是砒霜啊。我不講過了嗎？」他的聲音因為壓著勝利的感覺而微微發顫。

「就這樣了嗎？」弗瑞迪失望地問。

「還不夠嗎？」莫金森小姐問。

「不太夠，」帕克說，「不過已經朝目標邁一大步了，因為這就證明了烏庫哈特持有砒霜。如果我們到法國進行官方訪查的話，也許還以問出，這包粉末是否去年六月就已經在他手裡。對了，我還注意到，這是普通的商用白色砒霜酸呢——沒有混加煤炭或者藍靛——和驗屍報告的結果相符。這點確實值得稱慶，不過如果我們可以提供烏庫哈特施加毒藥的時機的話，就更圓滿了。截至目前為止，我們只不過清楚說明了他不可能是在餐前、餐中，或者餐後對波耶斯下毒——而中毒症狀卻是要在這段期間才會醞釀出來哪。我是同意，有這麼多證詞支持的不可能性，本身就頗為可疑，不過想要說服陪審團的話，我認為應該要有個比

credo quia impossible（譯註：拉丁文，意思是「因為不可能所以我相信」）更有力的說法才行啊。」

「東一個謎來，西一個喲（譯註：原文為riddle me right, and riddle me ree，語出一首鵝媽媽童謠）。」溫西氣定神閒。「想來是我們忽略了個什麼吧，如此而已，也許答案很明顯呢，只消給我一套家居服和一盎司亂髮，我保證三兩下就可以為你解決這個小難題（譯註：這句話是福爾摩斯的經典名言）。帕克，想必你會採行繁瑣的官僚方式取得我們的善心朋友以不正統方式輕易蒐羅來的證據吧？而且若是時機到了，也會守在一旁逮捕真凶囉？」

「是的，」帕克說，「樂意之至。撇開個人考慮不談，我絕對是寧可看著那個油頭小子而非哪個女人坐上被告席啊，而且如果警方果真犯了錯，及早修正對所有的相關人士自然會越好。」

*

溫西當晚在黑色與櫻草黃相間的書房坐到深夜，高大的對開本俯瞰著他。這些書代表的是歷代累積的成熟智慧以及美麗詩情，更別提幾千幾萬鎊的現金了，不過所有這些顧問只是默默無語地坐在架子上。書桌和椅子上散置著有關英國著名審判的猩紅色書冊——帕爾默、布里恰、梅布克、塞頓、阿姆斯壯、瑪德琳．史密斯——熟用砒霜的傑出人士——和法醫學以及毒物學的權威著作堆擠在一起。

散戲後的人潮搭乘轎車以及計程車湧回家中，燈光打在皮卡迪里大道空曠的街廓上，沉重的夜行貨車偶爾緩緩碾過黑色柏油路，漫長的夜晚逐漸消逝，冬日的曙光不情不願地掙扎著攀上倫敦堆疊的屋頂。邦特無語且憂心地坐在廚房裡，正等著爐子上熬煮的咖啡，一邊反覆閱讀著《英國攝影日誌》的某一頁。

八點半時，書房的鈴響起來。

「爵爺？」

「洗澡水，邦特。」

「是，爵爺。」

「還有咖啡。」

「馬上就來，爵爺。」

「除了這幾本以外，其他的書都歸架。」

「是，爵爺。」

「現在我知道犯案手法了。」

「果真如此嗎，爵爺？請容我致上最高的敬意向您賀喜。」

「不過還得找出方法證明。」

「小事一樁，爵爺。」

溫西打個呵欠。一兩分鐘後邦特回來時，他已經睡著了。

邦特輕手輕腳把書歸了架，並且略帶好奇地看著桌上幾本承蒙揀選的書。它們是：《弗羅倫斯・梅布克的審判》；狄克森・曼恩所寫的《法醫學及毒物學》；一本書名是德文所以邦特看不懂的書；以及霍斯曼（譯註：A.E. Houseman，英國詩人）的長詩《雪普郡少年》。

邦特研讀了一會兒之後，輕輕拍起大腿。

「怎麼，當然！」他壓著聲音說，「真是，我們這一逕都像長了豬頭的白癡啊！」他輕輕碰了他主人的肩膀：

「您的咖啡，爵爺。」

第二十一章

「這麼說，妳是不願意嫁給我了？」彼德爵爺說。
被告搖搖頭：「不行，對你來說不公平。何況——」
「怎麼樣？」
「我得了恐婚症。結婚容易離婚難。如果你想的話，我們可以同居，不過結婚免談。」
她的語氣聽來萎頓至極，因此這個慷慨的邀約溫西無法欣然接受。
「不過這種事有時候行不通。」他勸誡道。「原諒我提起結婚什麼的，不過老天在上，妳該曉得同居實在太不方便了，而且就跟結婚一樣有可能天天吵架。」
「這我曉得。不過想要的話，你隨時可以恢復自由之身。」
「不過我不想啊。」
「噢，會的，你會想的。你背後有個家族以及許多傳統，你知道。你不會想要凱撒之妻加給他的那種包袱（譯註：凱撒之妻涉入醜聞，凱撒堅持與她離婚，並於法庭上表示凱撒絕不可沾惹任何嫌疑）。」

「去他的什麼凱撒之妻！至於各樣傳統——就算它們值個幾文錢——也都站在我這邊呢。溫西不管做什麼都是對的，而且擋路者都得祈求老天保佑。關於這點，我們甚至還有個家族老格言哩：『我立意實現我的奇想（譯註：奇想 Whimsy 和溫西 Wimsey 發音相同，這句格言是雙關語，另一層意思是我謹守溫西的家風）。』說得真是好。雖說照鏡子的時候，我沒有十足把握能跟頭一個傑瑞德．溫西公爵媲美——艾坷園城之戰時，他騎著匹載貨的馬活蹦亂跳的——不過結婚的事，我說什麼也要照自己的意思來。有誰擋得了我呢？他們又不能吃了我，連切了我（譯註：切了我的原文是 cut me，意思是和我斷絕關係）都沒辦法呢。玩笑，無意間開的，軍官，為其所用（譯註：這裡溫西是諧擬過去他從軍時軍隊開立購物單的造句方式——比如說把為軍官所用的黑色皮帶寫成皮帶，黑色的，軍官，為其所用）。」

哈莉葉笑起來。

「也對，我看他們是切不了。你用不著像維多利亞時代小說裡的人物一樣，帶著和你水火不容的太太偷偷溜到國外，住在歐陸某個無名的水療小鎮度過餘生。」

「當然不用。」

「大家會忘了我曾經有過愛人嗎？」

「親愛的孩子啊，這種事他們天天都在忘。他們最擅長遺忘了。」

「也會忘記我曾被指控為殺掉他的凶手嗎？」

「當然，還會忘記妳曾經轟轟烈烈地給無罪開釋呢——雖然當初妳確實有過上好的理由可以把他殺掉。」

「那麼我就不嫁給你了，因為如果這些事大家都能忘得一乾二淨的話，他們也會忘了我們沒結婚。」

「嗯，沒錯，他們是會忘。只是我不會。我們這樣子講下去，好像沒有多大進展。總之，大體來說，和我同居的想法應該還不至於讓妳反胃到完全不予考慮吧？」

「談這個實在太荒謬了，」女孩抗議道，「我連自己能不能出獄或者——活下去都不確定，哪有閒情談到將來要怎樣或者不要怎樣呢？」

「怎麼不行？就算處在最最慘澹的情況裡，我都可以想像自己要做什麼，更何況這個案子我們是穩操勝算，絕對可以還妳清白。」

「我不行，」哈莉葉說，神色消萎，「請你別再問我了。我什麼都不知道，我無法思考。我無法，實在無法，想到幾個禮拜以後的事。現在我就只想脫離困境，自己靜一靜。」

「好吧，」溫西說，「那我就不煩妳了。不公平嘛，有濫用特權之嫌。處在目前的情況下，妳可沒辦法罵句『渾球』然後奪門而出啊，所以我就不再冒犯妳了。事實上，我會自己奪門而出的，因為有約在身，對方是個修指甲師。滿好的小女生，不過母音稍嫌短了點（譯註：這是倫敦東町口音的特色之一，該區一向是勞工階級匯集之處）。再會！」

＊

修指甲師是個長了張可愛貓臉的孩子，姿態撩人，滿眼精明。她是帕克探長和他手下探員花了工夫找到的。顧客邀她共進晚餐時，女孩二話不說立刻答應了，而且當他神秘兮兮地耳語說他有個小小提議時，她可沒有露出訝異的表情。她把肉鼓鼓的肘子架在桌子上，扭頭歪了個愛嬌的角度，準備高價賣出自己的貞操。

提議發表完畢以後，她的態度歷經了跡近喜劇性的轉變。她的眼睛失去了圓睜時的天真，頭髮變得好像沒那麼蓬鬆，而且還皺起眉毛千真萬確地驚詫起來。

「怎麼，當然可以啊，」她終於開口道，「不過你要那種東西是幹嘛呢？感覺滿奇怪的。」

「就當我是想開人玩笑吧。」溫西說。

「不行。」她的嘴唇硬起來。「這我不喜歡。聽來沒道理——如果你懂我意思的話。我是說，聽來像是詭異的玩笑，有可能讓女孩子家扯上麻煩。我說啊，這該不會是那種玩意吧？怎麼稱呼來著？——水晶球夫人上禮拜的專欄提過，登在『蘇西八卦』裡頭——下蠱啊什麼的，巫術、密教之類的勾當。害人的事我可不幹。」

「別擔心，我沒打算做個小假人下蠱。請問妳保密的功夫如何？」

「噢，我口風緊得很，從不說長道短。我跟一般女孩不一樣。」

「嗯，看得出來。所以我才會邀妳啊。好，原因我這就告訴妳。」

他湊上前去開始講。上彩粧的小臉蛋仰向他，越聽越專心也越興奮，搞得她一名坐在沒多遠一張桌子邊的知心朋友醋勁大發，心想梅寶達令肯定是要接收一棟位在巴黎的公寓、一輛戴姆勒車子，以及一條一千鎊的項鍊了，於是她便和自己的護花使者狠狠吵了一架從此不相往來。

「所以說了，」溫西道，「這事對我意義重大。」

梅寶達令發出讚嘆聲。

「全是真的嗎？你不是編出來的？這可比所有的有聲電影還精采呢。」

「沒錯，不過妳一個字也不能講出去。這事我只跟妳一個人說。妳不會把我出賣給他吧？」

「他？那條吝嗇的豬！要我給他什麼就真見鬼了。算我一份。我幫定了。不過會有點困難，因為得用上剪刀，我通常都不用的。不過我可以想辦法，包在我身上了。剪出來的部分不會很大，你知道，因為他常上店裡來，不過我一定盡力而為。而且我也會搞定福瑞德。他每次都找福瑞德。福瑞德對我可是百依百順。拿到以後，你要我怎麼做？」

溫西從口袋掏出一張信封。

「擺進盒子封好，」他鄭重其事地說，「這裡頭有兩個小藥盒，要等取得樣本以後才能拿出來，因為藥盒經過謹慎處理，保證完全不含化學物——如果妳懂我意思的話。東西到手以後，請妳打開信封拿出藥盒，把剪下的指甲放進其中一盒，頭髮放進另一盒，立刻蓋好，把盒子放進一只乾淨的信封，然後寄到這個地址。聽懂了嗎？」

「嗳。」她伸出一隻急切的手。

「好女孩。記住一個字都不能講。」

「一——字——不——講！」她打個很誇張的手勢表示會守口如瓶。

「妳生日是哪一天？」

「噢，我沒生日呢。我長不大。」

「嗯，那我就隨便選一天寄個非生日禮物給妳吧。妳穿貂皮會很美，我想（譯註：原文是you would look nice in mink, I think）。」

「mink, I think（譯註：mink和think押韻）」她取笑他。「你還真是個詩人呢，對吧？」

「妳給了我靈感。」溫西彬彬有禮地說。

第二十二章

「我登門造訪，」烏庫哈特先生說，「是因為你捎來的信。我很高興得知，有關我表弟的死你取得了最新資訊。當然，我會很樂意盡全力輔助你們破案。」

「謝謝，」溫西說，「請坐請坐。想必你吃過晚餐了吧？那就來杯咖啡好了。聽說你偏好土耳其咖啡，我的僕人正巧精於此道呢。」

烏庫哈特接受了這個提議，並誇讚邦特確實懂得如何煮出這種一般西方人都難以消受的黏蜜飲品。

邦特面色凝肅地謝謝他的誇獎，並捧出一盒叫做土耳其甜心的軟糖來，其噁心程度委實不亞於前者；此物不僅會塞住上顎黏住牙齒，也會散發出白糖粉霧團團裹住食用者。烏庫哈特立刻往嘴裡塞了一大塊，口齒不清地喃喃稱讚這是正宗東方特產。溫西嚴肅地微微一笑，啜了幾口沒加糖和鮮奶的濃咖啡，並為自己倒了杯陳年白蘭地。邦特退下之後，彼德爵爺攤開筆記放在膝頭上，瞥了一眼時鐘敘述起來。

他擇其精要，將飛立普．波耶斯的生平以及死亡概述一遍。烏庫哈特暗地裡打著哈欠，吃著，喝著，並且聽著。

溫西——眼睛仍然盯在時鐘上——接著便講述起蕊彭夫人遺囑的來龍去脈。

烏庫哈特先生大感震驚。他將咖啡杯擱置一旁，捧著手帕抹抹黏膩的手指並且瞪大眼睛。

沒多久後他說：

「請問你是如何取得這項驚人資訊的？」

溫西擺擺手。

「警察，」他說，「警察的組織能力確實不同凡響。他們只要下定決心，查出來的消息還真會叫人跌破眼鏡。你應該沒有打算否認什麼吧，我想？」

「我正在聽。」烏庫哈特先生正色道。「等你發表完這段不可思議的聲明之後，或許我就可以明確知道我到底得否認什麼。」

「噢，對，」溫西說，「這點我會竭力闡明。我不是律師，當然，不過我會試著解釋清楚。」

他毫不留情地嗡嗡講下去，時鐘的指針也繼續繞著轉。

「依我理解，」把動機的部分全部說完之後，他表示，「除掉飛立普．波耶斯對你來說大為有利。我私心以為，那個傢伙就像粉刺和肉瘤一樣，不除不快；我若換做是你，想來應該也有同感吧。」

「請問你荒誕無理的控訴已經全部講完了嗎？」律師問道。

「當然沒有。我現在就要講到重點了。誠摯的在下我，有個座右銘是：稍安勿躁，直擊要害。我注意到我已經佔用了你七十分鐘的寶貴時間，不過相信我，這個鐘點並沒有平白浪費掉。」

「就算你荒謬的故事完全屬實——這點我鄭重否認，」烏庫哈特先生指出，「我倒很有興趣知道，你覺得我是怎麼施加毒藥害人的。你想出什麼機巧的解釋來了嗎？或者你認為我是買通了自己的廚娘和廳堂女僕當共犯不成？我若這麼做，不是稍嫌大意了嗎，而且平白給人大好機會向我勒索？」

「太過大意，」溫西說，「對一個像你這樣深諳事前防範的人來說，絕無可能出此下策。舉例來說，把那瓶勃艮地酒封起來，就證明了你的腦子充滿了驚人的想像力——異常驚人。事實上，封酒一事打從起頭就引起我的注意了。」

「是嗎？」

「你問我，你是什麼時候以什麼方法施加毒藥的。想來應該不在餐前吧。你倒空臥室的水瓶，確實是考慮周詳——沒錯，這點我們沒忽略——此外，跟你表弟碰面時，你都安排好有一位目擊者在場，而且絕對不讓這人離開，委實是深思熟慮。這兩點加在一起就排除掉餐前下毒的可能了。」

「我想也是。」

「至於雪莉，」溫西沉吟著繼續說。「那是原裝酒，當時才開封。剩酒不見了或許應該探討，不過雪莉應該是清白的。」

烏庫哈特先生譏刺地哈個腰。

「至於湯麼——廚娘和廳堂女僕都共享過也活下來了，所以我個人認為湯是沒問題的；同理，魚也可以免除嫌疑。要在魚的某個部位下毒其實不難，但你得徵求漢娜．衛絲洛的同意才行，這點和我的理論相抵觸。理論對我來說是神聖的，烏庫哈特先生——幾幾乎就等同於你稱之為法條的東西一樣。」

「這種心態容易導致危險，」律師表示，「不過就我們目前討論的情況而言，我不持反對意見。」

「更何況，」溫西說，「如果毒藥是下在湯或者魚裡頭，毒性有可能在飛立普——不介意我這麼稱呼他吧，我希望？——離開屋子前就發作了。接下來則要講到燉雞，想來派娣根太太以及漢娜．衛絲洛應該可以為這鍋燉食開張健康證明書吧。噢，對了，由她們的描述聽來，這道菜應該非常可口——我是累積了相當豐富的美食經驗才這麼說的，烏庫哈特先生。」

「這點我很清楚。」烏庫哈特先生彬彬有禮地說。

「現在就只剩煎蛋捲有待說明了。這道菜如果烹調得宜又懂得吃的話——也就是說，立即進食——確實是人間美味。你的點子挺妙：乾脆把蛋和糖直接端上餐桌，現做現吃不耽擱。對了，這道菜應該沒留半口給僕人吧？當然沒有！此等美味豈可吃了一半就給端走呢？有本事的廚子就該另外煎個香嫩的蛋捲給自己跟夥伴分享才對嘛。總之，那個煎蛋捲是由你本人以及飛立普瓜分掉的應該沒錯。」

「的確，」烏庫哈特先生說，「我也不必費事否認。不過你應該曉得那道菜我吃進了肚裡而且沒有副作用。更何況，煎蛋的正是我表弟本人。」

「此言不假。如果我記得沒錯，是用了四顆蛋，糖和果醬皆為所謂的公家用品。嗯，糖和果醬應該沒問題，不過其中一顆蛋送上餐桌時有道裂痕，對吧？」

「也許吧，我記不清了。」

「喔？也罷，畢竟你又沒宣誓非講真話不可。不過漢娜・衛絲洛記得當初你把蛋拿進去的時候，提到其中一顆有裂痕，並且特別點明了想把它用來煎蛋捲——蛋可是你親自買的哩，你知道，烏庫哈特先生——事實上，那顆蛋還是你刻意放進碗裡打算當晚要吃的呢。」

「那又如何？」烏庫哈特先生問，比起先前彷彿有一絲絲不自在。

「要把粉狀砒霜置入有裂痕的蛋裡，並非難事，」溫西說。「我自己就拿了個玻璃小試管做過實驗。也許用小漏斗會更容易。砒霜頗有些重量——一茶匙可以裝個七、八喱。它會在蛋的一端沉澱，殼面的所有痕跡都可以輕易抹淨。把液態砒霜倒進蛋裡又更容易了，當然，不過由於某種特殊理由，我是以普通白粉做實驗的。可溶性頗高。」

烏庫哈特先生從公事包掏出一根雪茄，頗費周章地點了起來。

「你的意思是，」他問道，「四顆蛋攪在一起時，特別有顆『毒蛋』奇蹟似的和其他幾顆分開，而且連同裡頭沉澱的砒霜一起積存在蛋捲的某一端嗎？而我的表弟還刻意食用了下毒的那端，卻把剩下的部分留給我？」

「絕非此意，絕非此意。」溫西說。「我只是說，砒霜當初是經由蛋這個途徑放進煎蛋捲裡。」

烏庫哈特先生把火柴丟進爐火。

「你的理論好像跟那顆蛋一樣，有些瑕疵呢。」

「我還沒把我的理論講完呢。下一個部分是根據某些頗為瑣碎的跡象建立起來的。請容我一一道來。你進餐時不願意飲酒，你幾近無斑的臉孔還有幾片剪下來的指甲和幾撮保養得宜的頭髮——我把這些統統加在一起，再搭上你辦公室那個祕密櫥櫃裡的白粉砒霜，然後稍稍搓個手——接著我就——嘩——變出亞麻來了呢，烏庫哈特先生，亞麻哩。」

他輕快地在空中畫出絞繩的形狀。

「我不懂。」律師說道，聲音嘎啞。

「你當然懂，」溫西說，「亞麻——製造繩子的材料。好東西啊，亞麻。至於砒霜呢，你也曉得，大體來說對人其實並無好處，不過有些人——比方那些好生乏味的史坦瑞亞農夫——卻把吃砒霜當成樂事一樁。照他們的說法，此物不但可以改善脹氣，還能去除臉上的斑，讓頭髮更加油亮呢。這夥人甚至還為了同樣的理由餵馬吃砒霜哩——黑斑當然不在考慮之列，因為馬兒的臉都給毛蓋住了，不過你懂我的意思就好。另外還有那個恐怖的男人梅布克，聽說他吃砒霜就跟吃糖一樣哪。總之，某些人愛用砒霜確是不爭的事實，而且只要稍加練習，就可以服下大量砒霜還保住健康——藥量大到可以毒死普通老百姓。不過這些你應該都很清楚。」

「這種事我是頭一遭聽到。」

「你倒是打算如何撇清呢？也罷。我們姑且假裝你真的毫無所知吧。話說有個人——名字我忘了，不過狄克森·曼恩的書裡全有記載——納悶起那些人是怎麼逃過一死的，於是他就拿了一些狗啊什麼的當實驗品下藥給牠們吃，我敢說他還真殺了不少生，最後他發現，液態砒霜是由腎臟處理的，對維生系統大有妨礙，不過固態砒霜就可以一天一天的食用，每次增加一點，如此一來腸子——某位我認識的諾福克郡的老太太稱之為管子——便可以慢慢習慣而且能一路推著它走毫無所覺呢，大致是這意思啦。此外，我還讀過這麼一本書講到，砒霜都是由白血球處置的——你曉得吧，那些個活蹦亂跳的小小白血球——它們可以把砒霜團團包住一路滾著往前走，防止它造成任何禍害。總而言之重點是，如果你持續服用固態砒霜而且維持很長一段時間——比方說一年之類——你就可以建立起一套免疫系統什麼的，能夠同時服用六或七喱也不會哼啊哎的大鬧肚子疼。」

「真是有趣。」烏庫哈特先生說。

「顯然那些嚇人的史坦瑞亞農夫耍的就是這招，而且他們小心得很，服藥之後約莫兩小時內都不喝東西，以免砒霜全給衝到腎臟造成毒性發作。我講的恐怕並不怎麼專業，不過內容大致就是如此。看來你也猜著了是吧，老親親？總之我就是因此才聯想到當初搞不好你是靈機一動，打算如法炮製讓自己免疫，然後就可以輕輕鬆鬆地和某位朋友共享一道絕佳的砒霜蛋捲美食，藉此讓他命喪黃泉但卻保住自己的小命。」

「喔。」

律師舔舔嘴唇。

「嗯，正如我先前所說，你的頭髮又油又亮，臉孔沒什麼瑕疵——只除了我發現砒霜造成你某部分的膚色稍嫌暗沉（有時候也難免）——另外我也注意到，當天餐後你刻意沒喝東西。不過我還是告訴我自己：『英明的彼德先生啊，那又如何呢？』後來他們在你的櫃子裡找到砒霜紙包時——怎麼發現的暫且別追究！——我馬上問起我自己：『喂，喂，喂，這檔子事倒是持續了多久呢？』你那位很好用的國外藥劑師告訴警察前後加起來有兩年——果真如此嗎？那麼約莫就是麥格希里倒閉的時候啦，對吧？沒問題，不想講的話就別講。然後我們又取得了你頭髮和指甲的片片段段——各位看官啊，它們全都塞滿了砒霜呢。於是我們便說了聲『哇——哈』並且把你找來請你跟我聊一聊，我私心以為你或許願意提供什麼建議之類的，你曉得。」

「我只能建議你，」烏庫哈特先生臉色慘白，但是態度專業，「小心行事，千萬別把這個可笑的理論轉述出去。你和警方——老實說，我覺得他們是無所不用其極——到底在我的辦公室栽了什麼贓我不清楚，不過宣揚我染上毒癮則涉及誹謗，此乃犯罪行為。的確，我不諱言我服用含有微量砒霜的藥物已經有段時間——葛藍傑醫生可以提供你們處方。我的頭髮和皮膚也許因此留下了沉澱物，不過除此以外，你這個不可理喻的指控則是毫無根據。」

「毫無？」

「毫無。」

「那麼請問，」溫西問，語氣冷靜，不過嚴格管控的聲音裡卻隱含著威脅意味，「為什麼今晚你服下了足以叫兩三個平常人致命的砒霜份量，卻還沒有明顯的後遺症呢？你大口大口不斷在塞的噁心甜點——容我說一句，吃相和你的年齡與地位完全不合——可是沾滿了白色砒霜啊。老天垂憐，你是一個半小時以前服的毒，如果砒霜傷得了你的話，你早該痛得滾在地上呼爹喊娘了。」

「你這魔鬼！」

「你就不能變出幾個症狀給我瞧瞧嗎？」溫西嘲諷道。「要我端個臉盆來嗎？或者請位醫生？你的喉嚨有在燒嗎？你的肚子有在劇烈絞痛嗎？現在為時已晚，不過只要稍稍擠出一點誠意，應該還是可以製造一點感情吧。」

「你在撒謊，諒你也不敢做出這種事！這叫謀殺。」

「只怕沒殺成呢。不過我很願意等等看。」

烏庫哈特怒目相向。溫西一骨碌從椅子站起來，聳立在他正前方。

「如果我是你的話，就不會使用暴力——何不讓下毒的人自食惡果呢！何況，我身上還有武器喔。搞得像鬧劇可真抱歉，不過你到底打不打算吐啊？」

「你瘋了。」

「別這麼說。來啊，老兄——振作起來試試看吧。要不要我告訴你浴室在哪兒？」

「我病了。」

「當然囉；不過你的語氣沒有說服力。穿過那扇門，沿著甬道走下去，左邊第三個房間就是。」

律師跌跌絆絆走出去。溫西回到書房，按了按鈴。

「邦特啊，我想帕克先生也許需要有人在浴室裡幫個忙。」

「是，爵爺。」

邦特退下，溫西等著。沒多久後，遠處傳來纏鬥聲。一群人出現在門口。烏庫哈特臉色慘白，頭髮和衣服凌亂不堪，左右各站著帕克與邦特，兩人緊緊拘著他手臂。

「他吐了嗎？」溫西頗帶興味地問道。

「沒，他沒吐，」帕克沉著臉說，往他的獵物啪聲上了手銬。「他流利地詛咒了你五分鐘以後，試圖爬出窗戶，一看得跳三層樓，他便闖過穿衣間，朝我直衝衝地跑了來。這會兒就別掙扎了吧，小夥子，只會傷到自己啊。」

「他還是搞不清自己中毒了沒有吧？」

「他好像不覺得。總之，他根本也沒費事要裝，一心只想逃哪。」

「真是自找死路，」溫西說，「如果希望別人以為我中毒的話，我會打起精神好好演齣戲的。」

「看在老天份上，少說兩句吧。」被告道。「你在我身上耍了個陰險的花招抓著我的把柄還不夠嗎？請你住嘴吧。」

「噢，」帕克說，「我們已經抓著你的把柄了，是吧？唉，我不是警告過你別講話嗎？這下子是你自己漏了口風，可不能怪我。對了，彼德，我看你沒真的下毒對吧？甜點好像沒有傷到他，不過醫生的報告會提到他體含砒霜。」

「沒，我沒有，其實，」溫西說，「我只是想知道，這麼說他會有什麼反應。好啦，再會！剩下的就交給你去辦囉。」

「我們會處理的，」帕克說，「不過還得請你們家的邦特打個電話叫輛計程車。」

被告和他的護衛離開後，溫西沉吟著轉身面對邦特，玻璃杯在手。

「詩人說（譯註：這是英國詩人霍斯曼的長詩〈雪普郡少年〉中的詩句。米瑞戴特斯Mithridates為西元前二世紀時土耳其境內的一名國王，詩中述及國王的親信日復一日在他的食物中下毒，但國王還是安然活到老年），米瑞戴特斯活到老年，不過我懷疑，邦特。目前這個案子我的確非常懷疑。」

第二十三章

法官席上是金色的菊花，看來像燃燒的旗幟。

書記官朗讀起訴狀時，犯人燃燒的眼神在向擁擠的法庭挑戰。法官是個肥胖的老者，長了一張十八世紀的臉孔，他滿懷期待地看著檢察官。

「庭上，根據我得到的資訊來看，大英法庭並無具體證據可以指控這名人犯。」

驚嘆聲遍布全場，聽來像是起風時樹木窸窣的聲音。

「你是說，當初對被告的指控已經撤回了嗎？」

「據我所知正是如此，庭上。」

「如此一來，」法官轉頭面對陪審團，面無表情地表示，「你們別無他法，只有宣判『無罪』了。庭丁，請樓座上那群人保持肅靜。」

「等等，庭上。」應皮．畢格斯爵士站起身來，身量高大氣派非凡。

「本人謹代表我的客戶——范恩小姐——懇請您聽我說幾句話。她遭人指控，罪名是她犯下可怕的謀殺案，因此我希望能在此昭告眾人，我的客戶是以清白之身離開這個法庭的。就我所知，庭上，本案並非因為罪證不足而撤銷控訴。據我了解，警方業已取得更進一步的資訊，確切證明我的客戶毫無罪嫌。此外，我也得知警方已然逮捕另一名人犯，並且即將展開偵訊。庭上，我們必須確定這名女士重返社會時，不僅只是在這個法庭洗清罪嫌，也必須在世人面前免除污名。我們無法忍受模稜兩可的結果，而且我相信，庭上，睿智的檢察官對我所說的話也是全力支持。」

「這是當然。」檢察官說。「庭上，據我所知，大英法庭撤銷對這名人犯的控訴，立基點是因為我們百分之百相信她絕對無辜。」

「本庭得知此事，頗感欣慰。」法官說。「席上人犯：大英法庭毫無保留地撤銷對妳的無情控訴，並在此確切昭告眾人妳為清白之身。從今以後，不容有任何人假設妳背負了絲毫污名，而妳漫長的折磨能夠有此圓滿結局，本庭則要向妳致上最誠摯的恭賀之意。現在，各位——歡聲鼓舞的群眾們——我也心有同感，然而此處並非劇院，亦非足球賽的場地，因此各位若是無法保持肅靜的話，即刻便要驅逐出庭。陪審先生與小姐們，你們認為這位人犯有罪還是無罪？」

「無罪，庭上。」

「很好。人犯無罪開釋，名聲完全洗清。審理下一案。」

如此這般從頭聳動到尾，本世紀最為聳人聽聞的謀殺審判之一於焉宣告落幕。

＊

哈莉葉恢復自由身了，她下樓時看見艾露德．普萊絲和西維亞．瑪里奧在等她。

「達令！」西維亞說。

「萬歲萬歲萬萬歲！」艾露德說。

哈莉葉和她們打招呼的樣子有點心不在焉。

「彼德．溫西爵爺在哪兒？」她開口詢問。「我得向他道謝才行。」

「謝不到了，」艾露德直截了當地回答。「判決下來的時候，我看見他開車走了。」

「噢！」范恩小姐說。

「他會上門找妳的。」西維亞說。

「不會的，他不會。」艾露德說。

「怎麼不會？」西維亞說。

「他太君子了。」艾露德說。

「也許還真給妳說對了。」哈莉葉說。

「我滿喜歡那個年輕人的。」艾露德說。「妳別笑。我是喜歡他沒錯。他不會來個科菲杜阿國王式的炫技表演（譯註：丁尼生的詩〈乞丐少女〉中提到傳奇中的非洲國王King Cophetua，所有女人都看不上眼，卻於某日眺望窗外時看到一名乞丐少女時愛上了她，和她結婚），這點我要向他致上最高敬意。如果妳想要他的話，就得採取主動。」

「門都沒有。」哈莉葉說。

「嘿，妳會採取主動的。」西維亞說。「兇手是誰我說對了，這點也會給我料中。」

＊

彼德・溫西爵爺當晚去了公爵的丹佛宅邸。他發現全家人都吵吵嚷嚷，只除了老公爵夫人——她在轟轟一團亂中，一派安閒的在織地毯。

「彼德啊，」公爵說，「瑪莉只聽你的話。你要想想辦法，因為她打算嫁給你那個警察朋友呢。」

「我知道，」溫西說。「有何不可呢？」

「太荒唐了。」公爵說。

「此話怎講？」溫西爵爺說。「查爾斯是個大好人啊。」

「這話也許沒錯，」公爵說道，「不過瑪莉不能嫁警察。」

「聽我說，」溫西道，一把環住他姊姊的手臂，「瑪莉的事請別插手。剛開始偵辦這件案子時，查爾斯是犯了點錯沒錯，不過他難得犯錯，總有一天會熬出頭的，如果被封了爵位什麼的我也不驚訝，你們就等著看他飛上枝頭吧。如果硬要吵架的話，我奉陪。」

「我的天！」公爵說道，「你該不會打算娶個女警回家吧？」

「這倒不會，」溫西說。「我打算迎娶謀殺案被告。」

「什麼？」公爵說道，「天老爺，什麼，你在說什麼？」

「如果她肯要我的話。」彼德・溫西爵爺說。